爱情沉醉的那个夏日

金仁顺■作品

新世界出版社
NEW WORLD PRESS

图书在版编目（CIP）数据
爱情沉醉的那个夏日 / 金仁顺著. -- 北京 ：新世界出版社, 2015.3
ISBN 978-7-5104-5279-6
Ⅰ. ①爱… Ⅱ. ①金… Ⅲ. ①长篇小说－中国－当代
Ⅳ. ①I247.5
中国版本图书馆 CIP 数据核字(2015)第 007551 号

爱情沉醉的那个夏日

作　　者：金仁顺
责任编辑：黄倩
责任印制：李一鸣　黄厚清
出版发行：新世界出版社
社　　址：北京西城区百万庄大街 24 号（100037）
发行部：（010）6899 5968　（010）6899 8733（传真）
总编室：（010）6899 5424　（010）6832 6679（传真）
http://www.nwp.cn
http://www.newworld-press.com
版权部：+8610 6899 6306
版权部电子信箱：frank@nwp.com.cn
印刷：三河市骏杰印刷有限公司
经销：新华书店
开本：710MM×1000MM　1/16
字数：220 千字　印张：16.5
版次：2015 年 4 月第 1 版　2015 年 4 月第 1 次印刷
书号：ISBN 978-7-5104-5279-6
定价：28.00 元

目录  Contents

[一] 痛失

百合在火车上只睡了几个小时。她接到消息时已经没有飞机了，火车还是紧赶慢赶赶上的。

消息也是旧消息了。

她很恨自己。偏偏在那几天“蒸发”了。她的心跳得很厉害。头疼。这也不是上了火车才出现的症状，自从那天在酒吧里，她看见冯征和那个女模特接吻——

他们当时的样子就好像影视剧里的特写镜头，回忆起来历历在目。两个人相拥着，挤在窄窄的走廊里面，他们身后的墙壁涂成了蓝色，上面画着热带植物，花朵像猩红硕大的嘴唇，灯光就像淋浴花洒，从头顶上往下倾泻光雨，那个女模特肌肤白嫩，跟棵葱差不多粗细，仿佛正从冯征的手臂里面被剥出来。

百合看着他们。

“真的，”眼见为实，但百合却像听见流言似的，忍不住自问，“还是假的？”

那个模特先看到了百合，她从冯征的怀里挣出来，从另外的方向走开了。

冯征一时有些怔怔的，过了几秒钟，才看见百合。他慢慢走向百合，“我好像——喝多了。”他拿出烟来，点上。

百合看着他的手，细长的手指，淡咖啡色，那个手指曾在她身体上面弹琴，就像她真是架钢琴似的。他们对此都很着迷。

“醒醒吧。”李淑香曾经在电话里骂过百合，“你的眼睛长到头顶上了吗？他对他老婆做的那些事情你不觉得可怕，可恶？你比他的老婆更可怜。”

百合醒了过来。她没想到自己竟然睡着了。刚刚的梦境就像一个蓝色的冰冷的湖，她在湖里游动着，奇怪自己没有腮，没有尾巴，怎么还游得那么自如、那么快。然后，百合就听见了妈妈的声音：“醒醒吧。”

火车咣里咣当地响着，人像关在铁皮盒子里面，空气有些污浊。百合下铺的两个男人，昨天晚上大家都要入睡时，他们喝啤酒，大声聊天。现在，正用鼾声比赛的方式再来干扰别人的安宁。

“母病重，住中心医院，速回。”纸条是收发室老头转给百合的，百合的手机那天从酒吧出来就扔到垃圾箱里面去了。冯征来敲门她也不开。

“你至少应该听听我的解释。”冯征说。

百合听过。冯征的话，或者说，他的表情，很有说服力。但事情一而再、再而三地发生，他的说服力也变成了表演，而且越来越拙劣。相反，百合看见的一切才真正是，铁板钉钉。

整个夜晚，百合一次次地沉入到冰冷窒息的梦湖里面，再一次次地挣扎着，浮出水面。最后一次醒来时，车厢里面，光线是青色的，百合在车厢边上的洗脸间镜子里面看见自己，黑眼圈儿，苍白的嘴唇。百合有些迟疑，这副人不人鬼不鬼的样子，妈妈看见了，会说什么呢？离家越近，她的心跳越快，跳着跳着，心跳声跟火车行驶声交融在一起，变成了一体，她莫名其妙地害怕起来，竟然希望火车能掉转回头，重新开回北京去。

“我妈妈就像个巫婆，”有一次，她跟冯征说，“我好像不管跑到哪儿，所作所为，她就全能看见似的。想骗她，门儿都没有。”

“都是你自己幻想出来的。”冯征说。

“她很生我的气。”百合说。

“她会原谅你的。”冯征说，“等我把所有的事情都处理好，她也会原谅我。”

火车站前的出租车还是一车难求。每一辆车开过来时，蜂拥过去的，都是好几拨儿人。百合带着个箱子，径直走到街边，才打到出租车。百合坐在车里，望着街道两边，新楼旧楼，笼罩在晨雾中间，那些柳树、杨树、梧桐树，枝条在风中伸展、摇摆。

百合想起几年前，自己离去的那天。树叶也是这样青葱，摇摆的。

百合拖着箱子往楼上走时，脑子有些晕沉沉的。也许已经出院了。她想。肯定出院了。她走到外科疗区时，几乎坚定了想法。

她跟护士打听李淑香的名字。护士好像还没太睡醒似的，不时地打个呵欠。她翻动患者登记簿的动作有些漫不经心。

“没有这个人。”她说。

“你看仔细了吗？再给我查一遍吧。”百合对值班护士说，“他们通知我时，明明说是在这里住院的。”

护士有些不高兴，但又翻了翻登记簿，“没有。”

“以前的登记呢？能查出来吗？”

“你问问清楚再来吧。”护士说完，低头做起别的事情来了。

百合没有手机，她看了看护士办公桌上的电话，“我用你的电话打可以吗？”

“这是内线电话。”护士爱答不理的。

“你再找找看，行吗？”百合说，“也许是弄混了，把登记牌放到别的地方了呢？”护士不理她。

“喂。”百合在护士的桌子上敲了敲。

“不可能有这样的事儿。”护士不耐烦地扔出一句话来。

“你这是什么态度啊？！”百合的耐性也用光了。

“给你找两遍了，告诉你没有这个人，你还想怎么样啊？如果病人家属都像你这样，我们还用不用工作了？”

“什么叫用不用工作？你干的就是这个工作。”百合的声音一下子提得老高，她四下张望着，朝办公室的门牌上打量，“你们领导呢？你把你们领导找来。”

“有病。”护士低声说。

“你说谁有病？”百合转过身来，逼近护士，“你再说一句?!”护士把脸别到一边。

护士长朝这边走了过来，“怎么回事儿？”

“她要找一个叫李淑香的病人，我给她查了两遍登记牌了，没有这个病人，她还在这儿无理取闹。”

“谁无理取闹了？这是你的工作，我问的都是你工作范围内的事情，怎么叫无理取闹？”

“这种对待患者家属的态度，”百合转过头指着护士对护士长说，“你们当领导的不管吗？”

“李淑香是吧？”护士长沉吟了一下，看了百合一眼，“你是她亲属？”

“我是她女儿。”

“李淑香确实在这里住过院，不过，只有几个小时。”

百合看着护士长。

“你妈妈一个星期前已经过世了，”护士长沉吟了一下，“那天晚上正好是我当班。”百合一下子愣住了。

不可能的。

百合仿佛陷入了一个梦境里。她提醒自己掐自己的胳膊就会从噩梦中惊醒，她掐了，也确实惊醒过来了，可眼前还是浅蓝色的墙壁。像梦里的冰湖一样。她站在楼梯前面，那些阶梯下面像一口井，等着她一头栽下去。百合拖着箱子又回到刚才的医疗区。护士抬眼看她又

回来了，整个人像弓箭似的绷起来。

百合把箱子往她身前一扔，沿着走廊，挨个病房往里看。

“哎——你干什么？”护士在身后叫她。

百合径直往里走，朝每间病房里张望。她在一个病房门口停下脚步，护士长在里面，正给一个病人打针，“——血管有些收缩。”护士长使劲地在病人的手背上拍了拍，用碘酒棉在她的手背上消毒。

百合走了进去，“护士长——”护士长抬起头，看着她。

“会不会是你们弄错了？”百合问，“医院里不是经常发生这样的事情吗？张冠李戴，也许死的——是别人，被你们弄混了——”

“病人叫李淑香，”护士长看着百合，很肯定地说道，“得的是急性脑溢血，今年48岁。”

“48岁的人有好几万个，不一定是我妈妈啊？”百合说，“而且，叫李淑香这个名字的人也有很多。”

“你的心情我很理解。”护士长苦笑了一下。

“你们肯定搞错了，我妈妈的身体一直很好，她是绝对不会就这么，”百合顿了顿，“——死去的。”

死?！这是个多么陌生的字眼儿啊。

“你有个弟弟吧？”护士长问。百合点点头。

“好像是叫——龙七，”护士长想了一下，“我想起来了，你叫百合，对不对？”百合再也说不出话来。

［二］酱汤馆

店不大，临街是店铺，三张地桌，三张炕桌，家具都是旧的，但都是实木，有种厚墩墩的朴实情怀，是要天长地久用下去，用到地老天荒的架势。

厨房是半开放式的，与前面的店铺连在一起，又同时承接着后面的院落。锅碗瓢盆，汤匙筷子，整整齐齐地撂在那儿，几乎像一个仪式。

安平原一眼就喜欢上了小院，方方正正，铺着卵石。后面三间房子，从地面上架起半米多高，冬天保暖夏天荫凉。屋檐飞角，仿佛翅膀，从房子上面张开。门外是有三级台阶连到地面的木廊台，形成一个C形，一直连通到厨房后面。空出来的地方，有一间房，“那是浴室。”龙七说。

浴室简简单单的，和店铺厨房一样，有着浓郁家居感，一点一滴，一草一木，一生一世，万古常新的。关上浴室的木头门，回眼看见木廊台上，用粗草绳拴着棕黄色酱饼，灿烂的干红辣椒，还有一些柳条筐、簸箕，院落的边边角角，攀爬着一些爬山虎、牵牛花，枝枝蔓蔓，情趣盎然。

城市里面居然还有这样的平房，也算是不小的奇迹了。

“你怎么舍得卖的?”平原问龙七。

“说心里话，卖这个房子，像割肉一样。”龙七苦笑着说，“可我和朋友开了一个酒吧，刚开业没多久，光那边就忙得昏天黑地，这边实在照顾不了。妈妈的事情都办完了，酱汤馆不可能再经营了，总不能让这套房子这么空废下去吧？而且说句老实话，经济上面，我也处于非常困难的时候。”平原点点头，龙七很真诚。

“我看看房间，”平原指着房间的拉门，问龙七，“你不介意吧?”

“当然。”龙七主动走过去拉开房门说，“这是我们以前住的地方。”

龙七一时有些哽咽，这曾是他们住过多年的房间，他住最外面，中间是妈妈的房间，左边那间是百合的。才几天啊，人去屋空。那些喧嚣的声响和密集的气息，转眼都沉寂无声。三个房间都整洁爽气。百合一年到头在家里也住不了几天，但妈妈一直保留着她的房间，每星期打扫一回。

从小到大，龙七始终觉得妈妈更爱姐姐一些。

但李淑香不承认，总是说：“手心手背都是肉。”

三个房间是一样的面积，妈妈的房间比另外两个多了一些家具，显得拥挤一些。她的照片放在房间中央。黑白照片，相框外面披了黑纱。看到妈妈照片的一瞬间，龙七的鼻子一阵发酸，眼泪当然不能当着陌生人的面流出来，它郁结在胸腔里，一种难以形容的酸楚弥漫在心里。

“打扰了。”平原对着遗像鞠了一躬。

龙七也侧过身子，很正式地回了礼。

房间沿着一面墙摆着矮橱，矮橱上面放着大大小小几十件瓷器，还有一些女人用的发钗类的东西。

安平原走过去看了看，“这是——”

“是妈妈的妈妈的妈妈……”龙七往上比画了一下，“我说不清楚，反正是多少代以前就开始传下来的东西，等我姐姐回来后，我会让她把东西带走的，我们男人，不太适合照料这类东西。”

“你还有个姐姐？”平原转身看着龙七，“那么你卖店，是不是也要她同意呢？”

“她在北京工作，家里的事情她从来不过问。”

“原来是这样。”平原点点头。他看了一眼那些瓷器，“我虽然是男人，倒是很喜欢收集一些民间工艺品，如果我买下店铺的话，这些东西可不可以一起卖给我呢？”

“你想要这个？”龙七问。平原点点头。

龙七走过去，拿起一个罐子托在手上看了看，“这些东西很贵重吧？”

“如果你想靠这些东西发财，”平原笑了，“只怕要失望了。民间工艺品并不是古董，值不了多少钱的。”龙七看着平原，有些犹豫。

“我为一家民俗博物馆做收集工作，”平原笑着说，“我最清楚这类东西的价值，它们不值什么钱。”

“这些东西也卖给你，”龙七慢吞吞地说，“你再加 5 万。”

“你在说哪国的笑话?”平原笑了。

“那就再加 3 万?”龙七说。

“开玩笑。”平原说。

“2 万 5?”龙七问。平原微笑着摇头，一声不吭地往外走。

“哎——”龙七又拉住他。

“还是原来讲的，25 万。”平原说。

“再加 1 万吧？就 1 万。”龙七不由分说地决定，“我们成交，现在去公证处办手续。”

“哎——”平原刚要开口辩解。

龙七看了一眼手表，“现在这个时间最好，各部门都有人。”

“我还没有最后确定——”

“大男人别婆婆妈妈的了，我如果有耐心的话也可以卖个更好的价钱的。”龙七搂着平原的肩膀往外走。

他们在公证处等了一个小时才办上手续。

平原往韩国打了个电话，这是他目前能拿出来的所有的钱了。一半是他自己卖了房子的钱，另一半，是替民俗博物馆采集样品的钱。

“你不会后悔的。”龙七说，“你捡了大便宜了。”

平原倒没想捡什么大便宜，但他直觉上，也知道这个房子物超所值，他尤其喜欢那个房子里的气氛，像有什么东西，仍然活跃在那里。他想起刚辞世不久的女主人，她的灵魂不会还在那里游荡吧?

“你妈妈，”平原问龙七，“是个非常善良、优秀的人吧?”

龙七看了他一眼，“你以前来酱汤馆吃过饭?”

“那倒没有。”平原说，“我只是直觉，觉得必定是个亲切、心地善良的人，才能让那个老房子小院子如此温馨美好。”

龙七一时说不出话来，别转了脸。平原知道他动了感情，也没再多说什么。

他们办完了过户手续，龙七对每个部门都很熟。他跟平原解释，前一段时间刚为现在经营的酒吧跑过这些部门。

平原出示自己的身份证和护照时，工作人员吃了一惊。“您是韩国人?”工作人员吃惊地看了平原一眼。

平原点了点头。

“韩国人经营企业的不少，”工作人员对龙七低声说了一句，“买这样的店铺倒是不多见。”

“萝卜青菜，各有所爱。”龙七指了指公证书，“我在这儿签字吗?”

“是的，”工作人员对平原示意，“也请您在这里签字。”

平原拿出笔来签字。

“你——”出门的时候，龙七犹豫再三，问平原，“一个人住在那里不会害怕吧?”

“不会。”平原笑笑，“我小时候住的地方离一家天主教堂很近。那时候，觉得死亡是件很了不起的事情。葬礼隆重又华丽。”

“那就好。”龙七的笑容有些伤感，“我可以偶尔回来看看吗?”

“当然，随时都欢迎。”

“我有些东西，过几天去取吧。”

“好的。”

“我请你吃饭。”龙七四下打量，想找个合适的地方。

“不用了，谢谢。”平原说，“买了个房子，我也有好多事情需要处理，还要回酒店收拾东西搬家。”

“好吧。”龙七说，他看了一眼平原，“——我很高兴是你住进这个房子。”

平原明白他的意思，笑笑，“那个地方永远是你的家。”

龙七点点头，骑上摩托车，风一般地从街道上卷了过去。

平原能来延吉，是因为崔岭。他们从小一起长大，上大学时虽然读的是不同的学校，但始终纠缠在一起，注定是那种扯不开撕不断的铁杆儿朋友。崔岭先被公司派过来工作，平原那段时间无所事事，房子也刚刚卖掉还债，潦倒加潦草。在崔岭的劝说下，索性扔下首尔的烂摊子，来到一个完全陌生又风情独具的城市，既清闲，又消闲地过上一阵子。

“你买了一家餐馆?”崔岭听完平原的话，吃惊地张大了嘴。

“嗯。”平原点点头，“是一家酱汤馆，开了几十年了，在这里也算是个老字号了。”崔岭看着他的表情，差点儿把平原逗笑了。

平原讲了事情的经过，在酒吧里如何遇到龙七，当时他跟别人说卖房的事情，他产生了兴趣，打听了几句，结果他成了这所房子的新主人。当然价钱也很合适，在首尔，甚至在中国更大一些的城市，这个价钱都是难以想象的。

崔岭在餐厅、厨房和后院来来回回地走了几趟，“你这个家伙，淘到宝了!”

“这个房子处于黄金地段，转手一卖，就能赚好几万。”

平原任崔岭自己兴奋，他坐在木廊台上，打量着小院。有月亮的晚上冲杯茶，在院里坐一坐，应该是很享受的。

“我来帮你把这个地方再卖出去。”

“谁说我想卖了？这个房子我要自己住。酒店的费用太高了，我本来也快住不起了。”

“你先住着吧，真卖房子也不能着急，要放长线，钓大鱼。”

平原打量着房子，越看越喜欢，一些之前没注意到的细节，比如拉门的木格图案，窗子，房间的摆设，甚至石缝里的点点青苔。

“我今天就搬过来。”

“我也搬过来吧?”崔岭看看房间，“不是有三间房吗? 晚上带女人回来，也不用怕公司里的同事发现了。”

“你敢?!”平原瞪了他一眼，“我好不容易有个清静的地方，拜托你高抬贵手吧。”

“我们可是共患难的朋友啊，你刚刚有点儿富贵，就嫌弃我了?”

“富什么贵啊?”平原苦笑了一下，“我现在唯一的人生理想，就是能清静清静。”

崔岭一时无语，拍了拍肚子，“胃公公敲着鼓，唱起盘瑟俚了，今天你乔迁之喜，请我大吃一顿吧!”

“好，是应该庆祝一下。”

［三］ 余音袅袅

平原和崔岭刚走，百合坐的出租车就到了。她付了钱下车，望着被关闭的酱汤馆。招牌还在，木板经过二十年的风吹雨淋，仿佛一张饱经风霜的脸。司机叫了好几声，百合才回过神儿来。司机替她把箱子从车后备厢里搬出来，百合把钱包给司机，让他自己拿钱，她盯着酱汤馆，眼泪一串串地流了下来。她的心不是疼，而是撕裂，一个巨大无比的空洞，在她的身体内部撕开了。她甚至能感觉到心被拉扯开后，那些丝丝缕缕的纤维。

“你——没事儿吧?”司机替她把钱包收好。

百合摇摇头，拉着箱子绕到后院。那把锁头用了十几年了，拳头大的个头儿，黑乎乎的一团铁，百合从屋檐上面摸出备用钥匙，打开门进去。院子里面安静极了。阳光落到地面上，好像都能发出棉花般落地的声音。

她最后一次往家里打电话时，电话里面传来的声音还是让人不得不把话筒拿得离自己远一些的距离处，好像到店里来的客人在进行嗓门比赛似的。

“你晚些时候再打过来行吗？”妈妈问。

她说好的，但晚上并未打电话过去。

那天晚上，她和冯征跟朋友们去酒吧里给他庆祝生日。冯征喝得很 High，抱着辣妹狂吻的桥段，恍如隔世。

百合拉开妈妈房间的拉门。一眼就看到妈妈的照片。妈妈在微笑着，目光和记忆中一样亲切。但相框外面多了一圈黑纱。黑纱改变了照片里的面貌，把她拉远到不可触及的远方。

“妈妈，我回来了。”百合冲房间里说。没有人回应。

以前，妈妈看见百合回家，会边用围裙擦手，边迎过来，也不着急说话，上上下下地先打量着女儿。

“怎么还这么瘦啊？！”照例要这样怪罪一声。

“流行啊。”百合故意说，“吃了好多药才减成这样儿的。”

妈妈哼一声，“从小脑子就笨。”

“可不就是嘛，遗传！”

“大婶给她拿点儿路费，”妈妈对店里的吴大婶说，“让这个人哪儿来回哪儿去。”

百合过去抱着吴大婶，吴大婶是妈妈和姥姥之间的角色。

“大婶越来越漂亮了。”

“可不是，”吴大婶笑呵呵地说，“最近用了很贵的化妆品呢。”

她们笑，进门时，妈妈已经把石锅酱汤放在炉子上了。

百合从来没想过，竟然会有这么一天，她回到家里，无人应答。她想过妈妈会老，白头发，满脸皱纹，坐在小院里面晒太阳。但即使是在想象中，妈妈也不会坐在椅子上超过十分钟，她好像一定会起身，在家里走来走去，哼着歌。

啊啦啊哩啷，索哩索哩啷，啊啦哩啷——

妈妈在惩罚我。百合想。她和冯征的关系让妈妈伤心了。

“他离婚了，是单身。”百合反复强调，好像这样，能抹杀掉什么似的。

“为什么离婚？”

“感情不和呗。”

“怎么会感情不和？他们当年自愿结婚的，不是吗？而且，连孩子都有了。”

“感情会变化的——”

“一个人，如果不能持续地爱家人，那他对别人的爱，也是很难让人相信的。”

“在北京，有些事情和这边是不一样的。”

“嗤，”妈妈冷笑一声，“北京的人不是人？是动物还是怪物？”

“你就是有偏见！”百合几乎要恼羞成怒了。

“偏见也好，正见也好，”妈妈从容不迫，从不急赤白脸，明明是赢家，倒像输家似的叹气，“——我吃的盐比你吃的饭还多呢。”

“是，”百合说，“我是小河，你是大海！”

事实证明，妈妈说得对。妈妈好像有一双能透视的千里眼，从第一天就看见了她跟冯征的未来。可是，她已经觉悟了啊，已经知道错了，而且下决心要结束这段感情了，为什么，妈妈偏偏要在这样一个时候离开呢？她不给百合解释、道歉、认错的机会。

“真差劲儿！”百合泪如雨下，“太差劲儿了！！”

百合穿过厨房，走到餐厅里面，在一张桌子前面坐下，环顾四周，欢声笑语忽然像看不见的植物从店铺的各个角落里蹿长出来，“老板娘——”“老板娘——”顾客喊妈妈的声音带着家人般的亲近，他们总有那么多的要求，一会儿这个一会儿那个，妈妈的身影在店里四处闪动。

百合曾经讨厌过这种情景，店铺里的酒气在顾客离开后很久也散不净，妈妈烧水刷碗筷时，会顺手在水里加上一把蒿草，随着煮开的水，蒿草的气味儿也清洗掉了那些酒气烟气，让餐厅里的空气回复清新。

现在店里空荡荡的，什么都没有。连以往讨厌的酒味儿都没有。只有阳光从紧闭的木窗缝中间渗透进来。细窄，锋利，像宝剑的剑光。

百合站起身来，到厨房里烧了一大锅水，把盆、抹布都找出来，开始打扫店铺。百合费了好大劲儿才把临街的窗板卸下来，窗板边角的铁片划伤了她的手指，她看着血从细细的伤口中红线似的，慢慢渗出、扩散，一点儿也不觉得疼。她戴上妈妈的塑胶手套，擦地板，擦桌椅，所有的餐具都清洗一遍，然后放进消毒柜里消毒——

这些活儿她以前没怎么干过，但每天都看着妈妈在做。百合很奇怪，自己干得如此得心应手，驾轻就熟。就像妈妈在她的身体里不停地提示她一样。这么说，妈妈还在。

百合把所有想到的活儿都做好，在木廊台上坐了一会儿。阳光已经变弱了，从正午的强烈变成近黄昏时的温和，从青春的容颜变成了中年的温情脉脉。

［四］ 初见

平原拎着收拾好的箱子从酒店搬过来。一下车就看见店铺的窗子支开了，玻璃好像刚刚擦过似的，镜面儿似的反射着街道上的车水马龙和行人踪迹。平原透过玻璃打量着店铺里面，整整齐齐的。

他用钥匙开门进去，空气中有一股湿润的气息。他打开灯，发现厨房也重新收拾过，他蹲下用手在地上抹了一把，手上干干净净的，一尘不染。

这家店里的女主人刚过世不久—— 平原想着，后脊梁一阵寒气，猛地回了一下头。身后只有暖暖的黄色的夕阳。他在心里暗暗地骂了自己一句。大白天的，还怕见鬼不成？

平原来到后面，灯是开着的，两个房间的拉门敞开着，也刚刚收拾过。他把箱子放进龙七以前住的房间里。感觉上，他觉得这间房最适合自己。

从前的女主人房间是开着的，他有些不敢看她亲切的笑容。见鬼—— 平原定了定神，转头朝前女主人的房间里看了一眼，桌明几净，确实是有人收拾过。也许是以前餐馆里的服务员吧。不知道这间店已经换了新主人了。平原想着，应该让龙七提醒一下跟这个餐馆关系密切的人。

最里面的房间是关着的，平原拉开门时吓了一跳。一个女孩子穿着衣服睡在里面。她睡得很沉。平原在门口敲了几下门，她都没听见。

平原走过去，低头看着她，是个很漂亮的女孩子呢。从皮肤就能看出年纪来，二十多岁，嘴唇紧紧地抿着，即使在睡梦中，表情也是哀伤的。平原在她胳膊上轻轻捅了捅，“请问——”

百合睁开眼睛，迷迷糊糊地看见眼前的人，尖叫一声忽地坐起身来，睁大眼睛问平原，“你是谁？”

平原见她醒了，一边用手做出不要慌乱的姿势，一边朝后退了几步，站在门口，“我正要问你呢，你是谁？”

“你怎么进来的？”百合问。

“你怎么进来的？”平原问。

百合瞪着眼睛看平原。平原也瞪着眼睛看百合。

百合低头看了一眼自己，还很整齐，她冲平原比画了一下，“你让开。”

“嗯？”平原朝旁边看了看，意识到自己堵住了门口，朝旁边让了一下。

百合冲出了房间，到吧台拿起电话拨号码。平原跟着出来，在一边看着她。他猜出她是谁了，眉眼之间和龙七很像，肯定是那位在远方的姐姐回来了。

“请问，你是——”

“喂，110吗？”百合根本没听他在说什么，她把身子背朝着他，冲电话里说，“我家在秀水街51号。有小偷进来了，请你们马上派警察过来。”她讲的是汉语，但有些单词，他还是能听懂的。

“你叫警察来？”

“对，警察一会儿就过来了。”百合转过身来面对着平原，顺手抄起拖布横在平原的面前。

“你跑不了了。”

“我不会跑的。”平原笑了，“这是我家。”他拉开一把椅子坐了下来。

“你家？!”百合问。

“当然。”平原说，“你是——”

百合打断了他，他的口音是韩国的，跟当地的语音语调不大一样，他的举止也彬彬有礼的，说实话，不像个坏人。百合觉得自己匆匆忙忙叫警察可能鲁莽了些。但转念一想，不管他是何方神圣，这么贸然就闯进来，也太过分了。不杀一儆百，怎么行呢？

“你是——”百合看着平原，“刚从医院里出来的吗？”

“医院？”平原不解地看着百合。

百合指了指脑袋，“你这里——有问题？”

“问题？”平原指了指自己的脑袋，一下子反应过来，“啊，你说我是——”

百合听见外面有车声，跳起来去开门。两个警察都是附近的片儿警，平时经常过来吃饭，跟李淑香一直“妈”“妈”地叫着，听见酱汤馆报案，火速跑过来。百合跟他们不熟，但也见过面。三个人同仇敌忾地看着安平原。

“你哪儿来的？韩国人私入民宅，你不是间谍吧？”

平原让他们气得哭笑不得。把上午刚办好的那些证件，一个一个地摆在桌面上。

三个人研究了一会儿，“好像是真的嗳。”其中一个警察跟百合说。

百合整个人都呆住了。龙七竟然卖了家?!

“怎么办?”另外一个警察问百合，“我们也帮不上忙啊。”

“这些东西，”百合从桌面上拿起来，“会不会是假的?”

“不会的，从来没见过哪个小偷敢这么大摇大摆的。”

“等等，就算他们这种交易是真的，但也是不合法的啊。”百合说，“这个店是我妈妈的，我妈妈——”百合无论如何说不出那个残酷的字眼儿，“应该由我们两个人来继承，他一个人没有权利卖店。”

“说的也是啊——”一个警察说。

另一个拉了他一把，对百合说：“这个事情可不一定，你得找相关部门好好问问。”

“也是啊，龙七肯定也没想到你会突然回来，办丧事儿那天你都没回来——”

“这样，你找龙七商量商量，有问题，随时给我们打电话。”

警察们走了。屋子里面只剩下百合和平原。平原把手续收了起来。

“等等，”百合扑过来摁住平原的手，“等一等，这个店我不卖了。”平原看着她。

“我把钱都还给你。这个店不卖了。”

“你最好把事情的顺序理理清楚，”平原说，“现在这个店是我的，你即使想要回去，也得我卖你买。不过，我并不打算卖。”

“你——”

“没有其他事情的话，”平原转身往里面走，“请你收拾自己的东西离开。”他平时是不会对女孩子粗暴的，但她的举止很伤人。居然把警察找来?

“喂——”百合冲平原的背影喊。

平原走进自己刚放了东西的空房间，把门在身后关严。

百合跟着他过来，一下子拉开了门，“龙七在哪里?”

平原转过头来，不高兴地说：“进别人的房间要先敲门。”

“龙七在哪儿?”百合问。

平原把门拉上。百合又把门拉开。平原生气地望着百合，百合毫不示弱地盯着他。看她那意思，她会一直这么盯到天黑的。平原从包里翻出写有龙七酒吧地址的纸条塞进百合手里，一下子把门拉上。百合又把门拉开。

“你又想怎么样?”平原急了。

“在我找到龙七以前，你不许住在这里。”百合说。

“这是我的店。”平原一字一顿地说，把门拉上。

百合在外面想了想，又把门拉开。平原瞪着眼睛看百合。

“你暂时待在这里也可以，但是，你什么东西也不许动，否则，我会报警的。”百合威胁地说。

平原想去拉门，百合抢先把门拉上了。平原的手伸在空气中，像舞台上那些戏剧人物的某个象征动作。

龙七的酒吧起名叫“直觉”。冷眼一看，不像什么酒吧，倒像个没有产品和设备的工厂。水泥和钢筋裸露着，一个木架子横空吊在半空中，上面放着一把椅子和一把电吉他，两个年轻人在上面拉电线安装喇叭。另外有几个人在打扫卫生。

酒吧一个月前就开业了。好多相关设备都未完备，好在是工业风格，白天看着简陋，夜晚灯光一打起来，倒是灯光通明，气派十足的。

“龙七在吗?”百合问其中一个人。她说她们几个是保洁公司的，不认识酒吧里的人。

百合走到吧台后面，看见一个长得很帅的小伙子，问他，“金龙七他在哪儿？”

“老板啊？”他四下里望了望，“好像刚走。”

“去哪儿了？”

“不知道。”

“那什么时间回到这里？”

“他们白天不在这里，晚上营业时才来。”

“你知道他住在哪儿吗？”百合问。

“不知道。”

百合走出酒吧，街道上车水马龙，阳光直射进眼睛里面。一瞬间，她有些恍惚，妈妈？龙七？他们好像就在她身边某个地方，伸手可触。他们好像故意在跟百合开玩笑，报复她多年的离家。

百合从后门走进院子里。经过平原的房间时，百合侧耳听了听，里面没有声音。百合又走了一步就看见他了，他坐在妈妈的房间里，一手托着一个青色瓷瓶，另一只手慢慢旋转着，欣赏着瓷瓶上面的花纹。

“放下！”百合大叫了一声，冲进房间里来。

平原没提防，手一抖，瓷瓶掉在凉席上，“砰”的一声。两人都吃了一惊，平原把瓷瓶拿起来，百合也凑近前来看。还好没有摔坏。

“你只会用这种音量来和别人讲话吗？！”平原真有些火大了，没见过这样的女人。

“不许碰我妈妈的东西。”百合从他手里抢瓷瓶。

平原往后闪了一下身子，百合差点儿摔在他身上，她站直身子时，羞恼得脸色都涨红了，“还给我！”

平原躲开百合伸过来的手，“你想把它打碎吗？”

百合的手臂僵住了，“——你把东西放下。”

平原看了她一眼，把瓷瓶放到矮橱上。百合等平原把东西放稳，立刻拉着他的手往外拖他，“你跟我出来。”

“干什么?”平原往外挣。看不出她那么瘦弱，还有这么大的劲儿。

百合把平原拉到门口，把他推了出去，用手指着他的鼻子说：“你给我听清楚，离这个房间远一点儿。”

“这是——”平原说。

“又想说这是你的店，这是你买的房子，是不是?”百合说，“我已经告诉你了，钱我会一分不少地还你的，暂时，你可以在这里待着，但是，店里的东西——”

百合的手四面一摆，指着扫地的笤帚，又用手指点着平原的面部，“一根草一粒灰，都不许你碰!”

“你这个人从来不会用敬语跟别人说话吗?”平原举起一根手指，“我从来没见过，一个女人，居然还这样用手指着别人的脸?!”

“这还是客气的，你再敢碰我妈妈的东西，”百合握起拳头给平原看，“我让你尝尝这个的滋味儿。”

她哗啦一下拉上门。平原又把门拉开。她现在不只是让他生气，而且让他感到讨厌了。

“我还从来没见过像你这么——”他想说她“没有教养”，但话到嘴边，又改成了，“野蛮的女人。”

“你自找的，”百合反唇相讥，“谁让你不打听清楚就乱买别人家房子的。是你自己先一只脚跨进我的家门，我才这么对你的。”

百合刚想拉上门，平原伸出腿把门顶住了。“是我先跨进来的，”平原说，“但我是合法跨进来的，是金龙七先生请我跨进来的。还有一件事你必须了解清楚，龙七卖店的时候，连同这间房里所有的一切，都卖给了我。为了这个，他多要了我一万块人民币呢。”

百合傻眼了。

“所以，”平原顿了一顿，以便自己的话讲出来更严肃，更有分量，“话应该由我来说——请你离这个房间远一点。如果你碰了这个房间里的东西，你就是在侵犯我的利益。”

百合的脸煞白煞白。龙七连妈妈房间里的东西都卖掉了?!

平原冲百合举了举拳头，“我从来没打过女人，但这并不表示我以后也一定不打女人。”

两人怒目而视了一会儿，百合眼底渐渐涌起的泪光让平原心动了一下，他后退了一步，“今天我就不和你一般见识了。”

百合用力地一带门，把门拉上了。平原的手缩得慢了一点儿，小手指被挤了一下，疼得他直甩手。过了一会儿，手指上面出现个小小的紫痘。他气呼呼地回到自己的房间。他买这个房子，原本想图个清静——几个小时前，也确实是清静的——谁知道，世外桃源平地里钻出个母老虎。

百合没回房间，在门前的木阶上坐了下来。她的脑浆仿佛冻住了，变成豆腐类的东西，她无论如何不能相信，龙七居然连妈妈的私人物品都卖掉了?! 但这显然是真的。就像房子的事情一样。撒谎的人，是不可能这么平静从容的。

平原被她怄得够呛。好端端的一桩事情，让她搅和得昏天黑地。他也生龙七的气。如果他未能跟姐姐达成一致协议，这样把家卖掉，是很不通情理的。问题是，他们都走到了一个情境里面去了，平原自己，酒店里的房已经退了，付了这个钱以后，说身无分文，略嫌夸张，但弹尽粮绝，倒是实情。而且，很奇怪的是，他在短短的时间里，已经喜欢上这个家了，虽然以往的故事他无份参与，但就是它现在的样子，旧旧的，朴拙的，静观日光流年的样子，也让他非常着迷。这样的地方，可遇而不可求。所以，他倒也不打算就放弃这个地方的。想清楚这些，也到了要吃晚饭的时候，他从房间里出来，听见厨房那边传来的声响。

餐具洗得干干净净，摆得整整齐齐的。百合把那些挂在墙上、写着菜名的木牌摘了下来，泡在一个大盆里面，用刷子刷洗着。盆里面不时地往外飞着肥皂泡泡。她低头洗着东西，头发挽在脑后面，整个人沐浴在傍晚橙黄色的光照中间，那么家常，又如诗如画，倒让平原吃了一惊。她不凶的时候，倒还是好看的。

百合把所有的菜牌都洗干净，晾在院子里，等着风把它们阴干。这会儿，已经是夕阳西下了，橙红色的彩霞燃烧在天边。其中的点点滴滴，蜜汁似的，滴落在房子的黑瓦和木檐上头。

平原在龙七以前住的房间里面，一点儿声音也没有。她以为他睡着了，轻轻拉开房门，发现他手里拿着一本书，在看。他听见门响，转过头来。百合转过脸，望着外面。

“我们走吧。”

平原没动静。百合转过脸，发现他又看起书来，“喂——”

平原没理她。

“喂，叫你呢。”百合说。

“我不叫‘喂’。”平原没好气地说。

“你和我一起去酒吧找龙七。”百合说。平原不动。

“你听见没有？”百合说。

“你是谁呀？”平原“砰”地把书合上，“是你弟弟主动要把店卖给我的，一再请我帮他的忙，还说，很高兴是我把这个店买下来。你是哪位菩萨？在这里指手画脚?！用比打雷还大的声音跟我说话?！”

“你的声音也不小啊。”百合顶了一句，“我让你去酒吧，是让你去拿钱的。最好你把你的东西收拾好带着，见到龙七后直接拿了钱走人。爱干吗干吗去，爱买别人的店也和我们无关。”

“当弟弟的说卖就卖，当姐姐的说不卖就不卖，”平原冷笑一声，“你以为，这天下的事情是你们想怎么样就怎么样的？”

“也不是你想怎么样就能怎么样的。”百合说，“哎，你走不走?”

“我走不走是我的事，你管不着。”平原说。

百合转身走开了，不一会儿，她拿着两把大铁锁回来了，“如果你不走，我就用锁把你锁在屋子里。常言说，防人之心不可无，万一趁我不在的时候，你把东西偷走了怎么办?”

平原吃惊地看着百合手里的锁头，“这是侵犯人权。”

“这是保护私有财产。”百合理直气壮地说，“你敢说不去酒吧我就敢锁。你报警我也不怕。”

她的神情证明她的话不是骗人的。

[五] 直觉

出租车停在了酒吧门口，平原和百合一前一后地坐在车里。

百合想付钱的，不过，看着这个入侵者，怪讨厌的，她对他说：“车费我们一人出一半。”

平原没理她，掏出钱来付了车费，径自下了车。百合也跟着下了车。

酒吧里刚开始营业，客人还不太多。一个歌手在台上唱歌。百合下午来这里时，还觉得哪儿都空荡荡的，现在，灯光从各个角度亮了起来，白天死气沉沉的水泥棚底，现在由小灯泡组成了群星闪烁的景象。吧台里面灯火辉煌，蛋糕点心的香味儿弥漫着，五六个打扮得像西部牛仔的男男女女在吧台里外忙着。

“龙七来了没有?”百合拉住一个服务员问。

“没有。”服务员说，他看见跟百合一起进来的男人，笑了，“你好，安先生。”

“给我来杯啤酒。”平原找个地方坐下。

服务员转身去倒酒。

“有什么吃的吗？”平原顺手拿起菜单，“给我来个三明治。”

百合坐在平原的身边，“给我来瓶啤酒。”

“哪种？”服务员问。

百合看了一眼平原的酒，“除了这个牌子什么都行。”

平原离开吧台，另外找了一张空桌子坐下。三明治材料新鲜，味道也不错，平原吃完，又要了一块蛋糕和一包花生。他生气的时候胃口总是不错，好像对自己的某种嘲弄似的。

酒吧里面陆续来了一些客人。

平原喝着闷酒。有人从后面拍了他一下，“臭小子，出来喝酒也不和我打声招呼？”

平原抬头一看，是崔岭，“你怎么跑到这里来了？”

“我看看我有没有你这样的运气，也找到点儿发财的机会什么的。”

平原一时无语。

“餐馆老板？”崔岭笑嘻嘻地坐下来，“感觉怎么样啊？”

“如果你想让我高兴，就换个话题吧。”平原说。

“怎么了？”崔岭看了看平原的脸色，“好像不太痛快似的。”

“有一句话是怎么说的？”平原说，“叫，天底下没有白吃的午餐。”

“什么意思啊你到底？”

“让我清静一会儿吧。”平原叹了口气，他叫住从桌旁经过的服务员，又要了两杯酒。

“到底怎么回事儿？”崔岭说，“你把我的好奇心都吊起来了。”

平原看了看独自坐在角落里的那个女孩子，她面朝酒吧门口望着，眼睛死死地盯着那些陆续进来的客人。

崔岭顺着平原的目光看了一会儿。

“美女耶。”他说，“刚才一进门我就注意到了。”

“她?!”平原问崔岭。

“嗯，”崔岭点了点头，用他一贯的油滑腔调说，“身材，九十五分；皮肤，九十分；转脸转脸转脸——”

百合真的转过脸，朝平原这边看了一眼。

“脸蛋，九十五分。”

平原笑了。

“哎，”崔岭用自己的酒杯碰了平原一下，“是我先看到的，我有优先权。”

平原笑得更厉害了，他两手做了一个奉送的动作。

“气质也不错，九十分!”崔岭的目光一直在百合身上游移，“你说，我请她喝酒好呢，还是先送她一份蛋糕?要么，先过去聊几句?”

“你最好离她远点儿，”平原冷笑着说，“那是一只蜜蜂，不对，是蜂后。蜜蜂蜇完人会死掉的，蜂后可以一直蜇一直蜇，蜇死你为止。”

“什么蜜蜂蜂后的?”崔岭不解地问。

百合把啤酒喝完，扬手又叫了一瓶。叫酒的时候，她又朝平原这边看了一眼。

几个女孩子这时走到舞台上面，灯光啪地打亮，音乐声也响起来，她们挥动手臂，腰肢扭动，跳起舞来。酒吧里的温度突然上升了好几度。

百合起身走到吧台边儿上，找了个高脚凳坐了下来，“再来一瓶。”她拿着啤酒瓶在柜台上面磕了一下。酒保看了她一眼，开了一瓶酒给她。

百合整个头晕晕的，她发现，自己做了梦。梦见自己回到延吉，更荒唐的是，妈妈死了，龙七卖掉了他们的家——

百合转头想找找冯征在哪儿。他在酒吧的时候，总是不安分。

她没看到冯征，倒是看到了龙七——他们有两年未见了，他的个子好像又高了几公分——怀里搂着个女孩子进来。

服务员躬身跟他问好，在他耳边说了句话，还朝百合的方向指了一下。

龙七的目光转过来，跟百合的目光对在一起。他放开怀里的女孩子，朝百合奔过来。

“百合——”龙七走到近前，“你什么时候回来的？”

百合一言不发地看着龙七。

“我给你打了好多次电话，手机接不通，单位里的人也说找不到你——”龙七咬着嘴唇，眼泪涌进眼睛里，说，“我没办法，只好给你留了个口信儿，怕你着急上火，我没说妈妈已经——你已经知道了吧？妈妈她——”

百合不说话也不动。

“是脑溢血，非常突然——”

百合的脸上没有任何表情。

“百合——”龙七叫了她一声。

跟龙七一起来的女孩子走过来，看着百合，问龙七，“她是谁呀？”

百合的眼珠一动不动地看着龙七，忽然抓起手里的啤酒瓶子，抡起来朝龙七的头上砸去，啤酒瓶子被砸碎了，玻璃片和啤酒沫子四处飞扬，周围的人都被这个突然的变故惊呆了。连舞台上跳舞的女孩子们，因为走神，动作一时也乱了套。

“你是谁啊？”跟龙七一起来的女孩子尖叫起来，她看着百合，“跑这里撒酒疯——”

百合扬手给了她一个耳光。她尖叫了一声。

百合抄起啤酒瓶子往龙七头上打，龙七有了防备，往一边躲藏，

“你干什么?!”

服务员们上来拉架，有两个人架住了百合。

“放开我。”百合朝他们踢了几脚。

“打电话报警——”有人喊。

吧台里的服务员拿起电话，龙七用手抹了一把头上的血和酒水，冲他边摆手边喊，“别打电话，她是我姐姐。”

服务员犹豫着，手里拿着话筒不知所措地看了一会儿，把电话扣上了。

平原和崔岭在一边目睹了整个过程。两个人目瞪口呆。

“刚刚你说得完全不对。”崔岭喃喃自语。

“嗯?”平原看了崔岭一眼。

“她不是蜜蜂，是一只母老虎。”崔岭说。

平原忍不住笑了。

“这是我女朋友，里里。”龙七在旁边的医院包扎了伤口，又回到酒吧里来。

“不相关的人我没兴趣，”百合看都不看她，径自望着龙七说，“你……”

“我不是什么不相关的人，”里里本来就火大，现在简直气到冒烟，她瞪了百合一眼，插话说，“我是龙七的女朋友。”

“龙七十六七岁时开始交女朋友，”百合朝里里冷笑了一声，“带回家里的也有二三十个，我可没工夫记他女朋友的名字。”

里里转眼望着龙七，“龙七——”

龙七把里里的手抓在自己手里，轻轻拍了拍。

“酱汤馆是怎么回事儿?谁让你把家卖了的?”

“对不起，”龙七望着百合，“没跟你商量，我就擅自做主了。”

“你凭什么?!”

百合正视着龙七，好像要一直望到他的五脏六腑里去。

“对不起，”龙七低声说，“我和朋友开了这家酒吧，要全心全意地照顾这边的生意，酱汤馆那边实在无法兼顾，而你又在北京，别说是回来了，连联系都联系不上，所以我就决定——”

百合不说话。

“当然，”龙七说，“卖酱汤馆的钱，有一半是属于你的。”

“我不要钱，我也不卖我的家！”百合转过头，朝平原的方向指了指，“你把钱还给人家——”她和他还没有互相通报过名字呢。

龙七抬头，视线与平原相接，“他姓安，叫安平原。”

下午他刚为资金问题的解决松了一口气，晚上就有这样一个局面在等着他。真是始料不及啊。

“百合，”龙七低声说，“我们换个时间再谈这个问题好不好？”

“不好。”百合斩钉截铁地回答，“就现在，你把钱还给人家。”

龙七的脸上现出为难的神色，当着自己的员工的面，被姐姐这样数落，他也很没面子。

平原转过脸去。

“这么咄咄逼人的女人，我还是头一次见识。”平原横了百合一眼。

“真是一朵带刺的玫瑰呀。”崔岭感慨，“以前我总觉得林美姬就够骄傲的，但她和这个女孩子比起来，简直是小巫见大巫嘛。”

平原沉默着。

崔岭意识到失口，看了平原一眼，随即又笑了，“一不小心，说到你痛处了。”

平原瞪了他一眼。

“一看你的表情我就知道。”崔岭得意地说。

“你再多嘴，”平原顺手抄起吧台上的一个酒瓶子，朝崔岭比画了一下，“信不信我也给你来上这么一下子？”

崔岭捂住脑袋，“你倒是学得挺快的嘛。”

平原望着手里的瓶子，掂了掂，“她好像一天没吃饭了，居然还有这么大的劲儿。”

“老实说，”龙七无奈，“因为和朋友一起投资了这家酒吧，我很需要钱。卖餐馆的钱，我已经用掉了。”

“我不管你用什么方法，反正今天你要把所有的钱都还上。”百合态度强硬地说。

“你的那一半，我会还给你的。”龙七犹豫了一下，说。

“没有我的一半，或者你的一半，”百合说，“酱汤馆是妈妈的。”

“百合，我们不要再争执下去了。你今天刚刚回来，妈妈——”龙七恳求说，“我知道你心情不好，其实，我也和你一样——”

“你的心情看上去不错嘛，”百合冷笑了一声，“开了酒吧，带着个妖精似的女朋友，把自己打扮得像个大款，这么春风得意，谁能看得出你的妈妈还尸骨未寒？”

“你不要得寸进尺，”里里忍无可忍地插嘴说道，“龙七让着你，你还越说越来劲儿了？”

“你算老几?!”百合厉声说，“这里没你说话的份儿。”

两个女人怒目相视。

“里里——”龙七拉了里里一把，转向百合说，“你怎么骂我，我都没什么说的，但卖掉酱汤馆这件事，无法更改了。我很需要钱。而且如果撕毁合同，我是要负法律责任的。”

百合沉默了片刻，“你去银行贷款，把钱还上。”

“已经贷过了。”龙七说，“为了开这家酒吧，我用家里的酱汤馆作了抵押，妈妈她也，知道这件事——”

“妈妈是绝对不会同意抵押酱汤馆的，”百合一下子抬起头来，

“你背着她抵押了酱汤馆，对不对？”

“当时也是没别的办法才——”龙七说。

“怪不得——”百合盯着龙七的眼光让人害怕，“原来妈妈是因为这件事情受了刺激，所以才突然死去的——”

“不对，”龙七说，“妈妈是突发脑溢血——”

“不受刺激怎么会突发脑溢血?!”百合站了起来，后退了两步，看着龙七，“是你杀了妈妈。”

“不是，”龙七站了起来，“不是这么回事儿——”

“妈妈吃了多少苦才把我们养大啊？”百合的泪水从眼睛里面涌了出来，“她最后却死在自己的儿子手里。”

“不是的——”龙七伸手抓住百合的肩膀。

“把你那杀了人的手拿开！”百合晃动肩膀把龙七的手甩掉，她的尖叫声引来很多人的注视。

龙七垂下手臂，看了看周围人的目光，一时也不知道该说些什么了。百合的脸孔苍白，像大理石雕出来的。而她的绝望和悲怆，仿佛一层釉质，挂在雕塑上面。

“明天晚上，这个时间，这个地点，”百合站了一会儿，一字一顿地说，“你把卖酱汤馆的钱全都带来。”说完，百合开门出去了。

她的身影在门口一闪，融入到夜晚五颜六色的光波之中。

龙七在后面看着她的背影，白天还高大阳光的男孩子，现在，仿佛被一场突如其来的黑暗之雨淋湿了。过了好长一段时间，他才重新打起精神来。

龙七走到平原的桌边，“对不起啊，给您添了这么多麻烦。”

“你也不是故意的。”平原本来对他是有怨气的，可看他被姐姐训成这个样子，倒是满心同情了，“一起喝一杯吧。”

“就像电影、电视剧。”崔岭感慨，拿着酒瓶子比画着，吹了声口哨。

“我们是双胞胎，百合比我早生了20分钟，但却是当仁不让的姐姐，”龙七坐下来，示意服务员送酒过来，“从小到大，我们经常打架，你看她那么瘦，骨子里就跟男孩子一模一样，有一次我被同学欺负，她拿着菜刀去找人家拼命。”

“菜刀?!”

“是啊。”龙七笑笑，“很酷吧?”

“今天晚上，你去哪儿睡?”崔岭问平原，“东西都搬到那边了吗?”

“那是小时候，”龙七哑然失笑，“现在怎么会发生这样的事儿?”

“也很难说啊。”崔岭指指龙七头上的绷带。

平原沉默着。这一天的日子，太多事情，太多意外，几乎都变得不真实了。

“要不，跟我回酒店里住一夜吧。”崔岭用胳膊肘捅捅平原，“你也都听见了，她半夜拿菜刀怎么办?”

“不会的，”龙七笑了，可能扯动了伤口，脸色又迅速地变得痛苦了，“百合是刀子嘴豆腐心。”

“放心吧。”平原冲崔岭笑笑。

［六］钱，或者幸福

人赚钱是为什么呢?

过上幸福的生活。

可幸福的生活又是什么呢?

伤口很疼，止痛药过劲儿了，整个头快要裂开了似的，疼得昏昏沉沉的。龙七坐在客厅沙发里抽烟，脑子里胡思乱想着，都是一些形而上的东西，他不敢让自己思想的触角去碰触和妈妈有关的事情，那种伤痛还是血淋淋的。

他眼前的茶几上，烟灰缸里已经被烟头塞得满满的了。

里里穿着睡衣从房间里出来，她看着龙七。

“对不起——”一开口，才发现嗓子哑了。

龙七冲里里弯了一下嘴角，“睡不着。”

“睡不着也别抽这么多烟啊，”里里把窗户打开，新鲜空气挟着一股湿凉卷进来，里里把龙七手指间的烟拿下来摁到烟灰缸里，“别抽了，伤口会更疼的。”

龙七扭头看着里里，她也没睡好，眼睛下面有点儿黑黑的。

“我想了一夜，百合的话也有道理，”龙七干咳了一声，他的心扭绞着疼痛起来，“也许妈妈确实是因为我才——”

“你别听百合胡说八道了。你看她昨天晚上说的话做的事儿，根本就是一个疯子。”里里摸了摸自己的脸，气愤地说，“从小到大，还没有谁敢动我一根手指头呢，这个仇，我早晚要报。”

里里家里姐妹四个，她是最小的，早就习惯别人让着她了。

“算了——”龙七清了清嗓子，可说出的话还是干干的，“百合心情不好。”

“心情不好就可以为所欲为了？心情不好就可以杀人不偿命了？”

“好了好了，”龙七烦躁地说，“你就别再添乱了，我已经够烦的了。”

“我才说一句你就发脾气，”里里委屈地噘起了嘴，“昨天百合那么闹，你不也是好声好气的吗？”

龙七站起来走到窗前。

里里抱着沙发上的绒毛沙皮狗，“难道我说错了吗？”

“我们存折上面还有多少钱？”龙七回身问。

“两三万吧。”里里说。

龙七叹了口气，“还百合的那一半都不够呢。”

里里没说话。

“我们怎么才能弄到钱呢?”龙七说。

“你不高兴我也要说,”里里独自生了会儿气,这回坐直了身子,表情也认真起来,“你为什么在百合面前那么低声下气呢?你是男人,已经25岁了,到了该创业的时候了。当初借助一下家里的酱汤馆贷款,这也没什么错吗,你妈妈去世了,酱汤馆等于是你的遗产,你用这笔钱投资自己的事业有什么不对?!你为什么那么在乎百合的意见呢?你创业的决心是这么容易动摇的吗?”

“你也知道,妈妈当初的确是反对我开酒吧的。”

“那又怎么样呢?上了年纪的人不理解时代的发展,这种情况在哪个家庭里都有可能发生,我和父母之间也存在着代沟啊。”

“可我妈妈得了脑溢血——”龙七说。

“那是意外。”里里说,“生活中总是难免会发生意外的——”

龙七把头转向外面,“别说了。”

“龙七——”里里叫。

“我们得想办法借到钱,”在晨光里,龙七的脸色是青的,嘴唇是白的,声调像撕开的布,“不管怎么样,也得先把百合的那一份儿还给她呀。”

“到哪里去弄钱啊?”里里叹了口气,“我们到处欠债,现在我给姐姐们打电话,没等开口,她们就在电话里抢着说,‘最近我手头很紧啊,里里’。”

“我真是没用啊。”龙七从茶几上拿烟,烟盒已经空了。

里里放下电话。她手里拿着一张纸,上面列着她和龙七费了好大的劲儿才想出来的准债主名单。他们从两个月前就开始四处借债了,酒吧的投资总是超出他们的预算。本来以为这次可以喘口气了,半路又杀出个百合。

龙七一直听着电话,明知故问:“又不行?”

“这都什么时代了，”里里往沙发里一躺，“别人要是跟我一下子借几万块钱，我也不借呀。”

龙七指着里里的通讯录，“再找找别人吧？”

“全都打过了，”里里摇摇头，“没希望了。”

她把手里的纸团成一团，扔到纸篓里。龙七失望地坐进沙发里。

“百合到底是不是你同胞的姐姐呀？”里里忽然又坐了起来，指着龙七头上的纱布说，“黄世仁也没她这么狠啊，上来就是一酒瓶子，还限时要你交钱。”

“百合从小就是这脾气，小时候经常和男孩子打得头破血流。”龙七说，“她要是真急了，酒吧都敢一把火点了。”

“她是在北京跳舞吗？”里里斜了龙七一眼，“怎么听着像混黑社会的。”

心情再坏，龙七也忍不住露出了笑容。龙七最迷里里的不是她的个头儿和美貌，而是她的幽默感。他第一次见到她时就知道她是他要找的女孩儿。

“别开玩笑了，”龙七叹了口气，“还是想想怎么借钱吧。”

里里也沉默下来，“干事业怎么这么难啊。”

“百合脾气不好，妈妈又刚过世，”龙七看了里里一眼，伸手搂着她的肩膀，“她受了很大的刺激，有什么不对的地方，你多担待点儿。”

“我要是不担待她，”里里说，“昨天她打我那一下子我能跟她算完？”

“早知道你也不是省油的灯。”龙七笑着说。

“知道就好。我这么让着她，还不都是为了你，”里里叹了一口气，趴在龙七的肩头，“爱一个人可真辛苦啊。”

“行了，”龙七笑了，在她头上戳了一下，“别抒情了。”

“我怎么把大财主给忘了？”里里坐直了身子，抱着绒毛沙皮狗，

眼睛忽然一亮，“圣哥有钱啊。”

龙七的脸一下子沉下来，“别在我面前提那个老色鬼。”

“他还不到40岁呢，不算老。”里里说，“再说他也不是色鬼，只是比较喜欢漂亮女生而已，他从来不强迫别人的。”

龙七的脸绷得紧紧的。

“别冲我吹胡子瞪眼睛，你要说今天晚上不用还百合钱，我还乐不得呢。”里里说，“你当我是吃饱了撑的，愿意低声下气地去跟人借钱啊？”

龙七犹豫了，“——再想想别人吧？”

“没别人了，”里里说，“机长是最后一张牌了。”

[七] 山水有相逢

在一个陌生的房间里醒过来，感觉总是怪怪的。房间像是会思想似的，判断着住在这里的新面孔是个什么角色。

平原起床后，穿过走廊去后面的浴室洗澡，浴室里面湿乎乎的，飘荡着洗发水和浴液混合在一起的香味儿。他没想到她起得这么早。洗澡水不冷不热，平原站在水里冲了好半天，心里暗暗希望这一天的一切都能顺顺利利的，别像昨天那样火药味儿十足。

说到性格，这个有着美丽花朵的名字的女孩子，还真算是他生平仅见的最酷辣的角色。在首尔，包围着他的女孩子，要么娇嗲甜蜜，要么温柔体贴，要么风情无限，三者兼而有之的也不在少数。

平原舒舒服服地洗完澡，想顺手清洁一下。在浴室的角落里摆着清洁用具，这个地方虽然朴实，但每个细节都安排得精心体贴，可见原来的女主人心思缜密。

平原回到房间，换了衣服，出来时，看见百合呆呆地坐在店铺里的一张桌子旁边。面前只有一杯清水。她的侧脸轮廓很漂亮，鼻子挺直，睫毛长长的，垂着眼睛时，一副惹人爱怜的模样儿。如果崔岭看见她这样子，又会神魂颠倒了。崔岭那小子对女人总是很心软。

厨房里很空，一点儿烟火气也没有。

平原想起街角的一家超市，出门去买了一些方便的食品拎了回来。

百合还那么一动不动地坐着。好像陷入冥想之中，一个大男人在她面前走来走去的，她竟然眼皮都不抬一下。

平原在厨房里点上火，用水壶烧水。他从袋子里拿出一盒辛拉面，朝百合望了一眼，又拿出来一盒放到案板上面。他煮了两碗面，打开一袋泡菜，分成两碟，把其中的一份端给百合，另一份端到另一张桌子上。他并不指望听到感谢的话语，自顾自地吃起来。

百合灶神似的僵坐着，闻到热面的气味儿才回过神儿来，她打量了一会儿热气腾腾的面和颜色鲜艳的泡菜，仿佛那是成分复杂的药。过了一会儿，她板着脸端起面碗走过去，放到平原的面前，“别以为这样就能收买我。”

用一碗泡面能收买什么呢?!平原哭笑不得。

百合脚步铿锵地走回房间，用力地拉上了门。

这就是多管闲事儿的结果。平原自嘲地笑笑。

百合又拉开门出来了，她望着平原，说：“我会把钱还你的。”

平原看了她一眼。

“这个店里的东西，”百合说，“你什么都不能碰。”

平原又低头吃起面来。

“你听见没有?!”

“你也应该搬走了吧?”平原吃完了面，抬头看了百合一眼，“这里已经不属于你了。”

“这是——”百合说。

“这是你妈妈的酱汤馆。”平原抢着说。

“对。”百合说。

“那是以前的事情了，现在，这是我的酱汤馆。”平原指指自己的胸口，口气平静但很有力量，“我的。”

“你——”百合用手指着平原，“你敢动一下我妈妈的东西试试?”

“你要是敢对我人身攻击，我会报警的。”平原把百合的手拨开，笑眯眯地说。

百合气得说不出话来。

“本来让你多住几天也是无所谓的，”平原回过身来，“但我还是第一次看见你这样的女人，像爆竹似的，随时都可能‘砰’的一声，”平原做了一个爆炸的动作，“和你这样的人居住在一个屋檐下，实在是很没有安全感。所以，请你早一点搬走。”

百合气恨地瞪着他。

“还有一点要提醒你，”平原走回房间里拿了一件衬衫，边往身上穿边说，“你屋里的东西我也是付过钱的，你走的时候，请把东西留下，否则，”平原做了一个打电话的姿势，“我会叫警察来。”

崔岭一睁开眼睛就想起昨天夜里发生的事情，真刺激呀，酒瓶子一下子敲在头上，血流如注。同事说起要来个新主管的事情也未能使他的注意力转移。

一大早他刚进到办公室，就给平原打电话。这小子昨天与母老虎——说起来，还真是相当漂亮的母老虎——共处一室，不知道眼下是不是还有性命在。

“啊，听见你的声音我就放心了。”崔岭笑着说。

“别幸灾乐祸了。”平原的声音听起来很不振作。

“昨天夜里，有没有什么传奇故事发生啊?”

“有啊，这个地方闹鬼呢。”

“真的吗？”

“你还真够无聊的——我要忙我的事情去了。”

“喂——”

电话已经挂了。

“哎，这个家伙——”

和崔岭一个办公室的同事，一脸新闻地从外面进来，“你看见新来的主管了吗？”

“没有。”崔岭的脸板起来，“有什么特别吗？”

同事满眼放光，“天啊，万万没料到，竟然来了个美女主管——”

“看你口水横流的样子，”崔岭哼了一声，“看见骨头了？闻到肉味儿了？”

“嗳——”同事想抗议，见崔岭横眉立目地严阵以待，只得作罢。

半个小时以后，崔岭和同事在办公室里，新来的主管林美姬小姐在几个人的陪同下四处查看厂里的情况。

崔岭目瞪口呆地望着林美姬。她穿着一身浅红色的套装，在几位男士黑色西装的映衬下，灿若桃花。

“我说两眼发直，”同事低声说，“没错吧？”

“这位是公司新派过来的首席商业代表，林美姬小姐。这两位是第二车间的负责人。”有人为林美姬介绍。

“你们好，”林美姬向两人打了个招呼，她的目光落在崔岭身上，微笑着说，“我早就知道你在这里，想给你个意外惊喜。”

“你们——”陪同的人问林美姬，“认识？”

“小时候在一个社区里长大的。”林美姬回答了一句。

同事吃惊地看了崔岭一眼。

山不转水转啊。从小一起长大的小女孩儿如今是自己的上司了，他可是看着她哭鼻子长大的朋友啊。崔岭不知道自己对这位新上司的到来，该高兴还是该难过。

“确实是——天大的惊喜!”

“以后有机会再谈吧，现在，”林美姬冲崔岭他们点了点头，“请继续工作吧。”

“您辛苦了。”

林美姬他们走了。

“真是想不到啊——”两个人异口同声地说。

“想不到什么?”崔岭问同事。

“想不到你会跟这么漂亮有品位的女人一起长大。”

“这回，你知道我看女人的起点有多高了吧?”

“刮目相看，刮目相看。”

崔岭回到办公桌前抄起电话，拨了几个号码。电话响了几声，平原在那边接了电话，“喂?”

“平原，”崔岭兴奋地说，“你绝对猜不出我刚才见到了谁?”

“你就是见了鬼，我也不会奇怪的。”

“你请我吃饭，我才会告诉你。”崔岭说，“绝对猛料!”

“你就把你的猛料当饭吃了吧。”平原说，“我还有事儿呢。”

“臭小子，”崔岭对着话筒说，“你绝对会后悔的。”

“愿意的话，晚上去酒吧见面吧，昨天的那家。”平原说完，收了线。

放下电话，平原才意识到，他盯着那个旧相机，已经有一会儿了。他已经很久没摸相机了，以前他是抱着相机睡觉，抱着相机醒来——还提以前干什么呢?他苦笑了一下，身体里面有个冷静的声音在说话。

这两年他干过多少种工作？二三十种总有了吧？给想当歌星的人拍过 MTV，那个家伙的才艺几乎可以用“恐怖”来形容；最近的工作是在一家很高级的西餐厅里当侍应生，穿黑色的礼服，打领结，浆过的衬衫领子硬硬地卡在脖子上。衣服是浆过的，坚硬的，而衣服里面的人，灵魂，却变成了雪糕做的，越化越成一摊水，或者轻得如一股烟，快要从他的身体里彻底飘走了。

一个中年女人——不年轻了，但还很有些姿色——每天晚上都来西餐厅，她点的东西最后几乎全都剩在了桌子上，她不说话，只用那种脉脉含情的目光打量着他。她的目光里不只是有情，还有优越感，密密麻麻、无所不在的关注对着他撒下网来。他对她视而不见，但她每天都来，很执着。同事们的脸上开始露出微妙的笑容，他倒并不在乎这个，他早就具有对别人的态度视而不见的本事了。如果有什么让他不舒服的话，是这个女人的执着劲头，明知道没有希望，还是每天来这里坐着。

刚好崔岭那时到这边来，经常打电话怂恿他过来。平原辞掉了餐厅的工作，到中国来。这个小城很奇妙，有一半的人讲朝鲜语，完全没有语言交流上的障碍。他很快就发现，这正是他想要的地方，像大海中间的孤岛，与原来的生活遥遥相望但又隔离开来，清静地待上一段时间。他把很多时间花在旧货市场和山村里面，那里会发现一些旧物，以及过去生活的碎片，他把这些碎片搜集起来，整理一下，发回到韩国的一家民俗博物馆。

那个卖旧相机的摊贩也早就注意到平原了，他的表情很笃定，好像拿准了平原会买他的货。

“看一看吧？不买也没关系。”

平原接过相机，熟练地摆弄了几下，他看了看相机的镜头。

“德国货。五六十年代的产品，其他的东西没用了，但镜头是好镜头。”

摊主让他说得高兴起来，“一看你就是行家。你说个价吧，宝马配英雄，我便宜卖你。”

平原把相机又还给他。

“诚心要的话，给我 300 块钱。”

平原笑了，“新的照相机也不过 300 块钱吧。”

“怎么能那么比?”摊主说，“有些东西是越老越值钱。”

平原摇摇头，转身要走。摊主一把又拉住他，“200 怎么样？200 块钱，你就拿走。哎呀，你是韩国人，还差这 200 块钱吗?”

“你怎么看出来我是韩国人?”平原问。

“连这都看不出来，”摊主说，“我怎么卖相机?”

“把你的好眼力用到下一位顾客身上吧。”

平原走开了。他不想买相机。相机是他的深渊。人不能两次踏入同一条河流，人也不应该一次次地滑落在一个深渊里面。

平原穿过一条街，在一家酱汤馆前面停下脚步，正是中午吃饭的时间，酱汤馆里有不少人，平原进去找了一个位子坐下。

“几位?”招呼他的大婶笑容很亲切。如果不是口音上的差别，他几乎会以为是在自己的国家里吃饭。

“一位。”平原说。

他买下的酱汤馆的老板娘笑容只怕也是亲切的吧？她的女儿可不是温柔的类型。

店里很空。阳光从外面照进来，让百合想起《麦克白》里面的三个女巫。她们擅长制造气氛，把人引入万丈深渊。

她生在这里长在这里，却只是从昨天开始，才真正开始打量这里。

有一点，百合和平原的想法不谋而合了，她也觉得这所老房子是个思想家，不只如此，它还是李淑香。这个老式的房子的佑护，多么像李淑香的怀抱啊。

无论如何不能放弃。

百合回到房间里拿出一个通讯录来，看看能不能找到帮忙的朋友。她夜里有一半的时间睁着眼睛，在脑海里过滤旧面孔新面孔，龙七让她很不放心，怀疑他是不是真的能把钱拿来。她需要钱，太需要钱了。也不是没想过冯征。但这是她的底线。

如果找了他，她这些日子的挣扎和决绝，不是全失去意义了吗？而且，他肯定会劝自己跟他回北京的。

还有一个隐秘的心理。百合觉得妈妈的灵魂还留在这里，李淑香在某个百合无法抵达的暗处观察着自己的一举一动。妈妈不喜欢冯征。妈妈不会希望百合用冯征的钱来解决眼下的困难。

百合很久没和老朋友联系了，通讯录上面的电话号码一个个拨过去，不是没人接听，就是传来服务小姐的声音，“您所拨打的电话是空号。”

赵琳、李菲，这些死党，都找不见了。

她们从小一起跳舞。那些柔软的，伴着音乐，伴着老师棍棒度过的日日夜夜，曾经，像血液一样连续在她们身上，她们就像夏日森林里活泼的浆果，找出一个，就能连带着拽出一串，珠串似的，晶亮闪耀。

从什么时候开始，她们形单影只了呢？

平原吃过午饭走回到门口，门开着，阳光铺了一地，店铺看上去很明亮。里面静悄悄的，看不见百合。

平原走到自己的房间门口，很认真地听了一下隔壁，里面一点儿声音也没有。这个女孩子把这个昨天上午还宁静幽深的院子，完全改变了。这里现在变成了个不须镁光灯的舞台，充满了矛盾和戏剧性。

“——出去了？”平原凑近到百合的房间门口。

“又想偷东西?!”百合的声音从后面冷冷地响起。

平原吓了一跳。她一点儿声息都没有，却不知道什么时候，已经来到了他身后的木廊台，静静地看着他。

“离我的房间远点儿!”百合冷冷地说，从平原身边走过，拉开自己房间的拉门。

平原有点儿尴尬，好像他真的窥探了她什么似的。

“住在别人家里，”他嘟哝了一声，“还那么嚣张。”

“我都说过了，”百合关了一半的门停下来，她扭头看着平原，“从你那里拿走的钱，我们会还给你的。”

“光还钱可不行，”平原说，“还要赔偿我的损失。”

“你有什么损失?你凭空插足到别人的家里，破坏了别人的生活。”

“怎么会是凭空?”平原说，“买这个房子的钱，是我全部的家当。除了这个房子，我一无所有。”

百合愣了愣，她全部身心都沉浸在自己的伤痛和失去中，倒从来没替别人想过。

“——那也是你自找的。”

“是我自找的，”平原笑了笑，“不过我的麻烦很容易解决，而你呢?”

百合一时语结。平原进了自己的房间，关上门时，她还站在木廊台上。

她那个样子，平原犹豫了一下，还是决定把“可怜”这个词加到她身上。她是可怜的，突然之间失去了妈妈，失去了家园。困难像山一样压在面前，她不知道该拿这座看不见的山怎么办。

[八] 米通花——情人的眼睛

穿戴好的里里从房间里出来，问龙七，“这件怎么样?”

“不行，”龙七躺在沙发上，看着里里一件件换衣服，“你穿粉红色时，脸孔显得特别可爱，很容易让男人想入非非。”

里里转身回去换了一件。

“黑的?”龙七上下看了看，“不行，太忧郁了，那个老色鬼准以为我给你气受了，在你身上打乘虚而入的主意。”

里里转身回房间，不一会儿，又换了一件白的出来。“这件太纯情了吧? 会让男人产生——”龙七敲了敲脑门，“那句话怎么说的来着，啊，对了，一张白纸可以画最新最美的图画。换换换。”

里里转身进去了。

这一次，她穿了一件红色的吊带露脐背心。

龙七瞪着眼睛看她，“你什么意思?”

“最后的意思。”里里说。

“什么最后的意思?”龙七问。

“就是最后一件衣服的意思。”里里回答。

“不会吧?”龙七说，“平时我觉得你难看的衣服也不少啊。”

里里摆了几个动作，“你认命吧，我就是把塑料袋穿到身上，也照样有吸引力。”

“明白了，”龙七把自己的T恤脱下来，扔给里里，“穿我这件吧。”

“金龙七——”里里甩掉T恤，叉开手指朝龙七扑了过来。

龙七抱住了里里，使劲儿抱着。恨不得把自己变成块面皮，把里里牢牢地粘在他的身体里面。从他见到里里的第一眼，他就想把她裹起来，一层层的，直裹成一个小粽子，带着她四处走。从来没有哪一

个女孩子，在龙七身上激起那么强烈的、想成功的渴望，他想赚钱，很多钱，钱会变成一砖一瓦，筑成爱巢。

里里，是龙七金屋里的娇。

选择在暗沉不透明的布粒上，织出来的比米粒还要小的洞洞，周围暗挑，组成花朵小草状。那些米粒大小的洞，很细微，知道它的存在，却看不清楚，只有最亲密的伴侣，在搂肩托腰间，感受着最贴身的诱惑。这种小洞，叫“米通花”。米通花，也叫“情人的眼睛”。

里里是在杂志上面看到这种介绍的，她所有的睡衣，以及其他好几件上衣和裙子都有“米通花”的图案。

去见机长时，里里想起米通花来，他以前吸引过她。她在心里从不否认这个。他当机长的时候就是很多空姐迷恋的对象，她认识他的时候，他已经经商了好几年，是不折不扣的大款了。很多女孩子围着他转——有的人有目的，也有的人只是单纯地喜欢他——他的绅士风度和他的钱一样引人注目，他对哪个女孩子都温柔体贴，哪怕是让人讨厌的女人，他也总是和和气气的。

他对里里说的话不多，但里里却总能在暗地里感受到他的注目。像米通花。

龙七需要钱的时候，里里最先想到的人就是机长。但她不能说，那样太伤龙七的心了。龙七知道机长喜欢里里，他在感情方面是很霸道的。

她不想做让龙七伤心的事情，那是相爱的人之间最愚蠢的行为之一。龙七妥协时，她的心里很难受，但什么都不能说。

男人的自尊心比金子还要贵重。

里里穿了一件浅灰色的 T 恤和短裙走进餐厅。

机长在一个靠窗的位置冲她摆了一下手。里里走过去，机长替她拉开椅子，她注意到，他的目光在她的腿上停留了两秒钟。里里的脸有些热。这件衣服是她自己挑的，清纯而又性感。

“谢谢。”里里坐了下来。

“想吃什么？”机长把菜单递给里里。

“今天我来请客吧。”里里说，“跟你借这么多钱，我觉得很不好意思。”

“如果让你花钱，那我还算男人吗？”机长说，“刚才服务员为我推荐了套餐，我觉得不错，我们吃套餐怎么样？”

“可以。”里里说。

“就来你刚才推荐的情侣套餐吧。”机长把菜单还给服务员，“再要一瓶干红，加冰。”

“二位请稍等。”服务员点头，离开了。

里里和机长一时没什么话，互相注视着。

“你怎么不问问我，借钱干什么用？”里里问。

“那不重要。”机长说，“重要的是，你需要我的帮助，而我又非常愿意帮助你。”

机长的话说得很轻松。但每一句话，又都让里里觉得分量很重。

百合敲了敲平原的门。

平原拉开门。

“到了去酒吧的时间了。”百合指了指腕上的手表，“我们一起去。”

她的口气是命令式的。

“我为什么要和你一起去？”平原赌气问道。

“你为什么要买这个酱汤馆？”百合反问。

“人这一辈子总难免要做几件蠢事的，这是我平生所做的最愚蠢的事情。”平原说完想拉上门，但百合伸出脚，把门挡住了。

“你干什么?”平原瞪了百合一眼。

他承认她是个漂亮女孩儿，但他讨厌她。

“你跟我一起去酒吧。”她说话从来不用敬语不说，甚至也不像女孩子，没有一丁点儿的温柔，直来直去的。

“我会去酒吧的，”平原转回头说，“但我不愿意和你一起去。”

“我也不愿意和你一起去，”百合说，“但昨天我们是坐同一辆出租车去的，你付了车钱，所以今天我们也还得坐同一辆出租车去，由我来付钱。我可不想欠你人情。”

“你这个人——”平原气极而笑，他叹了口气，“你自己走吧，人情就算已经还过了。我想冲个澡再走。”他关上了门。

百合转身走了。平原洗过澡换过衣服走出大门，发现百合站在门口等着。

“你没走?”平原吃了一惊。

百合一声不吭地招手拦住一辆出租车，她拉开车门坐在了前面，转头看着平原。

真够倔强的。平原拉开车门坐了进去。

[九] 浪花的手

他们在酒吧里遇到的第一张熟面孔是崔岭，他看见他们并肩走进来时，脸上现出微妙的笑容。

他们一进门就分开了，百合坐在前一天坐的位置上，服务员们对她都小心翼翼的。她谁也不理，静静地望着舞台上面正在唱歌的女歌手。她弹着吉他，在一束橙色的追光中，嗓音低沉地唱《恰似你的温柔》。

某年某月的某一天。

就像一张破碎的脸。

难以开口道再见。

就让一切走远——

歌手喑哑的声音，像一个看不见的钩子钩进了百合的五脏六腑，她疼，几乎疼得喘不过气来，又说不清是疼在哪里。仿佛，她的身体里有个疼的泉，既像在一直往外喷发，又像在不断地把疼吸附进去。

平原过去跟崔岭一起坐着，他挑了一抬头就能看见百合的位置。

“昨天夜里，发生了什么有意思的事情吗？”崔岭问平原。

平原扫了他一眼，他发现崔岭很兴奋，身体里好像有什么按捺不住的东西，“你呢？有什么高兴事儿吗？”

“能看出来？”

“喊。”平原懒得问，“你喝什么呢？”

“啤酒。”崔岭指了一下瓶子。

平原招呼服务员，也要了同样牌子的啤酒。服务员把酒启开放到他的面前。

“你把脑袋想破，”崔岭摆手做出休战的架势，凑近到平原身边说，“也猜不出我今天见到了谁？”

“那我干吗还要猜？”平原笑了，他并不着急追问，崔岭从来藏不住想说的话。

平原的目光被刚进来的龙七吸引过去。龙七朝百合走去。

崔岭也转过头来望着他们。

“不会像昨天那样发生暴力事件吧？”崔岭的语气里面有种雀跃的热情。

平原瞪他一眼。“她好像两天没吃过东西了，”平原说，“即使想用暴力，恐怕也没那个力量吧。”

龙七来到百合面前，“百合——”

“钱呢？”

“我带了一些，”龙七的头上还缠着纱布，有点儿可怜，“一会儿里里会带来剩下的部分。”

百合没说话。

吧台是员工们非常集中的地方。

“我们换个地方坐下来吧。”龙七打量了一下四周，走到平原旁边的位置坐下。

百合又坐了一会儿，带着自己正喝的酒也坐过来。

“百合，不管你对我有多大的看法，但有些话我还是要说清楚。这几年你在外面，不大了解家里的情况，实际上，现在开酱汤馆已经没什么赚头儿了。做一碗酱汤，可能要做十几项准备工作，忙活了一大顿，最后才卖几块钱。好多家酱汤馆改变经营方向了，即使卖，也是兼营品，而且提高了价钱，或者选用现成方便的原材料，可妈妈所做的工艺还是以前的那一套，费力不讨好。我劝过她很多回，她总是说，做了几十年了，做熟了，不想改了。”

百合沉默着。

“妈妈出事那两天，我疯狂地给你打电话，你就像从这个世界消失了似的，没有人能说得出你的行踪。我只能在你单位留言，在你宿舍传达室留言，我绝对没有故意想隐瞒什么。还有就是现在这个局面为什么会形成。这个酒吧，我也说了，一个多月前就已经开张了，我这个人能力有限，认真地做一件事情也不一定能做得好，但这家酒吧是我非常想做好的一件事情，所以我辞掉了工作，投入了全部精力。没有了妈妈，酱汤馆的生意是非放弃不可的。希望你能理解我的心情。”

“你的心情?!”百合冷笑了一声，“你的心情是迫不及待地把酱汤馆卖掉，拿出钱来开酒吧做老板，过风流快活的日子。”

“我跟你说了这么多，你怎么还——”龙七有些气恼。

“少跟我来这套语重心长！你以为你这一套会感动我什么吗?”

百合的火气从肺腑之间不断地蹿上来，咬牙切齿地说，“你不光是把酱汤馆卖了，连平时妈妈留下来的东西也一起卖了，利欲熏心的东西，一条狗养二十多年也比你有人情味儿。”

“那些破烂儿留着又能有什么用呢？当古董吗？”龙七也叫了起来，“别老是在我面前摆出一副教训人的架势，我是做得不好，你又为家里为妈妈做过些什么呢?!”

百合瞪着龙七，“我至少没有出卖。”

“你出走了。”龙七针锋相对地说，“那有什么不同?”

“我送你。”出门时，机长在里里耳边说。

他的气息吹到了里里的肌肤上。

“不用了，”里里没敢回头，径直先走出餐馆，在她确定自己跟机长保持了足够的距离时，才转头说，“我男朋友在酒吧里等我呢。”

机长刚换的奔驰车开到门口。

“那我就送你到酒吧门口，”机长爽快地说，“你一个女孩子，身上又带着钱，不大安全。”

里里犹豫了一下。

“上车吧。”机长替里里拉开车门。

里里上了车。路并不远，四五条街。

“看你愁眉苦脸的。”机长看着里里，笑了，“我给你那么大的压力吗?”

“不是，”里里有些尴尬，“你一直对我都很好。”

“你不要放在心上，”机长说，“对你好，是因为这能让我高兴，说到底，还是我的自私。”

里里也笑了。难怪机长有过很多很多女朋友。他女朋友换得很频繁，但很少有人真正恨他。恨他的人，通常是投入情感过多的人。

一进门，里里就看到龙七和百合，两个人，面对面，针尖对麦芒。他们之间就好像绷着一根导火线，稍有不慎，就要引爆天雷地火。谢天谢地，他们今天选了个相对僻静的角落。

龙七看到了里里，他的目光转向她时，眼睛里面的火花就像落到湖水里面那样熄灭了。龙七朝里里摆摆手。里里把装着钱的信封塞到龙七怀里，转身进到吧台里面。

龙七朝信封里面打量了一眼，百合也看到里面是钱，她伸手在离她不远的平原身上拍了一下，“麻烦你过来一下。”

平原放下酒杯，坐到姐弟俩身边。

里里朝他们这边看着。崔岭也看着他们。

“一共卖了26万，”龙七把装了钱的包推到百合面前，“这里是13万。”

“怎么是13万？”百合变了脸色。

“妈妈只有我们两个孩子，如果是继承遗产的话，这是你应得的那一份儿。”

百合盯着龙七，慢慢地说：“我要的是26万。”

“百合，”龙七说，“眼下，我真的只能给你这么多了。卖酱汤馆之前我没与你商量是我不对，但是我刚才也说清楚了，酱汤馆是不可能再继续存在下去的。不卖掉我们又能怎么样？等着风吹雨打，等着它烂掉吗？”

百合“啪”地拍了一下桌子，站了起来。

“就算你再给我来上一下子，”龙七抬头看着百合，指着自己头上的伤口说，“我的态度仍然不会变。”

里里把手里拿的一个杯子啪地放到吧台上，朝百合他们那边走过去。

崔岭也过来站在平原的身后。

“你再敢动龙七一根手指头，”里里冷着脸，举着电话走到桌边，

"我立刻打电话报警——"

"里里——"龙七叫了一声。

"我不管她是谁，"里里大声地说，"你也是你妈亲生的，凭什么她一回来就到处指手画脚，什么事儿都得由她说了算?!"

"里里——"龙七拉了里里一把。

里里甩开了龙七的手，正视着百合说："龙七有权利决定自己的生活。他花的也是他自己的钱，用不着向谁低声下气。"

"龙七，你真是让我大开眼界，"百合凄然地笑了，"这就是你报答妈妈养育之恩的方式?!"

"我只是想做我自己喜欢做的事情，妈妈开酱汤馆，不管多么辛苦，那是她喜欢的生活；而你，如愿以偿地到北京深造，跳自己喜欢跳的舞蹈，和你们相比，我从来就没做过自己喜欢做的事情，你们怎么能理解我在小学当体育老师时的心情?！长这么大，和朋友投资这个酒吧是我所做的最重要的事情。"龙七的声音有点儿颤抖，"我不能放弃！我也不想放弃。"

平原看着龙七。

"如果你的事业是一棵树，那么，它是用妈妈一生的心血来浇灌的，"百合的嘴唇哆嗦着，"你还那么理直气壮?!"

龙七一时说不出话来。

"好吧，你的钱你留着，"百合把桌上的钱抱起来，"酱汤馆的钱由我一个人来还。至于你，"百合对里里冷笑了一声，"用不着在这儿跟我摆老板娘的架势，龙七从小就喜新厌旧，你很快就会变成弃妇的。"

"那是我的事儿，"里里说，"不劳你费心。"

"先还你——"百合霍地站起来，把钱朝平原的怀里送，自己也一头栽了过去。

平原起身接住了她，他差点儿没站稳，身后的崔岭扶了他一把。

百合脸色苍白，一分钟前她说话还掷地有声，转眼间，变成了个羽毛般的人，轻飘飘的，一点儿重量也没有。

“百合，百合！”龙七转头冲里里喊，“快打112。”

里里也有些不知所措，愣了一会儿才想起来拨电话。

“我想她只是太虚弱了，好好睡一觉，”平原说，“再起来吃点东西就没事儿了。”

平原和龙七坐在外面的一张饭桌边儿上。

“刚才，”龙七像被霜打了似的，整个人都耷拉着，“我说了很过分的话吗？”

里里在龙七以前住的房间里往一个大箱子里收拾东西，拉门开着，她朝龙七转过头，“你只是说出了心里的话。”

“百合以前不是这样的，”龙七说，“虽然也很调皮，但她骨子里是很善良的，这次回来好像变了一个人似的。”

“忽然之间失去了妈妈和家，对女人来说，”平原说，“心理上可能很难承受吧。”

两天前，他还全然不知道龙七、百合是何许人也，也不知道世上还有这么一家酱汤馆，可现在，他们这样坐在院子里面，就像认识了很长很长时间了。

“发生了这么多不愉快的事情，”龙七望着平原，“我很抱歉。”

“那个酒吧，”平原望着龙七，“你真是当成一生的事业来做的吗？”

“我不敢说能不能一生坚持，但我真的很想把它经营好，”龙七说，“为了开这个酒吧，我放弃了现有的一切。”

“酒吧是我们的未来，”里里把东西装好后，把箱子放在门口，走到男人们身边坐下，“我们把能押上的一切都押上了，我们是开弓没有回头箭。”

龙七看了里里一眼。

平原点点头。

里里打了一个呵欠。

"你们回去吧，"平原看了眼手表，说，"这边我会照顾的。"

"已经给你添了很多麻烦了，"龙七说，"怎么能再增加新的负担？"

"老实说，我也不愿意和她打交道，她像个火药筒似的，随时都能爆发。"平原苦笑了一下，"但她住在这里，我也住在这里，怎么样也是免不了低头不见抬头见，所以，顺便做点儿能做的事情也就无所谓了。"

"这样也好。"里里对龙七说，"明天我还要上机呢。"

龙七犹豫了一下。

"改天我们请你吃饭，"里里对平原说，"表示感谢。"

"不用客气。"平原站起来，"我送你们出去吧。"

龙七起身去提箱子。他在门口打量已经变成平原的房间，一时间有些百感交集。前天卖酱汤馆时，他还没什么太大的感触，这次走出门，却觉出刀割般的难受，仿佛某种脐带之类的东西，从自己身上割裂了。

突然之间，他明白百合的感觉了。里里看了他一眼。

他们走在街道上，行人很少，出租车瞪着血红的眼睛，从他们身前或身后一闪而过。

"你会抛弃我吗？"里里冷不丁地问了一句。

"嗯？"龙七回头望着里里。

"百合说你从小就喜新厌旧。"里里说。

"你还嫌这一晚上折腾得不够啊？"龙七苦笑着说。

"万一百合说的是真的怎么办？"里里不依不饶地说，"将来你有了钱，变了心怎么办？”

龙七从裤兜里摸出一把小刀，打开后塞到里里的手里，“那你就杀了我吧。”

里里看着手里的小刀，笑了，“这可是你说的啊。”她拿着小刀在龙七面前比画了一下。他们一起笑了，但笑容不像平常那样毫无保留。里里并不是真的在乎龙七以前的女朋友们。她真正想跟他谈的是机长的事儿。她知道龙七也是一样。他们的压力不只是外在的，还有属于他们自己的隐秘。

［十］时光中的一个旋涡

夜深人静。平原坐在这个天井般的小院里，仰头望着天空，天空有底，高级丝绒的质地，月亮像个金盘子缀在上面。

他有多久没看过月亮了？他是那种不多的，能品味出这个酱汤馆的好人：它是城市里的小镇，是新崭崭里面的旧，是流动的时光中的一个旋涡。

这一瞬间，甚至姐弟俩为了争夺这个地方的所有权所进行的战争，也都变得可爱了。

它值得。

平原听见百合的房间里传出声音，他走过去，轻轻拉开拉门。百合头上冒着虚汗，在床上辗转反侧，轻轻呻吟着。

平原走进去，在她额头上摸了一把，汗是冷的，像水一样。光线昏暗也能看出来百合脸色苍白如白花瓣，嘴唇怕冷似的抖着。

平原用热水温热了毛巾替百合擦了擦脸，她身体软软的，出了汗，仿佛浸了水的棉花人。平原从自己房间里拿了一床被子搭在她的被子上面，去厨房煮了牛奶，晾温，端进去给百合喝。他把她扶起来时，她醒了，挣扎了几下。

“想打人或者骂人的话，也得先攒足力气才行啊。”平原在她身后塞了一个靠垫让她靠在上面，把牛奶端到她面前，“你自己来，可以吗？”

百合看着杯子，仿佛那是个什么重大命题，必须要慎重考虑一下似的。不过，她总算在牛奶变冷前伸手把杯子接了过来，“谢谢。”

平原笑了。

“你笑什么？”百合问。

“听见你讲礼貌用语，”平原说，“很新鲜啊。”

“这很好笑吗？”百合瞪了平原一眼，喝起牛奶来。

平原从睡梦中醒来，发觉天光早已大亮了。他翻身坐起来，披上衣服去隔壁房间敲了敲门，里面没有回应。他又敲了敲门，还是没有人回应。

平原轻轻拉开门，往里看了一眼。房间里面收拾得干干净净的，百合不在房里。平原昨夜抱过去的被子叠得豆腐块似的，放在床边。平原朝墙上的钟看了一眼，已经是上午十点多钟了。

百合一大早就起来了。她走的时候，平原睡得正香。

百合有些头重脚轻，走路有些飘。她径直往歌舞团走，这条路她从少女时代开始走，几乎是一种惯性。以前，路边种满了树，居民的房子掩在树后的院落里面，现在，树少了，一幢幢楼房像水泥屏风一样，拔地而起。

歌舞团的小红楼当年是这个城市里的传奇建筑，出来进去的，都是腰细腿长，脖颈高昂，天鹅一样撇着小外八字脚走路的女孩子。十年前，要是哪个男人发呆，会有人拍他一下，“又发红楼梦了？”

现在，那些音乐、人、爱情，虽没有消失，但毫无疑问地随着这栋红楼一起憔悴了。

王老师还是老样子，肥大的运动裤，松松垮垮的T恤衫在腰间打了个结，手里的细棒她用了多少年了？百合从见到王老师那天开始，她手里就拎着它，她们当年都开玩笑说，那是王老师的贴身武器。

“百合？”王老师扔下那群练功的孩子们，朝百合迎过来，惊喜溢于言表，“我没看花眼吧？”

“王老师——”百合抓住王老师的手。

王老师现在有助教，她交代了几句，跟百合去休息厅里。

休息厅里的桌椅都换过了，但怎么看，都比过去简陋似的。

“没什么可以招待你的啊。”王老师说。

“您怎么还拿我当外人啊。”百合说，“我这样看看您，就很高兴了，改天我请您吃饭。”

“也是啊。”王老师笑了，在百合手上拍了拍，“我这样看着你，也很高兴。”

两个人忽然之间都有些感慨。

“你们那批人是我最得意的一拨儿学生了。个个都不错，可现在走的走散的散，只剩下你和李菲还搞专业了。”

“赵琳呢？”百合问。

“嫁人了。听说是个大老板呢，结婚以后就把赵琳当成金丝雀养在家里了。虽说生活在一个城市里，但我们平时难得见一次面。”

“有她的电话吗？”百合问。

“你找她有事儿？”王老师问。

“好久不见了，想聚一聚。”百合说。

“等一下。”王老师走回练功厅，拿着个半旧的帆布包回来，在里面翻出个通讯录来，用笔在一张白纸上写下电话号码，然后把纸撕下来，回到百合身边，“打这个电话试试吧。”

“谢谢。”百合接过来。

“在北京怎么样？”

“演出的机会很多，但是，”百合苦笑了一下，“都是一些晚会类的节目，为歌手们伴伴舞什么的，很少有机会演出纯粹的舞蹈。新人反倒有些机会，央视文艺台还有舞蹈大赛什么的。”

“那太可惜了，”王老师说，“你的艺术感觉非常出色，做伴舞，太浪费才华了。”

“也不见得啊。”百合有些伤感地说，“我已经25岁了，还一事无成，对于舞蹈演员来说，黄金时期已经过去了。”

“别这么悲观，”王老师说，“我都50岁了，不也还从事着和舞蹈有关的工作吗？”

“在北京的时候，我常常怀念和王老师在一起时的生活，那时跳的舞，都是发自内心的，有激情，也有美感。不像现在，完全是机械地在跳。”

两人都有些沉默了。

“对了，你妈妈还好吗？她做的酱汤可真好吃。”王老师打破僵局，用轻松的口气问道。

“九天前，”百合说，“——我妈妈过世了。”

“是吗？！”王老师吃了一惊，“难怪——你的脸色这么难看。”

平原从外面回来，闻到一股炒菜的香气，百合的身影在厨房里面闪动。

“你回来了？”百合端着两盘炒好的菜从厨房里面出来，看见站在外面的平原。

她一下子变得和蔼亲切了，昨夜那场病痛，仿佛把她身上的戾气融化掉了，这种转变如此突然，让他有些无所适从。

百合把菜和碗筷摆好，招呼平原，“一起来吃饭吧。”

平原站着不动，“为什么？”

“昨天夜里，”百合说，“谢谢你的照料。”

“是回请我，”平原做出恍然大悟的表情，“不想欠我的人情？”

“算是吧，”百合笑了笑，“那你是否赏光？”

平原顿了一下，品味了一下她的幽默，“——当然。”

平原去洗了洗手，走回来坐在饭桌边。两个人有些尴尬地对坐着。

“怎么不吃？”百合问平原，“怕我在里面下毒？”

“以你的性情，也未必做不出来啊。”平原笑着拿起筷子，做出一个惊骇的表情，“那我就不客气地开始冒险了。”

他吃了一惊。看不出，她厨艺精湛。

百合看着平原，用目光询问他。

“很好吃。”平原说。

“是吗？那你多吃点儿。”百合笑了笑，也抄起筷子，“去北京以前，我经常在店里帮忙的。对了，等一下——”

百合放下筷子，走到厨房里面，端着一个热气腾腾的石锅走出来，她把石锅小心地放到桌上，“我还煮了酱汤。”

“这么厉害？”平原看了她一眼，拿起勺来喝了一口汤，他看着百合，无法用语言形容自己的感受，长长地“嗯——”了一声。

“妈妈一直坚持用自己家做的大酱做酱汤。”百合边说边坐下来吃饭，“她是那种老式的女人，厨艺比其他任何东西更能代表她的个性。”

“能煮出这样好喝的酱汤，”平原称赞说，“一定是个非常好的女人。”

百合整个人僵了僵，眼睛里面似有泪光泛出来，平原一时不知道说什么才好。但百合很快恢复了镇定，“谢谢你这么说。”

她今天这么温柔可爱，平原几乎觉得这是一个完全陌生的人了。

“每天给你煮一锅这样的酱汤，”百合问，“怎么样？”

“这么好——”平原笑到一半停了下来，她的表情里面有一些让人不放心的东西，“——你想说什么？”

百合回房间拿出一个大大的纸口袋，放到平原面前。

平原往里看了看，望着百合。

“先还你一半，剩余的钱我会尽力去借。”百合说，“在我还钱的这个期间，你住在这里，吃饭也由我来负责。”

“我该怎么说呢——”平原咳了一声，“我会在这里住上一段时间，我不知道具体是多久，但我肯定还是要回家的，当我回家时——”

“转手把这里再卖掉？”百合问。

“嗯。”平原点点头。

“很好。”百合说，“那就卖给我吧。”

百合把信封里的钱又朝他面前推了一下，“这就算是定金。”

［十一］曾经和现在

“平原怎么会在这里？”美姬问，“他不是一直想当摄影师的吗？”

“他的理想梦早就碎了。”崔岭说，“办了一个极其失败的摄影展，一点儿反响都没有，原来在杂志社的工作也辞掉了，为了办摄影展，还跟朋友借了不少钱呢，真是血本无归啊。有很长一段时间，他就像个老头子那样过日子，白天在阳台上喝茶，晒太阳，发呆；晚上早早睡觉。没钱了就干干各种各样的零碎活儿。老实说，有时候，他变得连我都几乎认不出了。平原嗳，何等高傲的人?! 后来我过来这边，劝他过来散散心，劝了七百九十五次，他终于挪动大驾，来这里了。”

美姬笑起来，“七百九十五次？怎么记录下来的？”

“当然是有个账本了。”崔岭拍拍心口。

他们笑起来，现在是上班时间，他们在公司楼下的咖啡吧里面坐

着，有个冠冕堂皇的理由是了解公司情况。

“他在这边过得怎么样？仍然是晒太阳，发呆？”

“有一句话叫什么，树挪死，人挪活。”崔岭说，“他到这边，倒一下子活过来了，对了，你记得他那个表哥吗？民俗博物馆的馆长，平原替博物馆工作，收集一些有价值的民间物品，说白了就是各种破烂儿。他动不动就往山里面、村庄里面跑，跟老人家聊天，他现在的状况虽然不能让你满意，但比以前颓废的时候，已经好了很多了。”

“什么叫‘不能让我满意’？”美姬笑了，“我哪有资格评判平原？”

“——抛除别的，我们总归是一起长大的朋友啊，老朋友，老资格。”

“这个说法儿挺可爱的。”美姬笑了笑，“平原，有女朋友吗？”

“这个小子，别的运气差点儿，桃花运可从来都不缺，身边总是美女如云。”崔岭叹了口气，“你看，他跑到天边，你都能追来。”

“关我什么事儿——我随口问问的，像你说的，老朋友了嘛。”

“我也是你的老朋友啊！你怎么不关心关心我，从我们坐下开始，就是平原平原，”崔岭指指自己，“眼前的大活人，你就好像没看见似的。”

“就因为看见了，还看你过得很好，才没问你的。”美姬笑着说，“真会挑刺儿。”

两人喝了口咖啡。

“他现在完全不拍照了吗？”

“那个摄影展后，他没摸过相机。”

“你们在一起时，提到过我吗？”美姬问。

“不常提到。”崔岭说。

“哼，”美姬有些不自然，故意用了开玩笑的语气，“还老朋友呢。”

“你是平原胸口的一处痛，”崔岭比画着说，“一提到‘美姬’两个字，平原的表情就——”崔岭满脸皱缩，做出痛苦的样子。

美姬笑得表情很不自然，“——别胡闹了。”

几年不见，赵琳变得快让百合不认识了。她全身上下的名牌，妆化得一丝不苟，一坐下，就把烟点上了。

“你身材还那么好。”

“你不也是一样？”

“不行了。”赵琳给百合看自己的腿和胳膊，“肌肉都松弛了。结婚以后就没练过功。”

“做了有钱人的太太了。还练什么功啊？”

“我离婚了。”赵琳笑着说。

百合的表情僵住了。

“看你那张苦瓜脸，”赵琳笑着说，“离婚而已，有什么稀罕？”

百合苦笑了一下。

“你呢？怎么突然回来了？还能想起我，怪难得的。”

“我妈妈——”

赵琳意识到百合未说完的话，又看见她全身上下的素黑衣服，伸手把百合抱住了，“老天爷——”

“我这个人不太会安慰别人，但我心里和你一样的难过。”赵琳泪光盈盈的，“我最爱喝大婶做的酱汤了。你去北京以后，我还专门去过几次酱汤馆喝大婶做的酱汤来着。”

百合擦了擦眼泪，在赵琳身上拍了拍。

赵琳很善解人意地把话题拉回到自己身上，“人无千日好，花无百日红。没得到的时候，他拼命地追，每天开车去团里接来送去的，李菲她们都羡慕我命好。结了婚以后，情况就不一样了。他的生意越做越大，男人有了钱，自然就不会缺少女人了。他在外面的那些风流事儿多了，有的女人，电话都打到家里来了。我要离婚，他不肯，他也不相信，他说，现在多少女人为了有钱男人都巴不得做小三，你会离婚？他说，他没有多少现金，我们离婚，我得不到什么。我只有一个想法，就是离开他，越早越好。我不在乎钱，真的，我觉得我一分钟也忍受不了那个家了。连空气都是污浊油腻的，让人喘不过气来。我现在这么说，你可能会觉得很夸张，我自己也觉得很不正常，但那段时间，这就是我最真实的感觉。”

百合能理解赵琳。她甚至比赵琳想象的，更理解她。

就像冯征。

第一次出轨，第二次出轨，一次次出轨。一直到最后一次，她终于明白，这件事，无关夜晚，无关月亮，无关音乐，无关酒精，所有的行为，都指向一个现实：他不爱她，至少是不够爱！

“整件事情最可笑的地方，是他居然始终坚信，我闹离婚，是一种撒娇方式，是爱他的方式，是想无限得到他的手段。当他发现我真正想离开的是他这个人时，他很受打击，千方百计难为我，威胁我，说如果我跟他离婚，什么也别想得到。我对他说，我至少会得到自由。”赵琳笑着摇摇头，“男人不成功很可怜，但成功以后，居然变成这样，也真够可悲的。”

百合看着赵琳，她的整张脸庞上面，都是阳光。

“我才27岁，还不算太老，趁着年轻可能还有别的发展机会，也没准儿还能认识好男人什么的——有钱了不起啊？我跟他讲，我可以净身出户，你抱着钱去找别的女人吧。”赵琳笑着说，“那一瞬间，真是扬眉吐气！”

百合也忍不住为之雀跃。

“办手续时，他的气焰都没了。”赵琳也笑，“别看他嘴硬，说倒要看看我会有什么下场，但他其实是服气我的。”

“以后，”百合问，“你有什么具体的打算吗？”

“我想开一家女子健身俱乐部，这个工作很适合我，就是投资方面会有一些问题，那个卑鄙的家伙——我们不是爱人，就是敌人，他会给我下绊子，但我不怕。车到山前必有路。不过说不烦恼也是假的，平时总觉得自己不缺钱花，真到了用钱的时候才知道钱的珍贵，每一分钱都变得能闪闪发光似的，对了，”赵琳转向百合，“你家的酱汤馆卖掉的话，干脆你把资金挪过来，在我的俱乐部里入股好不好？”

百合哭笑不得。

像回忆，又像梦境。连成一片，破碎，闪亮。像碎玻璃一样尖利。

“白天是太阳公公，晚上是月亮婆婆，太阳公公的胡须是金色的，月亮婆婆的头发是银色的。”妈妈好像在哼着歌儿。

百合迷迷糊糊的，半睡半醒。

一对年轻的情侣走进酱汤馆，问百合，“营业吗？”

“啊，不。”百合从沉思中惊醒过来。

女孩子撒娇似的，“为什么不？”

男孩子搂住她，“好啦，人家有事儿呗。”

“可我好喜欢喝这家的酱汤啊。”女孩子出去时还在说，扭头看百合一眼。

每天，都有老顾客来问，哪天开业。

百合坐下来，家里这么静，真不习惯啊。从小到大，店里充满了各种食物的香气，耳朵灌满了声音，在店中经常要侧着身子走路，以免撞到别人的身上。

还有李淑香的笑容。

百合跳起来，跑到后院，拉开妈妈房间的拉门，妈妈在那儿，在黑纱围绕的相框里面，看着她笑，笑里，又带着悲伤。

“都是你不好。”百合泪如泉涌，“谁让你说走就走的？扔下我们，连家也不管了——”

［十二］同一个屋檐

百合在平原回来之前冲了个淋浴，照镜子时，发现眼睛仍然是红肿的。她在厨房里炒菜、煮汤，电饭锅是以前饭店里用的，大得像个水桶。

此一时彼一时。她以前，帮着妈妈端端汤都能让妈妈高兴得合不拢嘴，可现在，她在自己家里，还变成了寄人篱下。

越想越不甘心。情绪也越来越沮丧，端汤上桌的时候，不小心烫了一下，手指头火辣辣的。百合含着自己的手指头，强把又要涌上来的泪水压下去。

平原带了个很大的包回来，他从前门进来，跟她打了声招呼，把包放到后院的木廊台上了。

“吃饭了。”

平原冲了淋浴，出来，桌子上面五颜六色，冷盘热菜，加上那一石锅永恒不变的酱汤，让人食欲大开。

多么奇怪的家居生活——跟一个陌生女孩子，住在一起，吃在一起。

“你天天这样做饭，不太合适吧。”

“怎么了？我做得不好吃？”

“不是，你的厨艺非常棒，我是说，你不是舞蹈演员吗？这样子，仿佛饭店大婶儿似的，太委屈你了吧？”

百合没吭声。

“明天开始，不用这么麻烦你了。”

“你到底想说什么？！”

“我——”

“别摆出一副多么善解人意通情达理的样子，也别以为我愿意给你做饭吃，我是为了规则才给你做饭吃的。”百合说，“规则你懂吗？是必须遵守的东西，就算心里不愿意，也得遵守的东西你明白吗？”

平原整个人僵在那儿。

这就是他们之间的关系，一会儿像家人似的，坐在一张桌子旁边吃饭，一会儿像仇人似的，怒目相向。

平原把筷子拍到桌子上，站了起来。他回到房间，拿出一袋辛拉面，点上火烧上水。

百合坐在桌子前面看着他。

他做着手里的事儿，看都不看她一眼。

一桌子的饭菜晾在那儿。

平原生自己的气比生她的气要多好几倍。为什么要听任她的安排，吃什么她为他安排的饭呢？他以为她是谁，跟她竟然开起玩笑来了？真是吃人嘴短啊。活该。他对她所能做的唯一正确的事情，就是让她离开这里。虽然她有一大堆的理由——他早就听够了——让她离开吧。

“哎——”她叫了一声。

平原像没听见似的，水开了以后他把面块和调味粉一起倒进锅里。

百合看着他。平原把煮好的面倒进一个大碗里，端着碗到另一张桌子前面坐下，一边吹着热气一边吃起面来。

“至于你所说的规则，”平原隔着两张桌子冲她说道，“那也是你自以为是的东西，我并不打算认可的。”未等百合回答，平原转回了身子。

百合望着自己准备的一桌子菜，一点儿胃口也没有。

平原就好像故意的，不，他肯定是故意的，把面吃得呼噜呼

噜响。

晚上百合冲完凉，往房间里走时，看见平原往自己的房间门梁上面挂一个木头面具。她停下脚步，“这是什么东西?”

“这个?”平原问她，见百合点头，“长承。”

“长承?”百合仔细看了看，“这么难看，是干什么用的?”

“古代的时候，村庄里为了避开一些邪魔鬼怪，挂在村口避邪用的。”

“那你挂在家里——”百合瞪着平原。

她的表情让他有些高兴。

“你不要随便在我的家里添东西，”百合板着脸，“这是很不礼貌的。”

平原把东西挂好，跳下来，转脸看着百合。

他的脸孔很平静，但也很有距离感。

“你认为你自己想当然地在这里订立个什么规则，有意义吗?”平原说，“规则只有一个，就是法律。我以这个地方现任主人的身份提醒你，你应该找地方搬走了，不管你的感情如何，这个地方不属于你了。”

百合瞪着他，平原的心动了一下，如果有相机就好了，他会拍一张名为《愤怒的女郎》的照片。

“——你叫警察来抓我好了。”百合说完，回到自己房间。

灯打开以后，她的房间变成了一盏立方形灯笼。

平原仰头望天，又是晴朗的日子，繁星满天。

电话响起来时，吓了他一跳。是餐馆的电话在响。

百合显然也能听见。

他们僵持着，过了一会儿，电话铃声挂断了。

“没人接。”崔岭跟龙七说。

“安先生可能想不到会有人打店里的电话找他。”

“那倒是。”

“要不，”龙七犹豫了一下，“我骑车送你去一趟？”

崔岭想了想，“算了吧，也没什么大事儿。改天再说吧。”

龙七让调酒师调了杯酒送给崔岭。

“谢谢。”崔岭冲龙七笑笑，举杯示意。

他心里也跟酒水一样，七八种颜色，五味杂陈。

他们三个人，还真是缘分深，从少年时代的社区，转了十几二十年，天南海北——美姬当年抛弃了平原，远嫁美国——竟然又在这样一个小城重聚了。

他的目光落在一个女人身上，裙子很紧身，勾勒出玲珑曲线，她也注意到崔岭，扭回头，冲他丢了一个微笑。这个微笑，就像朵无形的花，如果有心接起来，它就有可能变成夜晚的硕果。

崔岭的目光跟随着女人，她落座时，朝崔岭又看了一眼。

百合费了好大的劲儿才打听到吴大婶的行踪。她刚刚被另外一家韩式料理店聘用了。

百合找到料理店，说是吴大婶的亲戚，直接到后厨去。吴大婶正在做酱汤，她比百合上次见面时，又胖了一些。但动作却还是灵活的。

她的每一个动作百合都熟悉，这个动作里面，另外一个人活生生地出现在百合眼前。

“百合?!”吴大婶回过头来，手里的勺子掉到了地上。

百合弯腰把勺子捡了起来。

“百合啊——”吴大婶伸手搂住百合的肩膀，像个孩子似的哭起来。

几个服务员抻头看着她们。

“你怎么才回来呢？真过分——”

“对不起，我真的不知道……”

“可怜的人，比我还年轻十岁呢，一下子就……”吴大婶抬起胳膊挡住了脸。

百合过去抱住她，她的泪水把百合的衣服都弄湿了。

“那几天，找你找到天上地下，一点儿音信也没有，”吴大婶说，“龙七急得嘴里起了好几个大泡。后来实在没办法，只好把葬礼先办了，拖不下去了。”

“都是我不好，”百合泪水流下来，“都是我的错。”

“别说傻话！”吴大婶说，“生死有命啊。后来我们也想开了，你在不在，又有什么关系？你妈说走就走，我们守在她身边的，不也是一样，连句话也没有。”

两人在后院一边削土豆皮一边说话。

“我想把酱汤馆重新开起来。”百合说。

“你不回北京了？”吴大婶问。

百合沉吟了一会儿，“暂时，我不打算回去了。”

“以后呢？”吴大婶看着百合的眼睛，“开饭店可不是三两个月闹着玩儿的事情，你要想清楚啊。”

“这是妈妈留下来的酱汤馆，有了这个店，就好像还有妈妈似的。如果没有这个店，心里空落落的，”百合想了想，说，“我不走了。无论有什么样的困难，我都想把这个酱汤馆开下去。”

“你从小就是个很有心劲儿的孩子，想干什么事情都是一定能干得成的。但是，百合啊，开饭店可不是吃饭喝水，麻烦得很，也辛苦得很，你想你妈妈这些年——她也是累死的啊。”

“我知道，”百合吸了吸鼻子，“可我还是想开店。龙七把房子卖了，我得赚钱，把房子再买回来。”

“这么快就把房子卖了？”吴大婶愣了下，“事先也没跟你商量？”

百合没说话。

“他也忙不过来吧，自从开了那家酒吧，他忙得一天能吃上一顿饭就不错了。”

“帮帮我，大婶儿！这里给你的工资，我再多加三百块钱。”百合拉住吴大婶的手臂，她差不多是这个世界上唯一能让她撒撒娇的人了，“没有你，酱汤馆开不成，你是我的主心骨啊。”

“这家店是我侄子开的，以前就让我过来，我不答应。”吴大婶为难地说，“我跟你妈在一起快二十年了，比自己家里人还亲呢，后来你妈妈……他们千请万请的，我是昨天才上班的……”

“我也知道，这样，很自私，可是，没有你不行啊。”

“说的也是啊，”吴大婶伸手在百合的头上拍了拍，“除了我，你还能指望谁呢？”

“帮帮我吧，大婶儿。我会努力做的。”

“知道了。”吴大婶的眼泪在眼眶里闪动，只犹豫了一会儿，很快就下定了决心，“回去就回去。这一阵子我老是梦见你妈妈。如果我不回去，她会生我气的。”

“谢谢大婶儿。”百合感动地说。

“说什么呢？我和你妈妈一样，可光我们俩，人手不够啊。”

“还需要几个人呢？”百合问。

“最少也要有一个服务员啊。”

“那就再找一个服务员好了。”百合说，“先把店开起来再说吧，老这么闲着也不行啊。你有合适的人选吗？”

“人手总能找到的，”吴大婶说，“交给我吧。”

平原在一家打铁铺里坐了好几个小时看几个铁匠打铁。他们用的方法仍然相当原始，把烧红的铁从火里抽出来，灼人的热气扑面而

来。两个男人轮番打，年纪大些的师傅负责固定铁块和指导他们。只有在偏远的地区还能偶尔见到传统工艺。

铁匠们把一个造好的冷面机给平原看，“一桶可以装五斤面呢。”

冷面机的铁还是生冷的，在屋外有一股生铁的气息。它们到了女人手里，轧出比江河还长的面条，慢慢地，机器就会镀上一层光彩，有了人情的质地。

中午，他们在一铺通炕上吃狗肉火锅。

酒是家酿的米酒，绵软，也有烧酒，像刀子一样烈。

窗子是撑开的，外面是青山绿水。窗子外面，园子里面，牵牛花在盛开。

早晨临出门前，他看到百合给他准备的早餐，面包、牛奶、水果，还有从后院篱笆架上面摘下来的一朵牵牛花，花蔓盘绕在玻璃杯上面，他的心动了一下。

那是她婉转的歉意吧？可他不想再跟她纠缠了。她是个麻烦女郎。跟她，必须快刀斩乱麻。要不然，会被她绞成麻花的。

酒喝到酣畅处，一个男人用筷子敲着碗盘的边沿，唱起民谣来。声音先是低沉婉转的，绕着酒桌盘旋，慢慢地，歌声飘扬，扩张，直飞出了窗子，漫山遍野地奔跑起来了。从田里回来的几个妇女，随着歌声，轻晃肩膀，扭动了几下腰肢——

几个孩子吃饱饭，在窗后大叫大嚷，把歌声一时阻断，被大人吼了几声，笑着跑开了。

平原看着他们，好人生，这也是其中之一吧？

整个下午，百合在酱汤馆里面转来转去，那些写着菜名的木牌早就洗好擦净了，她在墙壁上反复地看着，争取把它们挂得更好看一些。

酱汤馆里的一切，从小就看在她眼里，看得熟视无睹，看得从来不需要想起，永远也不会忘记。但今天，这烂熟的一切，全都有了新面貌。

那些桌椅，木头的，厚木板粗木腿，上面既划痕累累，同时又有一种天长日久打磨出来的光泽。他们平凡如旧衣，又如思想家似的，深沉，无声；那些碗筷，不贵重，但结实耐用，酱汤锅摞成几排，像个特殊的仪仗队。

吴大婶打电话过来，说服务员找好了。从那时候起，百合的心一直怦怦地跳着，就像约会似的，她要当起小老板来了。

她找到一张她跟妈妈的照片。妈妈眼角嘴角，皱纹初显，笑容就像经年累月洗过熨过，不断上身下身的旧衣，有一种知冷知热的体贴。

一直以来，她鼓励着百合，让她跳舞跳舞跳舞，跳成孔雀，跳成凤凰，飞上高枝，飞到天边。

百合自己也喜欢跳舞，从来不曾分析过妈妈的心理。但现在，她倒疑惑了，妈妈到底想让她干什么呢？她为什么那么希望她飞出去？是不是，她自己觉得这个小小店铺，不能满足她的眼界呢？那个真正渴望飞出去的人，是不是妈妈自己呢？

百合穿着牛仔裤，挽着衬衫袖子，头发用卡子卡好，站在店外擦玻璃，从门口经过的路人，目光无一例外地会落到她身上。

“要重新开始营业了吗？”有一个人站住，问百合。

“是啊，从明天开始。”百合回过头去，“欢迎光临。”

平原乘坐的出租车开到门口，他一眼就望见了正忙碌着的百合。百合擦着的玻璃上面也映出平原的身影。

“酱汤馆明天重新开业。”百合说，“这样一来，我很快就能把钱还给你了。”

“你还是省点儿力气吧。”平原边说边往里面走，“我没有时间等那么久的。”

百合望着他的背影。

平原洗完澡从浴室里出来，他往房间里走时，百合正在厨房里忙碌着。她见平原出来，探出身子来，从冰箱里拿了一听啤酒递给他，“马上就可以吃饭了。你要先喝杯啤酒吗？今天天气很热。”

平原就像没听见似的，径自走回房间里去了。他从房间里换好衣服出来，百合已经把饭桌摆好了。

她在等他。

平原刚要从后面离开，发现饭店前面，有个人影一闪，他走过去，百合没注意到门口有人，见平原过来，拿了两听啤酒走进餐厅。

一个男人站在门口，阳光从他身后照射进来，他整个人是个黑色的剪影，电影特效似的。

百合就像被人施了定身咒，杵在那儿。

平原走过去，看过来。

那个人说了一句话，他没听懂。

百合也用汉语回了他一句。

“是你认识的人？”平原问百合。

百合看了他一眼，好像过了几秒，才听懂他的话，她点点头。

平原转身离开了。经过男人身边时，他们对视了一眼。

［十三］昔人今日

“我的天，你别告诉我，你已经结婚了？”冯征问。

“那倒没有。”

冯征扫一眼桌上的东西，“怪不得最近一段时间你不理我，原来是暗度陈仓啊。”

百合觉得冯征的话无趣到可以忽略。

“他陪你回来奔丧的？”

百合——或许还有妈妈，她始终和这个餐馆和家同在——看着冯征，他跟这个地方是多么不相称啊，百合现在明白妈妈的意思了，她惊奇无比，妈妈怎么会仅仅通过口头，就能把冯征了解得这么入骨呢？而她，跟他近在咫尺，亲密无间，却是个睁眼的瞎子。

冯征仍然是冯征，裹挟着北京日常生活的气息，扑面而来。他才华横溢，也颓靡放任，他的身上一半是黑夜一半是白昼。

“怎么不说话？”冯征笑笑，“打扰了你们的浪漫晚餐，真抱歉。”

百合没吭声。

“这就是你的家？我参观一下可以吗？”冯征四下走，挨个房间都看了看，他还盯着李淑香的照片看了半天，“你跟你妈妈眉眼很像。”

他看了看小院，“这个小院子真是别具风味。摆个茶桌喝喝茶，很不错。”最后，他回到餐馆，看一眼百合，“不解释解释？”

“解释什么？”

“从情人的立场上，我最想知道，你是什么时候一只脚踩两只船的。”

百合看着冯征，“除了这个，还有你想知道的吗？”

“——我本来是来和好的，以为我可以安慰你，照顾你。”冯征笑了起来，“永远别低估女人，尤其是长着清纯脸蛋儿的。”

“该看到的你都看到了。”百合朝门口指了一下。

“你是为了报复我？!”

“你希望是这样，对不对？”百合笑了，“你不能接受我讨厌你，喜欢上别人。宁可相信我是对你因爱生恨，才跟别人好上的。你只管这么想好了。”

她想起赵琳，情人间的感情问题是多么相似啊。情浓时，蜜糖一样化不开；情淡时，还不如清水一杯来得清爽。

“也许我还赶得上最后一班飞机。”冯征拿起箱子，扭头看着百合。

“再见。”

冯征转身走了。

百合这时才觉得自己腿发软，心也怦怦怦地跳着。

这不就是你要的结果吗？她对自己说。

是的。

那个男人，跟百合的关系很不寻常。傻瓜都看得出来。不能不承认，他身上有一种迷人的，让异性不能自已地被吸引，让同性嫉妒憎恨的魅力。

龙七走过来坐在平原的对面，“你好。”

“你好。”平原点点头，冲龙七比画了一下手里的汉堡。

“打扰你了吧？”龙七问。

平原咽下嘴里的东西，“没关系。”

“百合，最近还好吗？”

“嗯，活得生机勃勃。”平原把最后一口塞进嘴里嚼了起来。

男朋友也来了。

他们在一起并不对劲儿，那个男人如果是酒的话，显然已经发酵了很长一段时间了，醇厚绵软，连杀伤力都是温和不露锋芒的，相比之下，百合还是清甜的果实。

“最近，”龙七笑了，“她又难为你了吧？”

“倒没有，有时候还给我做饭呢。”

龙七非常惊异，“百合给你做饭？”

“确切地说，不是给我，是为了保护自己的家园，对我这个侵略者做的妥协。”

龙七有些尴尬。

“她做的饭，厨艺是不错，不过，也很难下咽的。”

龙七听懂了平原的双关语，笑了。

“那你也不错了，我都没吃过她做的饭呢。”

“以前我是从来没见过这种性情的女人，好像——”平原想了想，“像一把刀，随时准备让别人受到伤害。”

“我们生下来就没有爸爸，小时候经常被其他孩子嘲笑欺负，从很早的时候起，百合就有了勇往直前的性格，跟男孩子打架，也是拼了命的架势。”龙七说，“因为经常闯祸，有一次，妈妈打了百合，用棍子，抽得很重，百合一声都不吭。后来半夜的时候，我看见妈妈在偷偷地哭。”

平原听得也有些呆怔。

“你们是双胞胎，在一个地方同时孕育出来的两个人，性情会如此不同。”平原感慨。

“在我们还没来到这个世界时，就已经开始争执了，第一次交手就是百合胜利，她比我先来到人间。从那以后，她一直都比我厉害。”龙七苦笑着说，“有个这样的姐姐，真是很没有面子呢。”

“哪里的话。”平原笑了。他的眼光无意之中飘过酒吧门口，一张脸庞引起他的注意，等她回过脸的时候，他突然觉得口干舌燥。

是林美姬。随后出现在她身后的崔岭也证明了是她。

他们这时也看见了他，几个人的目光隔着灯光和人群，交织在一起。

“你的朋友?”龙七顺着平原的目光转回身去看。

“是的。”平原点点头。

他明明说了话，却没有发出声音。他清了清嗓子，崔岭和美姬已经到了眼前。

“好久不见了。”美姬先打招呼，“你还好吧?”

崔岭似笑非笑地看着他。

平原明白了，上次见面，这个家伙欲言又止的，是关于美姬。

“不欢迎我们坐下吗?”美姬笑着问。

平原起身替她拉开椅子。崔岭拉开另外一张椅子坐下。三个人一时没有话说。

“美姬现在跟我在同一家公司上班，”崔岭打破沉默，“是我的顶头上司。她要么在家里当主妇不上班，要么一上班就骑到我头上。这个世界啊，太多事情让男人绝望了。”

几个人都笑起来。

“还有，”崔岭看着平原，就仿佛美姬不在似的，“她离婚了。”

“喂——”美姬抗议了一声。

“说出来就没什么心思了，”崔岭说，“省得平原心里画魂儿。”

平原瞪了崔岭一眼，但他承认，崔岭说得对。

“好久不见了。”美姬的声音还是那么悦耳，而且更温柔了似的，“你好像都没怎么变。”

“因为始终是一副失败者的嘴脸。”平原自嘲地说。

“干吗要这么说呢?”美姬问，“艺术家不被人认同是经常的事——”

“不优秀才不被认同。”

本来是一句平常的话，甚至，是平原发自内心的话。但说出来，就好像赌着什么气似的。三个人一时又无话可说。

服务员用托盘送来酒和水果，“经理送来请安先生招待朋友的。”

平原往吧台那边看了看，龙七微笑着冲他摆了一下手。

“你们成朋友了?”崔岭看了龙七一眼，问平原，“不打不相识?!”

平原咧了一下嘴。

“那只蜜蜂呢?”

“喂，”美姬说，“你们在说什么?”

“没什么。”平原说，“我们在一起，除了废话就是闲话。”

“闲话也是废话。”

“没错儿。”

“我好嫉妒你们啊。”美姬看着他们笑。

“你知道吗？”崔岭转向美姬，说，“很多时候，没有你，我跟平原会相处得更好。你掺和进我们兄弟中间，破坏了我们的感情。”

“你说什么呢？！”

“男人的友谊是很脆弱的啊，就像恋爱中的男人女人很容易受伤害一样，”崔岭说，“你一来，我跟平原之间的胶水，就不那么黏性十足了。”

“等一等——”

“因为我们都喜欢你，都想跟你更亲近，为了你，”崔岭指了指平原，说，“我们开始彼此憎恨，红颜祸水啊。”

美姬看着平原，“是这样吗？”

“你信他？”平原笑，“那飞机都能在他的舌头上起飞了。”

［十四］城里的月光

平原回来的时候，百合刚好烧好水。

“要不要喝茶？”她问他。

他好像没听见她的话，回到房间里去了。他人有些恍惚，有点儿——百合说不大确切那种感觉，他的情绪就像一件湿衣服，搭在他身上，改变了他一些东西。

百合刚给自己沏好茶，平原又从后面回来了。

“你的——客人呢？”

“走了。”

他看着她，她拿起另一个茶杯，倒了杯茶放在他面前。

“我不想喝茶，”平原说，“今天的心情，倒很适合喝酒。”

“喝酒就喝酒。”

百合跳起来，把茶具收起来，钻进厨房，“很快！”

百合从冰箱里拿出冰啤酒和杯子放到平原面前，取出剥好皮的沙参，用刀把两边拍软，用辣椒芝麻盐等调料煨好，然后打着炉子，放上煎锅，倒上油，她朝平原那边看了一眼，平原坐在桌边心事重重地自斟自饮。油热透后，百合把沙参放进油锅里煎了起来，顺便把晚上没吃的菜用微波炉加热。

平原心情激荡。他没想到，万万没想到，会在这里遇见美姬。她似乎携带着某种魔力，总能找到他。他原本已经习惯——甚至于沉醉——眼下这种闲散的生活了，可美姬的出现像一块石头把他的生活砸碎了，往事像青草沿着石头四周疯狂地蹿长起来。平原的手下意识地捏紧了，手里的空啤酒罐被捏得变了形。

百合把煎好的沙参放到平原的面前。

菜肴的香气像一个熨斗，让平原的情绪平复了下来。

“可以，问一个问题吗？”平原抬起头来望着百合。

“什么问题？”百合问。

“还是算了吧。”平原自嘲地笑了，“你又要狂风暴雨地发脾气了。”

百合看了一眼被他捏皱的啤酒罐。转身从冰箱里又拿了几罐啤酒。她替他开了一听，也替自己开了一听。

“有问题你就问吧，今天我不生气。”

百合看着他，一副洗耳恭听的样子。他倒一时语结。

“你想问那个男人是不是？”百合主动提起来，“他是我男朋友，不过，我回来之前我们就分手了，他——”

平原灵光一现，“你们不会因为我产生了什么误会吧？”

“跟你、跟误会，没有关系。”百合说，“误会，都是能解释的，可我不想解释，就这样，挺好的。”

平原想了想，“也是。”

百合抓起一罐啤酒，咕嘟咕嘟地喝光。

“也不用这么喝吧？不是说，挺好的吗？”

“是挺好的。”百合说，“妈妈早就预言了我们今天的结局。姜还是老的辣啊。”

平原叹口气，“今天在酒吧里，我也见到以前的朋友——”

“女朋友？”百合问。

“你怎么知道？”平原吃惊地问。

“女人的直觉。”百合说。

“其实也不只是朋友，从小就认识。”平原笑了，“长大以后我们曾经很热烈地恋爱过。我以为我们将来肯定会结婚的。我们大学毕业以后，很想在事业上有一番作为，她很要强，比一般的男人都能干。所以我觉得不用每天像照顾小孩子那样对她也行的，那时候我一心想成为出色的摄影师，难免要东奔西走。有一次我们分别了很久，差不多一个月吧，我再去找她时，她成了别人的妻子。”

“……”

“我还记得她当时的样子，很温柔很幸福，正是我以前所设想过的她成为我妻子以后的模样。”平原说，“我也还记得那个丈夫的手臂，整个晚上环绕在她的腰上，像个款式特别的腰带。”

“今天晚上，你们又见面了？”百合轻声问，“你什么感觉？”

“她离婚了。”

“噢。”

“她说，是因为我当年对她不关心，她才嫁给别人的。说话的口气好像自己被抛弃了似的，可实际上，被抛弃的那个人——”平原晃晃啤酒罐，“——是我。”

百合又开了一听啤酒给平原。

“她离婚了，照样事业有成，得到了让别人羡慕的职位，”平原停顿了一下说，“她的存在总是不停地提醒着别人，你是个弱者。”

“是你自己要这么想的吧?”百合问。

“我这样想难道不对吗?”平原问百合。

“当然不对。你不是弱者啊。何况，”百合说，“再强的女人，在自己喜欢的男人面前，都是软弱的。或者也可以这样说，女人愿意在自己喜欢的男人面前表现出自己软弱的一面。”

“你是说，”平原看着百合，“女强人的软弱是表演出来的?”

“有时候是。”百合说。

“她也是这么说。”平原点点头，“但不完全如此。她外表温柔，个性却很强悍。”

“你爱她吗?”百合问。

平原扭头看着百合，“怎么这么问?”

“肯定是爱的。”百合说，“一看你喝酒的样子就知道了。”

“可她，”平原说，“不见得是爱我的。”

“她不是为你离了婚吗?”

“不是。她是为她自己吧。”平原顿一顿，“她说，婚姻的不幸从一开始就注定了。”

“她的潜台词，”百合笑了，“是你应该为她的不幸福买单。”

“我应该吗?”

“我不知道。”百合想了想，“我不了解你们的爱情，也不了解你们是怎么样的人，甚至，我都不了解自己。”

“说的也是。”

“我们都是麻烦一箩筐啊，总算我们之间也找到了共同之处了。”百合举起啤酒罐，“来，让我们为所有的倒霉事儿干一杯!”

都有些醉意的百合和平原各自坐在自己房间的门口的木阶上，手里握着啤酒继续喝。

“让美姬看见我现在这个样子，”平原喃喃自语地说，“真丢人呢。”

“现在的什么样子？”百合上下打量平原，“你不帅，但也没难看到哪儿去。”

“谢谢夸奖。”平原没好气地说。

“不客气。”

“你也好不到哪儿去，你的男朋友在这里看见的是一个餐馆大婶儿。”

“那又怎么样？”百合笑着说，“正好可以让他心里高兴一下，可算把这个麻烦又难看的女人甩掉了。”

“你倒也没难看到哪儿去，”平原说，“一点点难看。”

“来自敌人的小小夸奖也应该感到自豪。”百合拿自己的啤酒罐撞了一下平原的。

“今天晚上临分手时，美姬问我，哪天请她喝茶。你说，我怎么请她？到她住的五星酒店？那些服务宰人不用刀的。在这里请？那我看上去会更潦倒吧？”

“有什么潦倒的？”百合一挥手，“这个酱汤馆哪里不好？地处闹市区，阳光从窗口照进来时，屋子里面很明亮，还有个院子，像我们现在这样，边喝酒边看天上的月亮，多么浪漫温情，你说，有什么丢脸的？”

“你又来劲儿了。”平原嘟囔了一句。

“不是来劲儿，是发自内心这么想的。”百合说。

“你这么想是没错的，但人和人是不同的。”平原说，“美姬的生活总是光彩照人，很有场面感的——”

“场面感？场面我也是见过的。”百合站起来，她晃了晃，但迅

速地稳住了自己的脚步，她舒展身体，在地上跳了几个动作，“不到20岁的时候，我就在国家最大的剧场里演出过，那算不算是场面感？”

“是吗？”平原吃了一惊，“看不出来你还——”

百合接着跳了几下，她平时看着生硬，一动起来，人就活了，变成了另外一个人，肢体柔软如藤蔓，整个人从内到外，散发出某种光芒。

“那种场面总是灯火辉煌的，啊，像你形容的‘光彩照人’也行。光线跟着你的动作在动，好像全世界的眼睛都注视着你一个人，然后是如潮水一般的掌声，鲜花抱满怀中，会把人淹没在一种幸福的状态里。接下来，”百合的动作停了下来，缓缓做了个谢幕的姿态，然后站直身体，手臂向两边一摊，“——灯灭了，掌声没有了。”

“……”

“只剩下寂寞……”平原哼一句歌，是以前他拍MTV那个家伙唱的。

百合又拿出两罐啤酒，扔了一听给平原，自己打开另一听，在木廊台上挨着平原坐下，指了指酱汤馆，“那些时候我就会想起这里，想起妈妈做的酱汤散发出来的香味儿，馋得不行，馋得直流口水——”

平原伸手抱住了百合的肩膀，忽然想起不对头，飞快地收回自己的手，“对不起——”

百合呆呆地坐着，望着屋檐下面挂着的用草绳拴着的酱饼。她压根儿没注意平原刚刚的动作。

平原吁了口气。

[十五] 无地自容

看见机长的时候，空姐们嘘了一声，“圣哥来了——”

机长以前，外号叫“情圣”，他后来下海、发财，在空姐们嘴里，就变成了“圣哥”。严格说起来，现在里里她们这拨儿空姐，没几个跟他共过事的，她们认识他，是通过那些老空姐们，他经常请大家吃饭，老空姐们传帮带，一来二去，就全都熟了。

“他来接谁啊?”姐妹们私下里嘀咕。

里里的心“怦怦”地跳了几下。

然后女孩子们一窝蜂地朝机长围拢了过去，“圣哥——”“圣哥——”地叫成一片。

机长这样被女孩子们拥着，很享受的样子。

“坦白从宽，你来接谁啊?”

“凡是没人接的，”机长笑，“我全接。”

有人看了里里一眼。

下机前，她们聊天，里里说龙七今天不来接她。

“什么事儿能比女朋友更重要?”

“男人应该以事业为重嘛。天天围着女人转多没出息。”里里说，“我们只不过是下班回家而已，用得着每次接来接去的吗?”

“里里还真是识大体呀。”女伴们在飞机上，调侃里里。

现在，她们又调侃里里，“原来是东方不亮西方亮啊。”

但腔调完全不同，话里也像长出了刺似的，让人难受。不过，女孩子对机长还是客气的，跟他订好下次吃饭喝茶，就各自散了。

只剩下里里。像个什么把柄似的杵在那儿。

“你怎么在这儿?”

“正好过来办点儿事，看见飞机降落了，就等了一会儿，如果没

人接你，我可以让你搭车。”机长笑着说。

飞机每天都有好几班在降落，他怎么知道她在哪一班？

他戴着墨镜，看上去高深莫测。

“真巧啊。”里里说，“我今天还真没人接。”

“这才叫有缘千里来相会。”

里里站住了。

“你是不是以为你借钱给我了，就有了正当的理由和我接近？”

她的话音很轻，但他的笑容一下子冻结在脸上。

里里看着机长。机长把墨镜摘了下来，正视着里里，“你这么说话，侮辱了我，侮辱了你自己，还侮辱了我们之间的友情。”

他转身走了。里里望着他的背影。机长头也不回，一直走出大门。

机长发动汽车时，从后视镜里看见跑过来的里里。

“你敢说，你只是凑巧来这里，又凑巧遇上我的吗？”

“我不敢。”他沉默了一下，“但这跟借不借钱，半点儿关系也没有。以前我也接过你的，对不对？”

对的。里里一时有些无地自容。如果没跟他借过钱的话，自己是不是也不会像现在这样东想西想的呢？他们以前可是醉酒后勾肩搭背在街上大声唱歌的朋友啊。

借钱手软，连举止都小家子气了。

“那，”里里转脸看着机长，“可以搭你的车吗？”

机长绷着脸，看着里里。

“喂，别那么没风度啊？”里里说，“我跟你道歉，对不起，还不行吗？”

机长笑了，“上车吧。”

里里也笑了，拉开后车门，把行李箱塞进去，关上车门后自己坐到前排副驾驶的位置上去。机长笑着，发动了汽车。

“你这样来接我，人家肯定会误会我们的。”

“你不一向天不怕地不怕吗？”

里里没吭声。以前她是不怕的。但现在她有了龙七，一切都不一样了。

“我告诉你，里里，”机长一脚踩住刹车，里里的额头差点儿磕到前窗玻璃上，她刚要叫，看见机长板着的脸，“不管你爱上谁，你有多在乎这个人，如果你变得不是你自己了，如果你连自己都不是了，那别人也不会拿你当回事儿的！”

里里看着机长。

“下车！”机长说。

“——我干吗要下车？”

“因为我不想看你这张苦瓜脸。”

“我就偏偏让你看！”

机长看了里里一眼，发动了汽车，“送你到哪里去？”

车里的气氛让人憋得难受。

“——请我吃饭吧。”

“我没听错吧？”

里里抬手在机长的头上打了一下，“最讨厌你！！！”

机长没说话，但表情缓和下来。

“还是回去找你男朋友吧，”他叹了口气，“女大不中留啊。”

“少废话！”里里笑了，“快找个好吃的店吧，肚子饿得在唱歌呢。”

什么事情都是，看是一回事儿，动手干起来，是另外一回事儿。

以前看着妈妈一边干活儿，一边里一句外一句地跟顾客们聊天，觉得开饭店就像某种家庭游戏，他们的对白那么日常可笑，经常让百合看不起，现在尝到滋味儿，百合知道厉害了。

才三桌吃饭的，十来个人，百合已经手脚并用，全身上下流汗不止了。怪不得每次她打电话给妈妈，她总是用短句回答了。

新来的服务员小培，跟百合一样，是个生手，没头苍蝇似的。只有吴大婶举重若轻，一边煮酱汤一边拌菜，还跟顾客聊天，让他们方便时通知老顾客，酱汤馆又开业了。

“两碗冷面。”小培走到吧台前面下单，“三号桌。”

“百合，”吴大婶腾不开手，“把冷面泡上。”

“哎，”正削着土豆皮的百合应了一声，手里的动作未能及时停下来，刀在手指上划了一下。血涌了出来。

“才三桌客人就这样。”吴大婶叹了口气，她抓起一把冷面塞到冷面机里，“你们至少要比现在利落三倍才行。”

百合伸手去压冷面机，吴大婶把她推开，“去弄一下手吧。”

百合跑到房间里找创可贴。翻了半天没找到，又往外走。

“哎——”从后院走过来的平原往她手上看了一眼，“划破了?”

“笨手笨脚的——”

“等等——”平原回房间拿着创可贴出来，替百合把手缠上。

百合看着他缠，“谢谢。”

“别客气。”平原抬头看了她一眼。

“百合——”吴大婶在前面叫。

“来了——”百合手忙脚乱地又跑回去。

龙七骑摩托车经过酱汤馆门口，他往酱汤馆里望，吓了一跳。里面热火朝天的，好像重新开业了。有一些人在吃饭，隔着餐厅，在厨房里面转来转去的身影，好像是吴大婶和百合。他无法想象百合会变成老板娘。

一个女孩子看见他，朝他走过来，他赶紧骑上车，逃也似的离开了。

他在两条街外，看见了里里。

她从一辆新款奔驰越野车里跳下来，从另一个车门下来的人，是机长。那个把女孩子们左拥右抱，称为“圣哥”的家伙！

里里直言不讳地跟他说过，机长追过她，但不知道为什么，突然又不追了。

那会儿，他们还没同居，还是相识初期。龙七对里里的简单、清澈非常着迷。

“为什么？”

“我也不知道，”里里说，“可能有了其他目标吧？”

“那你觉得遗憾吗？”

“怎么会呢？”里里笑了，“我又没爱上他。”

“但我觉得你的语气里，好像有些遗憾似的。”

“真的吗？”里里看了龙七一眼，“你的语气里倒是有一股醋味儿啊。”

“真的吗？”龙七学着里里的语气，他吸着鼻子凑近到里里身上，他以为她会躲，但她没有。

于是，他们的爱情拉开了帷幕。

服务员把菜谱摆放到里里和机长的面前，“两位请点餐。”

里里的手机忽然响了。机长看了她一眼。

里里接了电话，“喂？”

“是我啊，”龙七的声音，“你现在在哪里？”

“你呢？”里里犹豫了一下，“你现在在哪里？”

“我刚把税务局那边的事情搞定，现在有时间，可以去接你了。我们一起找个地方吃饭吧？”

“我要和朋友们一起吃饭，”里里为难起来，“晚上我再和你一起吃吧。”

机长冲服务员摆了摆手，示意她等一下再点菜，他望着里里。里里示意他点餐，起身走到别的地方。

“什么朋友比我还重要?”

“同事啦，”里里说，“大家说好了一起吃饭的，如果我单独走了，她们又该骂我重色轻友了。”

“那你们在哪里，我加入你们行不行?”

“我们都吃一半了，下次吧。”

“那好，那你多吃点儿。”

“吃完饭我再和你联系……”没等里里说完，对方电话已经挂断了。

里里觉得自己的肠胃里面，仿佛有根线，挑了起来。她走回到机长的对面。

“没问题吧?”机长问，“要不然你给他打个电话，和他一起吃饭吧?”

“那你怎么办?”里里说。

“我无所谓啊。”机长笑笑。

“那不行。重色轻友可不是我的风格。”里里尽量把话说得很轻松。

龙七站在树下，身体发冷似的微微颤抖着。这没什么，她不过是和他吃一顿饭。可只是一顿饭的话，她没必要撒谎啊。

他和机长从眼神相遇的第一天起就确定了他们之间的对立关系，直觉并不是女人的专利。除了婚姻以外，他有女孩子们想要的一切。如果里里不是一个完美主义者，他和里里之间的关系早就按照两情相悦的路线发展了。里里在他和机长之间选择了自己，龙七对此不只是欣喜，还有感激，她是第一个看重他、相信他的女人，以她的条件，她本来有更多选择的。她的选择为龙七在机长这样的男人面前赢得了尊严。可眼下，里里在杯盘交错间，一点点地把他的尊严吃掉了。

还有她自己的。

[十六] 咖啡和伴侣

平原到酒吧时，崔岭和王先生已经到了。

电话里，崔岭兴奋得不行，说是遇到一个要在这里经商的老板王先生，想买房子。

“这和我有什么关系?”

“和你手里的房子有关系啊。”

“卖了房子我住哪儿?”

“有钱了，哪儿不能住？这么一转手，就是几万块啊。”

平原没吭声。

“总之你火速赶来就对了，”崔岭说，“天上掉的大馅饼啊，能抢到手里，那可真是交了好运了。”

王先生文质彬彬的，说话和做派颇有几分学者风范。崔岭给他画了一个平面示意图，有几处地方画错了，平原给纠正过来，顺便更改了一下住房面积。

“不是很大啊。”王先生说。

“虽然不是很大，但处于繁华的位置上，是个做生意的好地方呢。”崔岭说。

“那倒也是。”王先生想起什么，问平原，“安先生也是刚买不久吧，怎么又忽然决定卖出呢?”

“安先生的初恋情人从美国回来了，”没等平原开口，崔岭抢着说道，“两个人要共同发展事业——”

“原来是这样啊。”王先生笑了，“恭喜你啊。”

平原尴尬地咧了一下嘴，瞪了崔岭一眼。

“那么，明天我去店里看一下，然后再做决定可以吗?”

“当然可以。”崔岭抢着说，“我去接您吧?”

“不用客气，”王先生说，“我自己过去就行了。”

“那也好，”崔岭说，“我明天可能要去公司上班，不过，安先生会在店里恭候您的。”

“好的。你们再坐一会儿吧，我先告辞了。”王先生站了起来，对平原说，“感谢你今天晚上的款待。再见。”

“再见。”崔岭和平原目送着王先生走远。

“怎么回事儿?”平原看着崔岭。

“他有投资，本来是跟别人谈的，我一听，绝好的商机啊，你那个酱汤馆，正好借机出手，挣上一笔钱——”

“你也知道，我喜欢那个房子。再想找一个这么合适的，只怕不容易。”

“本来倒也不着急的，可现在，不是美姬来了嘛。难道你让美姬到你的那个破房子里去跟你约会?”

“这个破房子还有一半钱是别人的呢，难不成我要假装有钱人——”

“别老拿出一副满不在乎的样子行不行啊?我们从小一起长大的，你有什么事情是我不知道的?心里明明是喜欢的，嘴却比铁打的锁头还硬，你敢说你不喜欢美姬吗?”

“你别老这么幼稚行不行?”平原有些烦，他也知道，崔岭其实很喜欢美姬，只不过，一是美姬从小是喜欢平原的，对崔岭毫无男女之情，只有朋友情谊。另外，美姬这样的女生，也太容易让男生产生自卑心理，反倒是摈弃了杂念后，跟她称兄道弟的，自在从容些。当年平原跟美姬相爱前，也曾因为崔岭纠结过一段时间，但为了照顾崔岭的自尊心，他只能假装什么也不知道。

平原对美姬，倒不至于像崔岭那样一味崇拜，但他们毕竟是好过一段又分手，心理方面一团乱麻，剪不断，理还乱。

无论怎么样，只为了有个更好的地方约会，就卖房子，这太可笑了。但现在崔岭的热情上足了发条，平原也很无奈。

正在这时，一个人来到他们桌前。

“晚上出去吃饭，回酒店时从门前经过，想着也许你们会在这里呢，就顺便进来看一看，”美姬笑了，“看来猜得没错儿，你们还真的在呢。”

龙七和领班在吧台里清点着酒。

里里从外面进来，几个看见她的服务员纷纷和她打招呼。里里来到吧台前面，手臂支着看龙七。

领班冲龙七挤了挤眼睛，龙七回头时看见了里里。

“我给你打了一下午电话，”里里问，“你怎么一直不开机？”

“你不是和朋友们在一起吗？我想，你们也许会玩一下午的。怎么样？”

龙七的笑容有些奇怪。

里里心里有些发虚，“什么怎么样？”

“玩得怎么样？”龙七看着里里的眼睛问。

“就那样呗。”里里把目光转向一边，“大家凑在一起，疯疯癫癫地闹惯了。你又不是没见过。”

“我是没见过。”龙七脸上的笑容慢慢敛去。

不会是看见我和机长吃饭了吧？里里想。不过她立刻推翻了这个想法，不会那么巧的。

“我要喝酒。”里里冲龙七挤了挤眼睛。

她看起来和平常一样调皮，可爱。心理素质真好啊。龙七在心中感慨，他不敢往太深太远的地方想了。

“我们新推出了一款鸡尾酒，很适合你。”龙七在调酒师的肩上拍了一下，“给她调一杯‘真实的谎言’。”

“真实的谎言？”里里问龙七。

“嗯。调酒师研究出来的酒，我给起的名字。”龙七说，“不错吧？”

里里哼了一声，“什么破名儿。”

调酒师把调好的酒端过来放到里里的面前。

“请吧。”龙七看着里里的眼睛说。

里里在灯光下面打量着这杯“真实的谎言”，不知道该告诉龙七“真实”，还是“谎言”。

崔岭讲了好几个一夜情的故事。开始的时候，平原和美姬都当真，崔岭的细节，讲得有板有眼的，但到了后来，他讲了一个很生动的故事，仍然有细节，也仍然有板有眼的，却是一个很著名的首尔笑话的翻版。

“你这个家伙！”平原打了他一拳。

“艳遇也有相似的，”崔岭不服，“谁规定我就不能发生和明星同样的故事？”

“就是啊。”美姬说，“我相信你的故事。”

崔岭和平原喝啤酒，美姬因为开车，一直喝咖啡。

“你晚上还想不想睡觉了？”

“喝惯了，”美姬说，“不影响睡眠。”

“喝了咖啡后，多做做床上运动，也有催眠的效应。”崔岭一本正经地说。

美姬“扑哧”笑了。

“经验之谈，”崔岭说，“至少对我是这样。”

平原瞪了崔岭一眼。

“早就嫌我碍眼，是不是？”崔岭放下喝空的酒瓶，“我先走了——”

“别走啊，你走了，谁讲故事给我们听啊？”美姬叫他。

“讲故事的时间已经过了，”崔岭说，“现在是发生故事的时间。”

他朝剩下的两个人挤了下眼睛，“谢谢你请客。”崔岭冲平原笑笑，走了。

“哎——”崔岭头也不回，摆摆手，走了。

平原和美姬枯坐了一会儿。

美姬望着平原，“你好像很怕和我单独相处似的。”

“是很怕。”平原抬眼看着美姬，“在你面前，怎么做都显得不自然。”

美姬凑过去在平原的嘴唇上亲了一下，她的嘴唇温软，平原觉得一股悸动，从身体里面闪电似的划过。

平原好久没有这种感觉了，通了电似的，整个人燃烧起来。那种不顾不切、纵身一跃的感觉真是久违了。美姬应和着他。他燃烧，她就融化，一直化成湖水，让他想更深地沉下去。

“和我回酒店吧，”美姬在平原的耳边轻声说，“明天下午我去上海，我们可以睡到中午，一起起来吃午餐。”她的话细声细气，软语温存，就像一双嫩手搭在他身上。

他从一个旋转的、迷乱的梦中，惊醒过来。

车里面弥漫着她的香水味儿，还有他们身上散发出来的荷尔蒙气息。不知道怎么回事儿，平原突然想起几天前在乡村里走路时，田野里某种蒿草在阳光下面散发出来的气息。这个场景突如其来地来到他面前，就仿佛一段电影片断，他看到他自己。

走在田间小路上，为路面上的光影和植物的气味儿感动的男人。他不确定那个男人，是不是美姬想要的。

美姬化着浓妆的脸在暗影里面，美艳无匹，像个陌生人。

她确实是个陌生人。她身上的经历，那几年的时光，突然变成一条大河，把他们隔绝在两岸。

“那么，”美姬的手放在方向盘上，“我们出发？”

“那个——”平原迟疑了，“明天一大早我约了人到店里见面。”

“什么人这么重要？”

“崔岭帮忙，想把我现在的店卖掉，说是——”平原顿了顿，“有利可图。”

“你可以一早离开。”

“还是——”平原犹豫了一下，“下次吧。”

“好啊，”美姬脸上的阴影一闪而过，转而露出灿烂的笑容，“听说，还有个美女跟你一起同住呢。”

“美女？”平原想了想，百合的个性如此突出，一般女人身上占比重很大的相貌身材之类的问题反而很难让人在她身上想起，“应该是漂亮的吧，她是舞蹈演员。从第一次见面开始，总是闹出不愉快的事情，我好像还没认真看过她长得什么样儿呢。”

“是为了让我放心才故意这么说的吧？”美姬看了平原一眼。

平原笑了，“你对自己的美丽不是一直很自信的吗？”

“我快 30 岁了，是老女人了。”美姬叹了口气，“每过一天，信心就少一点。”

“完全没那个必要，”平原说，“在未来的 10 年里，甚至 20 年 30 年，你仍然有足够的魅力让男人为你神魂颠倒。”

“我就把这句话当作是你拒绝我的补偿吧。”美姬发动了汽车，“我路不熟，你帮我指下路，我送你回家。”

平原指点着几个街口，城市不大，仿佛所有的路都通向家门口。

“要下来喝杯咖啡吗？”车停下时，平原问了一声，没待美姬回答，他又加了一句，“只有速溶咖啡。”

“那就以后去我那儿喝吧，”美姬微笑着说，“我给你煮现磨的

‘蓝山’，如果你口味没变的话。”

“当然。那就——再见吧。”平原犹豫了一下，在美姬的脸颊上亲了一下。

“要不——”他有些犹豫，他身体的欲望噗啦啦地燃烧起来，“我现在就跟你回酒店喝咖啡吧？”

“这么晚喝咖啡，会失眠的。”美姬笑容可掬，但拒人千里，“除非你有我这样的本领。”

“好吧。”

平原下了车，看着美姬原地掉转车头，径自开走。

街道的黑暗被车灯划开，又转瞬间重合。

餐馆里面灯火通明。百合手里拿着拖布正在拖地。额前散碎的头发披下来，遮住了她的脸庞。这种劳动者的形象和平原以前见到的那个辣妹简直判若两人。

“一直忙到现在？”平原问。

“嗯。”

他们回家时已经下半夜一点钟了。里里洗完澡走进卧室，发现床上是空的。她走到客厅，看见龙七坐在沙发上抽烟。

“怎么不睡觉啊？”里里坐到龙七的身边。

“可能是月光太亮吧。”龙七笑了笑。

里里望着窗外。

龙七看着里里，“最近，没和机长联系？”

里里回头看着龙七，“干吗要和机长联系？”

“跟人家借了钱嘛。”龙七说，“从礼貌上也要和人家保持一些联系吧。”

“是跟他借钱，”里里沉默了一会儿，“又不是要钱。”

“那么，”龙七问，“机长有没有和你联系？”

“为什么要和我联系？”里里察觉到龙七的反常，语气变得小心起来。

“这个前任机长，又是什么情圣狗剩儿的，借了钱给你，”龙七嘲弄地问，“是不是就理直气壮地认为，他有权利对你献殷勤了？”

“你今天阴阳怪气儿的到底是什么意思？”里里站起来问龙七。

“我阴阳怪气了？”龙七笑了。

他的笑容那么夸张，里里惊呆了。

龙七抓起一件衣服，开门出去了。

龙七到一家昼夜营业的超市里买了啤酒和其他几样零食，拎着袋子又回到家，他没上楼，坐在马路牙子上一抬头就能看见家中灯光的地方，把酒启开喝了起来，喝完一听就换一听启开再喝。

里里从楼里出来，她的眼睛在黑暗中熠熠生辉，亮得让人心跳加快。她拢紧身上的外衣，穿过马路走近龙七，在他的身边坐了下来。龙七好像没看见她似的，自顾自地喝着酒。

“对不起，”里里说，“今天中午和我一起吃饭的人是机长。”

龙七的动作停顿了一下。

“不是事先约好的，是在机场凑巧碰上的，是我主动让他请我吃饭的，总觉得跟他借了钱，应该客气一些，但我确实没别的意思，他也没有。”里里说，“我们吃完饭就各自分开了。”

龙七一言不发。

“别这样龙七，”里里把头靠在龙七的肩膀上，“我不是存心要骗你的，是怕你知道以后，又要无缘无故地吃醋。”

“我真是个没用的男人啊，”龙七苦笑着说，“活到25岁，才第一次认认真真地想做点事，可做事的本钱却是妈妈操劳了一辈子的血汗钱，还要女朋友低声下气地为我出去借钱。”

“你为什么要说得这么严重呢？只是吃一顿饭而已——”里里这

时注意到龙七脸上的表情，不觉地放软了声音说，“你别再生气了，是我错了还不行吗?”

“错的不是你，是我。”龙七突然把手里的啤酒摔了出去，“我干吗要开这个破酒吧呢？妈妈不满意，百合不满意，将来你也会感到不满意。劳民伤财，四处不讨好。”

里里望着龙七，有点儿压抑不住地大声地说道：“你有点儿出息好不好？这是你的事业啊。难道你心甘情愿地做一辈子小学老师吗?”

“这不是我的事业，这是你想要的事业，你那么义无反顾地支持我，是因为你认为你的男朋友应该是个有身份的人，是个有钱人，就像那个机长一样。”

“那我干吗不直接去找机长呢?”里里气急败坏地说，“我干吗还在这儿跟你费这么大劲儿呢?”

“是啊，”龙七望着里里的眼神儿，好像他刚从梦中惊醒过来，“你为什么不直接去找机长呢？他已经有了一切你想要的条件了。”

他的话说得很轻，但里里却觉得一座山朝自己压了过来。

里里愣愣地站了一会儿，一脚把地上的啤酒踢飞，“这种浑蛋话你也说得出来?!”

空啤酒罐翻滚着，发出清脆的声音。

百合拿出一套老式茶具来摆在桌子上。炉子上面烧着水。百合拿着杯子，眯细了眼睛在灯光下面看。瓷器的釉光柔和而细致。

平原从房间里出来，进到厨房里。他看到坐在餐厅里的百合，“你还没睡呀?”

百合看了平原一眼，“你呢？怎么刚睡着就醒了?”

“晚上喝了酒，有些口渴，找点儿喝的东西。”平原打开冰箱。

他试着想要去睡，根本睡不着。胸腔里面，云水激荡。

他后悔没跟美姬回去，机不可失，失不再来；但同时，他又坚信自己是对的，整件事情最最让他不舒服的，不是她现在的身份地位如何风光，而是她的姿态，她主动吻他，主动约他，甚至在他拒绝了她以后，她送他回家。她扮演的完全是男性角色。或者说，是成功的、占上风的角色，她的风度非常伤人。

“过来喝杯茶吧。喝了酒以后，”百合站起身来，她走进厨房，把烧开了的水拎下来，“喝凉东西对胃不好。”

百合用热水浇着茶具，然后在桌上铺开一块厚布，把茶具拿到布上一一摆好。

平原走过去，看着她，“弄得很正式啊——”

“小时候妈妈教过的，但用这种方式请人喝茶还是第一次。”百合一边说着，一边动手沏茶。

“那我倒不敢当了。”平原说。

“没关系。深更半夜的，我想请别人也请不到呀，”百合说，“要是一个人喝的话，又显得有点儿傻乎乎的。”

“就算不想让我领情，也用不着说得这么直接吧？”平原嘟囔了一句，坐了下来，他看着茶具，“茶具很漂亮啊。”

“听妈妈说，是很多年前的东西了，”百合说，“东西用久了，就沾染了很精神的东西，好像有了思想似的。”

“我的一个朋友也这么说过。”平原点点头。

“是吗？”百合把茶倒进茶碗里，双手放到平原的面前，“请品尝吧。”

平原双手捧起茶碗，喝了一口。

“怎么样？”百合问。

“嗯——”平原在喉咙处和胸前比画了一下，“从这里流到这里，有一股茶的味道。”

“品茶是件很优雅的事情，”百合不满意，“听你的形容，倒像是自来水和管道的关系一样。”

"那重来一次吧。"平原一口气把茶喝完，点着头说，"真是好喝啊。怎么样？"

"中国有句老话，叫'对牛弹琴'，就是用来形容你这种人的。"百合边说边拿起茶壶往平原的茶碗里添茶水。

"是吗？"平原说，"牛也不错啊。你只当是与牛对饮就行了。"

"这倒是一句有自知之明的话。"

平原望着百合的脸，目光有些认真。

"干什么用这种眼光看我？"百合问。

"虽然是同在一个屋檐下，但别人问起你的样子时，我却说不出来。"平原说。

"你女朋友问的吧？"百合问。

"你怎么知道？"平原问。

百合笑了。

"又是女人的直觉。"平原也笑了。

他们沉默了一会儿。他觉得有点儿尴尬，刚要开口，她抢先说道，"没话说我们就静静地坐着喝杯茶，也很好。"

他忍不住笑了。

他们俩，各揣心事，沉默地坐着，慢慢地喝茶。整个世界浸在墨汁般的黑暗中，只有酱汤馆里，他们头顶上的这盏灯光是亮着的。

［十七］一片狼藉

平原一觉醒来，听见外面有女人嘻嘻哈哈的说笑声。

吴大婶在给百合和小培讲以前在餐馆里发生的有趣的故事。她的声调很夸张，很多的叹词。

"那个家伙的嘴真是硬啊，比鸭子的嘴还硬，无论如何不让人送，就那么摇摇晃晃地叫了一辆出租车回家了，车开到家门口，他问司机多少钱？司机说十块钱，他说好，从钱包里拿出十块钱装进自己的裤袋里，然后把钱包给了司机。”

百合和小培笑得直不起腰来。

平原从房间里出来，往厨房里看了一眼。

百合坐在一个有阳光的地方，整个人都显得很明亮。她一边剥着手里的蒜，一边听吴大婶说话。

平原望着百合。小培忽然扭头朝平原看了一眼。平原有些尴尬，转身走了。

小培的视线落在百合身上，“安先生为什么要买这个店呢?”

百合一时没反应过来小培的话，“嗯?”

“他的家又不在这里，”小培指指后面，“干吗要买个店呢?”

“也许是有钱没地方花呗。”吴大婶说。

“依我看，是为了追求百合姐姐吧?”

“没有的事儿，”百合觉得小培的话匪夷所思，忍不住笑了，“是龙七在我没回来的时候把店卖给他的。”

“请问——”王先生站在门口问道，“安平原先生在这里吗?”

百合站了起来，“是的——”

她往门口迎过去。

“他刚才好像往浴室那边去了。”小培低声提醒了百合一句。

“您请坐吧。他一会儿才能出来。”百合说着，做了一个请王先生进来的手势。

王先生走了进来，四下打量着。看看店面，看看厨房，又朝里面走去，百合看他往里走，跟了过去。王先生伸手去拉百合房间的门，百合阻止了他，“哎，这是私人的空间，不能随便看的。”

王先生笑了，“不是打算卖掉的吗？总要让我看看大小吧。”他反手又去拉平原住的房间的门。

“等一下，”百合摁住了他的手，“什么要卖掉?!”

王先生望着她，“不是这个店吗？安先生还有别的店要卖吗？”

百合僵住了。

平原在浴室里洗完澡，穿好衣服，刚打开门，就被等在外面的百合推了进来。他没提防，差点儿跌倒。低头看了一眼，幸好衣服穿得整整齐齐的。

百合怒气冲冲地望着他。

“你为什么要这么干？”百合问。

“什么？”平原摸不着头脑地问。

“来了一个人，说你要卖掉这个店。”百合问。

“这么早就来了吗？”平原想往外走，百合拦在了门口。

“已经走了。”百合说。

“什么？”平原问。

“我告诉他，这个店是我们两个人共同所有的，我们昨天夜里商量过，决定不卖了。”百合说，“以后也不会卖。无论别人出什么样的价钱都不会卖！”

“你凭什么这么说？！”平原本来是有些心虚的，昨天夜里他们喝茶，几乎都喝出一点儿推心置腹的亲近感了，他想过跟她说说卖店的事情的，甚至在那种情形下，如果她请求他什么的，他想他都可以让步的。但后来，他自己想清楚了，他干吗要卖店，而既然不卖，又有什么好多话的？！

他也没想到王先生偏偏在这个关节来了，弄得他被动得够呛。可是百合的嘴脸又回到了几天前，把他们之间隐约的那点儿好感全都破坏了。

平原有些绝望地想，他们不过就是人生中短暂相遇的路人，要成为朋友，即使不是绝无可能，也还遥远得很。而崔岭和美姬就不同，他们从少年时代相识，到现在，断了骨头还是连着筋的。

“这个店不是我们俩共同拥有的，是我个人的，还有，我们昨天夜里也没商量过这件事儿。你这个女人满嘴谎言，难道不觉得惭愧吗?”

“你自己就光明正大吗？昨天夜里你还喝了我的茶，为什么那时候你不提这件事儿?!”

“不是我要喝你的茶，是你要我陪你喝茶。”平原说，“你这个人的脾气就像夏天的云，说风就是风说雨就是雨，真让人受不了。”

“我的脾气好不好是我的事，”百合也叫起来，“我又没有要你来忍受。”

两个人怒目而视。

“好了好了，”平原不想再继续跟她纠缠这个话题，“这是我的店，我有权利做出决定。”

“这是我的家。”百合毫不退让地说，“我也有权利知道关于它的一切。”

“好了，我不和你说了。请让我出去。”

“你把话说清楚才能出去。”

“我和你没有什么好说的。”

平原想从她身边过去，但百合抢先一步，堵在浴室门口。浴室小小的，刚刚冲淋浴的湿气弥漫着，把本已不愉快的气氛弄得更加湿重。

平原的耐心耗尽了，他发现百合是个大麻烦，崔岭说的还真是有道理，无论事情关不关乎美姬，这个店不出手是不行了。

“请让开——”

百合沉默地盯着他。

这算什么呢？她的表情像个怨妇，好像他昨天夜里不是跟她喝了几杯茶，而是做了什么见不得光的事情。真是太可笑了。平原的火气蹿了上来，他不好意思直接拉百合，就拉着她的衬衫想把她拉开。

百合的反应很快，他拉她时，她用力往回挣，“哧啦”一声，她的衬衫被扯坏了，露出里面的文胸。

两个人都愣住了。百合一边把衣服拉上来，一边移开身体，让出门的位置。

平原把自己的衬衫脱了下来，搁到衣架上面，走了出去。关门的一瞬间，他看到百合的眼角有泪光闪动。未等平原再开口，百合哐当一声把浴室的门带紧了。

平原的短袖T恤被门夹住了，他往前挣了半天，才把衣服拽出来。他走了两步，又退回来，把耳朵贴在卫生间的门上。平原听了一会儿，抬头时，发现小培站在厨房门口，笑眯眯地看着他。

平原懊恼死了。他不敢想自己在那个小姑娘的眼里是个什么形象。不过他当时的行为确实是失检点，让人误会也是活该。

崔岭上午在公司上班，中午才抽时间出来跟他一起吃饭。

“王先生跟你联系过了吗？”

“挨了一顿臭骂。王先生说我们不讲诚信，人格低下。好像还怀疑我们跟那个女人关系有问题呢。”崔岭苦笑了一下，“也难怪啊，那女人对王先生说，酱汤馆是你和她共同所有的。你说，换作是你，怎么理解这个‘共同所有’？！”

“她那个人你又不是没见过，什么话都说得出来的。”

“她怎么样我是不奇怪，但你就让我很奇怪了，”崔岭盯着平原，突然坐直了身子，“你到底怎么回事儿？干吗把那个女人还留在店里？你喜欢她？”

“这种时候了还有心思开玩笑？！”

“我没和你开玩笑，”崔岭说，“你们孤男寡女的住在店里——”

平原的脸色变得难看起来，瞪了崔岭一眼。

“你们没什么的话，”崔岭不管他那一套，自顾自地说道，“什么

事儿她都横插一脚，你为什么容忍？”

“那是她的家，我能把她从自己的家里赶走吗？”平原说。

“等一等，”崔岭哑然失笑，“那怎么是她的家？那不是你的店吗？”

平原一时张口结舌。服务员过来让他们点菜，打断了他们的对话。

“她是一个女人，”平原见服务员离开，说，“怎么好意思就把人那么不由分说地赶出去。”

“她是一个年轻漂亮的女人。”崔岭咬文嚼字地说。

“你又来这一套了。”平原不耐烦地说。

“好吧，那你说怎么办？”崔岭神情不悦地问，“理智和情感，你到底选哪一个？”

平原说不出话来。想起早晨在浴室里，百合眼角泪光闪烁。他的心扯了一下。

“要不，”平原说，“就算了吧。怎么说，我也需要个地方住啊。”

崔岭意味深长地看着他。

“干吗？”平原瞪了他一眼，“我又不是女人，别用这种目光看着我。”

“我也奇怪呢，女人都看上你什么了？”

“你这是什么屁话？”平原说，“哪里有女人看上我？”

“昨天晚上，你和美姬——”崔岭笑了，“有没有突破性进展啊？”

“当然没有。”

“脸红了你这家伙，”崔岭笑了，“肯定鸳梦重温了！”

“没有的事儿。”平原说。

“有就有嘛。这又不是什么丢人的事儿。”崔岭说。

“真的没有啊。”平原说，“本来是有机会的，但是——她约我去她那里，我拒绝了。”

崔岭瞪着他。

“总觉得，哪个地方不对劲儿。”

“你脑子有病，要么就是身体有病。”崔岭低声骂平原，“不对，你两样儿都有病！都病得不轻！！你病死得了！！！”

平原笑了。

“你还笑得出来?!”

平原笑得更厉害了。

“你这人真没劲，枉费我替你们铺垫了那么长时间——”

“我也这么觉得。”

崔岭非常泄气。

“让你操心，又让你失望，我真是太对不起你了。”

崔岭没理会平原的调侃，叹了口气。

“说起来，我们这些大男人也真够没面子的，从小和美姬一起长大，她始终都那么出色，现在，倒成了我的顶头上司了。每天我在厂里见到美姬的时候，那种心情总是很矛盾的。感觉上好像是有两个美姬，一个是小时候一起长大的小女孩儿，另一个是现在这个首席代表。小时候，你还记得吧，美姬一不听我们的话，我们就啪的一下，在她脸上来一巴掌的；现在可遭了报应了，她不给我来上这么一巴掌就不错了。”

平原沉默了。

“所以，我也能理解你。”

“那个王先生——”

“他就算了吧。他是个老式、传统的人，受到了打击我们再去解释，他在心理上会很不舒服的，没准儿还以为我们在骗他呢。再说这价钱原本也谈得不太理想，”崔岭的脸上露出诡秘的笑容，“我做过调查了，这个小餐馆还真不错呢，没准儿能卖上一个更好的价钱。今

天又有一个人打电话来问这事儿了，他姓黄，家里是开小型超市的。晚上和他见面谈谈吧。”

“都说了不想卖了。”

“你想卖也不见得卖得出去啊？就当是跟老乡坐着聊聊天嘛。”

平原没吭声。

“就算是不考虑美姬，你在韩国的那个烂摊子怎么办？”

是啊。那个伤财、伤心的摄影展！

把平原最大的理想连根拔去不说，还留下一片狼藉给他。他自己还遍体鳞伤呢，还管得了别人？

“——好吧。”

［十八］生日快乐

洗衣机里的水滚动着，那些愤怒的旋涡，看久了，会让人晕眩。

这样愤怒！谁能想得到呢?!

那些污迹和灰尘，夹杂在衣物纤维中间的细小颗粒，被旋涡甩了出去，融进水里。他们爱情里的污点怎么办？里里突然发现自己抱着脏衣服在卫生间里站了半天了。

她把衣服按颜色分成了几堆，龙七常穿的一件T恤衫被她抽了出来，那件T恤衫上有两颗心被一支箭穿透过去的图案，她也有一件。是他们在夜市里买的情侣装。她摸了摸T恤的质地，怀疑它能否禁得住洗衣机里愤怒的洗礼。

里里把衣服扔到一边，走到客厅里去给龙七打电话。

手机关机。酒吧里的人说他还没来。

昨天夜里他们虽然还睡在同一张床上，但却是背对着背，头一次尝到了同床异梦的滋味儿。

一大早他就离开了，平时一天他给她打好几个电话的，现在却连手机都关掉了。

里里慌了。

龙七独自在山坡上待了一下午。

草很密，一个人也没有。连阳光也是寂静的。

这样的地方和时刻，很适合用来怀念一个人吧？他很想妈妈，想念里面，有一种刻骨的疼痛。

他不能跟任何人解释的疼痛。

百合也知道自己的要求很过分。自己的同胞弟弟能把妈妈留下的餐馆卖掉，她凭什么要求一个陌生人体谅自己的心意呢？

一直以来，安平原已经很担待了。从他的角度看自己的话，应该是面目可憎的吧？

可是——

昨天夜里喝茶的时候，她还以为他们之间建立了一种友谊，甚至比友谊更亲近一些的关系呢。那些寂静，那些寂静里面的虫鸣，以及暗黑中的花香，给她造成了错觉。

百合看着炉子上煮沸的酱汤，思绪翻滚着。

“拌饭——”吴大婶提醒了她一句。

百合把准备好的拌饭递给小培，小培端起来刚要走，低头看了一眼，又回身把拌饭放在吧台上面了。

“鸡蛋。”小培对百合说。

“嗯？”百合望着小培。

小培指指拌饭上面，“忘了加鸡蛋了。”

“噢，对不起——”百合赶紧把锅放到炉子上，放上油，鸡蛋吱地叫了一声，慢慢摊开，白是白，黄是黄。她把鸡蛋放到拌饭上面。

“今天怎么总走神儿。”小培笑着说了一声，端着拌饭送到饭桌

上去了。

百合叹了口气。

“厨房是非常危险的地方。”吴大婶戴着塑胶手套在拌菜，也不抬头看百合，“不是火就是热汤，出了事儿，可不是闹着玩儿的！”

“对不起——”百合说。

“别着急上火，总有办法的。”吴大婶说，“我和你妈妈在这个店里干了快二十年了，什么事情没遇上过？最后不也都过来了吗？”

百合心里有些酸楚。如今站在李淑香的位置上，她才体会到妈妈的不易。没有丈夫，拉扯着一儿一女，还要开店，有多少辛酸和眼泪都是背着人流的吧？

“就是。百合你别发愁，”小培走回来趴在吧台上，望着百合，“安先生再把人招到店里来，我们还像今天这样，把人赶走不就是了嘛。”

“嗯。”百合勉强笑了笑。

吴大婶用手臂撞了撞她。她抬起头，看到酱汤馆窗外，龙七站在那里望着她。

百合从店里出来，望着龙七，从嘴里吐出一个字，“滚。”

“百合——”龙七叫了一声。

“滚。”百合毫不客气地说，转身推门要回店里，“你站在这里，侮辱了我的酱汤馆。”

“今天是妈妈的生日。”龙七在后面说道。

百合的动作停住了。

“我们一起，为妈妈做点儿什么吧。”龙七说。

百合慢慢地转身，回头望着龙七说：“你的妈妈已经被你卖了。所以，今天不是你妈妈的生日了，那是我妈妈的生日。”百合似乎把全身的力量都咬在自己的话语里。她说完后径自回到店里去了。

龙七呆呆地站在她身后。脸色瞬间煞白煞白。

“龙七——”吴大婶想说点儿什么，看见百合眼角里正涌现的泪花，又闭上了嘴。

百合径直穿过厨房，来到后院，走进自己房间，拉上拉门，泪水才奔流而出。妈妈不只有生日，现在，连祭日都有了。

九点钟，客人走得差不多了。百合让吴大婶和小培先回去休息。

“你行吗？”吴大婶有点儿不放心。

“放心吧。”百合笑笑，“我自己慢慢来，保证明天你过来时，窗明几净。”

“这个我从来没担心过。”吴大婶笑了，“好吧，那我们先走了。”

百合把她们送走。店里空了下来。

百合长长地吁了口气，“妈妈，现在，只剩下我们两个了。”

她走进厨房，用大锅烧水准备清洗餐具，顺手把一把晾干的蒿草放进水里，不一会儿，蒿草的味道在店里飘荡起来——

百合觉得，不，是感到，妈妈就在这店里。每一个盘子每一个碗，都有妈妈的手感。百合的泪水一滴一滴，继而连成串，流到盆里面。

刷完碗，百合用大盆打来水，拿起抹布擦了起来。

她在走妈妈的路，一种感情上的长征。

一个小时以后，百合看着闪着光的桌椅，整整齐齐地码好的盘子碗筷，在椅子上坐了下来，她倒了一杯水放在面前。

妈妈这种时候会想什么？会想起在远方跳舞的女儿吗？以前，她在后院里面跳舞的时候，妈妈经常一边干着零活儿——她的手上永远有活儿，永远没有闲着的时候——一边看她。

“妈妈这一辈子，光是有你和龙七，已经是幸福的人生了。”

“就只是这样而已？”

“是啊。”

百合心里不以为然，但她知道妈妈对他们的感情，她不想让妈妈伤心。不过，妈妈虽然不抬头，却把她看得清清楚楚。

“百合有点儿瞧不起妈妈，对不对?”

“没有啊。”百合有点儿窘，她走到妈妈面前，拉了个小椅子坐下，“你这辈子，从来没有过什么梦想吗?”

“当然有啊，”妈妈笑着说，“妈妈小的时候，一直想变成小鸟，或者说，可以像鸟儿一样，飞到天上去。”

“这算什么?!”百合噘起嘴巴。

“很可笑吗?”

“当然可笑了，幼稚!”

“我可不是这样想的，你说人聪明还是鸟聪明?”

“当然是人聪明了。”

“但为什么鸟儿能飞上天人却不能?”妈妈问。

百合一时语塞。

“因为鸟儿有翅膀。知道人为什么没有翅膀吗?”

百合笑着，摇头。

妈妈指了指自己的腋下，“翅膀是从这个地方长出来的。一根骨头一根骨头地从这里长出来，然后是血肉，然后是羽毛，长出翅膀的过程是很痛的，大家都受不了，所以说只有能忍受别人都忍受不了的痛苦的人，最后才能飞到别人飞不到的高处。”

“换汤不换药，”百合笑了，“妈妈又在教育人了。可是，我早就不是小孩子了，我也不想飞到天上去。我在地上待着挺好。”

现在，百合不觉得妈妈可笑了。但这种谈话再也没有了。

黄先生看上去很精明，却是个眼神儿游移的家伙，和平原、崔岭谈话时视线经常会朝着某个女人的身影偏移过去。

平原有些意兴阑珊。崔岭在桌子下面踢他，让他打起精神来。

十点钟的时候，正是龙七酒吧里的生意最好的时候。客人来来往往，女孩子也多起来了，其中一些，着装暴露到让人瞠目。

平原在桌面上比画着介绍，“店铺有80平方米，然后是厨房，30平方米，后面是三个房间，差不多有60平方米，中间是一个院子，浴室在这边。”

黄先生总算把精神集中在他们谈论的事情上，“面积不是很大啊。”

“加上院子，差不多，没有300，也有270、280平米呢，还不够大?”崔岭说，“你们的连锁店也是小型超市吗？这个店铺的位置很好的，黄金地段，老实说，再大些的话，价钱上面的承受力，也是很厉害的。”

“我们既然有扩张的意愿，相关的问题自然都是有考虑的。”

“我们这边也无所谓的，”崔岭说，“今天下午我就接到好几个电话，都对这个地方感兴趣呢。”

“做生意可不完全是地段的问题，还是以经营为主的，”黄先生微微一笑，“虽然我们做的是小型超市，但实际需要的面积不能太小，库存也需要地方啊。”

“库存是随时补充的。”崔岭说，“在首尔我没见哪家小型超市，是自己囤货的。”

“崔先生一直是在大公司里任职的嘛。”黄先生软中带硬地说，“我们这样的小本经营，你怎么会——”黄先生的舌头忽然打结，视线转向乐池方向去了。

歌手陈香穿着露肩、低领口的黑礼服，亭亭玉立地走上台，坐在一个高脚凳上，把话筒调了调。在灯光下面，她的皮肤白皙胜雪，仿佛随时会被灯光晒化一样。

黄先生的眼睛被点亮了。

“这么勉强，那就算了吧。”平原冷冷地说，他对黄先生这个人很有些厌恶。

崔岭瞪了他一眼。平原起了一半的身子又坐下了。

黄先生只顾盯着陈香。

陈香调话筒的时候，有服务员过来送给她一张纸条。陈香看了看条子，朝吧台的方向看了一眼，然后跟乐队说了句话。

一分钟后，乐池里的灯光暗掉，然后一根蜡烛亮了起来，接着又是一根，音乐声响了起来，是《生日歌》。

蜡烛一根接一根地点亮，陈香的歌声也响起来，“Happy Birthday to you，Happy Birthday to you——”她的声音真是好听，充满磁性。

“谁啊？”崔岭四下看看，“过个生日，谱儿这么大！”

平原朝吧台那边看了一眼，龙七背对着吧台坐在吧凳上面。

唱完生日歌，陈香唱的是一首老歌，卡朋特兄妹的《昨日重现》。

黄先生的注意力总算又回到男人和事情的身上。

“价钱？”

“40万。”平原说。

崔岭吃惊地看了他一眼。

“40万？”黄先生笑了，“我们是在谈首尔的房价吗？”

“这是底线，”平原冷着脸说，“你可以不买。”

他的笃定让黄先生愣了愣。

“高投资意味着高回报，像您这么成功的生意人不会不懂这个的吧？”崔岭加了一句。

“那就这样吧——”平原起身要走，他的不耐烦完全暴露出来。

“如果不是安先生下个月要回国的话，我们是怎么也不会卖掉这个店的，”崔岭气定神闲地说，“但如果没有合适的价钱成交，安先生即使回国，也可以委派别人代为管理的，我们并不是一定要把这间店卖出的。”

“这样吧，”黄先生犹豫了一下，“我们都谈到这个份儿上了，我先看店，然后再决定其他方面的事情。老实说，这个价钱确实——”

“我们无所谓。”平原斩钉截铁地说。

刚好这时，黄先生的手机忽然响了起来，他的脸上浮现出笑容，接电话的腔调既做作又暧昧，傻瓜也听得出来是女人打来的。

黄先生匆匆跟他们定了见面的时间，迫不及待地先离开了。

“40万?!”崔岭待他走远，看着平原笑，“你这家伙，狮子大开口，连我都吓了一跳!”

平原喝了口酒。

龙七拎着酒过来，“我们庆祝一下吧。”

平原和崔岭看着他，他喝多了，一脸笑容，眼睛里面却一点儿笑意也没有。

“庆祝什么?”崔岭问。

“生日。”龙七笑嘻嘻地说。

“原来是你的生日啊。”崔岭说，“生日快乐——”

“不不不，”龙七摆着手说，“不是我的生日。”

他差点儿跌倒，平原站起来扶住了他。

“那是谁的生日?”崔岭问。

龙七呆了呆，笑了，“有人，反正有人过生日。”他冲平原和崔岭举起杯子，“干杯，祝今天过生日的人生日快乐!”

平原和崔岭跟龙七碰了碰杯。

陈香唱完歌下来，经过他们身边，龙七伸手一拉，把她拉到自己腿上坐下，“来，陪我喝一杯!”

陈香推了他一把，“你干吗？老板了不起啊?”

龙七笑嘻嘻地说：“我是狗屁老板!”

陈香本来面有愠色，听他这么一说，笑了。

“想请客，”她从龙七的腿上下来，拉过来一把椅子坐下，“那得正式点儿。”

“上酒！”龙七冲吧台那边打了个响指。

平原轻手轻脚地从后门进屋，屋子里的灯光突然亮了。

“你怎么才回来？”百合笑嘻嘻地出现在他面前。

平原吓了一跳。

与其说是他闻到了酒味儿，还不如说是百合的笑容暴露了自己。

“你喝酒了？”

百合竖起一根手指，示意平原不要讲话，“嘘——”她指了指餐厅的方向。

平原往那边看了一眼，里面关着灯，但有些微亮光。

百合不知打哪儿抽出一块绸布，要蒙住平原的眼睛。

“你干吗?!”

平原挣扎了几下，百合的身体贴紧了他，他怕碰到不该碰的地方，就不再动弹了。

“喂?!”

“马上，”百合恳求地说，“马上就好。”

她的身体紧挨着他，呼出来的气息吹在他的后脖颈上，他放松下来，让百合把布系在他的眼睛上面。接着，她拉住了他的手，她的手光滑柔软，手指很长—— 他们牵着手走了一小段路。

“三二一！”百合把布从他的眼前扯了下来。

餐厅里，几十支生日蜡烛闪着光亮。

平原看着百合，“今天是你的生日？”

百合摇摇头，“不是我，是别人。”

平原也觉得自己蠢，百合的生日和龙七是一天，龙七已经说过不是他的生日了。两个人在生日蛋糕前面站着，看着蜡烛在燃烧。

平原数了数蜡烛的根数，问百合，“是你妈妈的生日吧？”

百合点了一下头，接着弯下腰，噗噗噗地把蜡烛吹灭了。

黑暗一下子吞噬了他们。

“今天晚上龙七在酒吧里，”平原轻声说，“让乐队演奏了《生日歌》。”

黑暗中，看不见百合的表情，而她好像压根儿没听见平原的话似的。过了一会儿，百合走到屋角，把灯打开。

走回他身边时，她的脸上带着让人捉摸不定的笑容，笑着说：“现在，让我们大家来切蛋糕吧。”

她两手张开，做出场面很大的样子来，四处点着头，对平原低声说：“你听，大家的掌声好热烈啊。”

平原瞪眼看着她。

“接下来，”百合抄起一把刀，“选哪位嘉宾来和我一起切蛋糕呢？”

她四处看了一圈儿，平原转身想回房里去，百合冲过去抓住了他，“就是这位先生吧，这位先生看上去心狠手辣的，切蛋糕的活儿想必会干得不错的。大家鼓掌吧。”百合自己鼓着掌，对平原说，“几百人为你鼓掌，你是不是觉得很幸福？”

平原往四下看看，顺水推舟地点着头，“谢谢大家，谢谢大家。”

“来吧。”百合把刀塞进平原的手里。

平原走到蛋糕前面。

“等一下，”百合把插在蛋糕上面的蜡烛一个一个地拔了出来，“可以了。”

平原在蛋糕上切了下去，切成了几大块。

百合拿来盘子，把蛋糕盛进去，递给平原，手往四周比画着，“现在，请大家尽情享用吧。”

平原望着她，“你没事儿吧？”

“嗯?”百合喜洋洋地吃着蛋糕，望着平原，“你怎么不吃?”

她的样子让人害怕。

“你看上去很不正常。”

“别说这么扫兴的话。”百合吃了几口蛋糕，停下来，望着平原。她笑了笑，往四周看了一眼，用肩膀撞了平原一下，低声说：“周围有很多人看着我们哪，你要注意风度哦。”

“你不觉得无聊吗？谁家没死过人?!”平原把盘子放到桌子上，盯着百合，“你这样装神弄鬼的，好玩儿?!”

百合呆呆地站着。

“要不，你是表演给我看的?!”

百合没说话。

“表现一下你对妈妈有多爱，让我感动一下?！可你不觉得这样，对死去的人很不尊重吗?!”

“真无聊!”

平原也不知道哪儿不对了，话语源源不断地从心里涌出来，他都不知道自己的身体里还埋藏着这么多的话语，它们以连他自己都惊奇的速度往外涌。

“我不知道你的妈妈是什么样的人，但我认为，她不会赞成你这种行为的。如果她想把自己的女儿培养成一个酱汤馆的接班人的话，她很早以前根本没有必要让你离开家去外地跳舞，你现在这样回来算什么呢？放弃了自己很有光彩的事业，回来做一个酱汤馆的老板。每天早起晚睡地擦地、刷盘子、拌菜、煮酱汤，这就是你的理想生活，是你妈妈为女儿设想的理想生活吗?”

“我的事业并不光彩。”百合喃喃自语地说。

“嗯?”平原看了百合一眼，“不是说20岁时就已经在国家最大的剧院里演出了吗?”

“是演出过。”百合苦笑了一下，“但怀抱里的鲜花，潮水般的掌声，是属于主角的，属于在前面独自跳舞的那个人。而我呢，和其他人一起，在后面，像活动布景那样，为主角更好地发挥艺术才能添砖加瓦，做一个虽然微不足道但不可或缺的小小配角。”

平原倒没想到这个。

“很意外吗？应该不会吧。”百合嘲弄地看着平原，“你自己不也说过，我是一个满口谎言的女人吗？”

“我还是个爆竹！砰！”百合做了个炸开的动作，“我是个炸弹！”

“看你被我折腾得愁眉苦脸的，”百合笑起来，“我不只是个炸弹，还是个恐怖分子呢？你烦死了，是吧？想赶紧卖掉这里跑走，是不是?!”

“是。”平原说。

百合笑了一声，咬牙切齿地瞪着平原说：“我不会让你得逞的。我是炸弹，如果我留不住这个店，我就一把火烧了它，跟它同归于尽。”

平原一时气结。

“不信?!”百合冷笑一声，“你试试。”

“我信。”平原平静地说，“但你认为我会在乎吗？”

他转身走了。百合盯着桌子上的蛋糕。是她白天借口买调料，跑到蛋糕店里买的，白色浪花似的奶油，上面贴着新鲜的草莓。

那些草莓，红彤彤的，像一颗颗微型的心。

［十九］如此星辰如此夜

酒吧里已经打烊了。只有吧台那边还留着一个灯。

龙七搂着陈香坐在吧台边上。两个人边划着拳边喝酒，“人在江湖飘啊，哪能不挨刀啊——”

陈香输了。龙七把酒推给她，“喝酒。”

陈香皱着眉头喝了一大口。

“再来再来。”龙七比画着。

“我不行了。”陈香说。

“行的，怎么会不行呢？”龙七推了她一把，“振作点儿，人在江湖飘啊，哪能不挨刀啊——”

陈香又输了。龙七把酒杯放到她面前，“喝喝喝。”

陈香喝了一口，晃了一下，龙七扶了她一把，她把头埋在龙七的怀里，手臂缠在龙七的脖子上，嘟囔着说：“真的不行了。要不这样，我们改变一下游戏规则，你输了，我吻你一下，我输了，你吻我一下，好不好？”

龙七犹豫了一下。

陈香的脸上浮现出微妙的笑意，“就知道你没这金刚钻儿。”

“吻就吻，”龙七说，“我一个男人还怕你？！”

两个人又划拳，陈香输了。她看着龙七，微微笑。

龙七在她嘴唇上飞快地吻了一下。

两个人接着划拳，陈香又输了。龙七又吻了她一下。

“再来。”

这回，是龙七输了。

“愿赌服输啊。”陈香说，她的嘴唇朝着龙七贴过去，整个人也跟着扑进他的怀里。她不是蜻蜓点水，而是长驱直入，来了个法式舌吻。

龙七往外挣扎了几下，双臂扶住陈香，他的脸涨得通红，气也喘得粗重起来，他正要朝陈香吻过去，发现酒吧门口黑暗中的里里。

里里穿了一身黑色，要不是光洁的小腿衬在黑暗里，几乎不会被发现。

里里飞快地在街道上走着。她走得很快，来不及思考。街道像一道又一道伤口，她用脚步穿过它们时，把夜色划开了。

在一个十字路口，里里差点儿被一辆出租车撞倒。司机紧急地刹了车。从车窗里探出头来冲里里喊，“不要命了你！”

里里在车灯光的照射下，狠狠地瞪了司机一眼，又接着向前走去。

“深更半夜的在街上乱转，不是什么正经东西。”司机嘟囔着发动汽车。

里里的脸忽然出现在车窗边，她厉声问司机，“你说谁不是正经东西？你才不是什么正经东西。”

司机被里里吓了一跳。里里瞪了他一眼，转身走了。

里里走上了一条没有路灯的街，从一个酒吧里迎面走出来四个刚喝完酒的男人。他们唱着歌，在马路上横着膀子乱晃。

里里沿着另一条路走了过去。那是一条死胡同。

她在砖砌的围墙前面停下脚步，沿着围墙，慢慢地蹲到地上。

再也挡不住刚才见到的画面了，它们涌出来，挤满了她的脑子。

“不要哭。”里里跟自己说，“为这种男人哭，是天底下最最愚蠢的事情。”

里里掏出手机，打通了机长的电话。谢天谢地，是他接的。

“喂？”

“我是里里。”她的声音一下子带上了哭腔。

他的声音一下子清醒了，“出了什么事儿？”

“你——能出来一下吗？”

平原洗完澡从浴室里出来，回房间时往餐厅的方向看了一眼。

百合坐在放着蛋糕的桌子前面，一勺一勺地吃着蛋糕。她的神情很严肃，好像吃蛋糕是一个仪式。

平原从自己激动的情绪中恢复过来，有些讪讪的。她的心情应该

是很让人同情的，他也并非铁石心肠，可是她的方式总会引起别人强烈的反感。

平原站了一会儿，回了房间。他没关灯，在褥子上躺了下来，头枕着自己的双臂听着外面的动静。

外面一点声息也没有。平原想睡，却睡不着。仿佛晚上喝的不是酒，而是咖啡。这个女人就是有本事让别人寝食难安。平原看了看手表，过去半个小时了。

他从床上爬起来，走到厨房朝餐厅里看。百合还是坐在桌前吃蛋糕，一口一口地往嘴里填。

平原又回到了自己的房间，他把灯拉灭了。她想把自己撑死。那就随她便好了。说不定，可以由此多一个笑话或者谈资呢。

平原把枕头拍了拍，选择了自己平时最容易入睡的姿势躺下，把眼睛很坚定地闭上了。不关我的事儿。

半个小时后，平原从床上爬起来，走到厨房，往餐厅里望。百合还在那儿一口一口地吃着蛋糕。大大的蛋糕只剩下一半了。她真的要撑死自己。不是开玩笑的。她在自杀。

平原走过去，一把从百合面前抢过勺子，把剩下的蛋糕拉到自己的面前，大口大口地吃了起来。

百合看着他。平原理也不理她，大口大口地吃着。百合伸手想把蛋糕拉回来，被平原打了一下手。

“你干什么?”百合问。

“救命。”平原说。

“救谁的命?”百合问。

“除了你还有谁。”平原气哼哼地说。

“我有生命危险吗?”百合瞪了平原一眼。

平原放下勺子，指了指百合的肚子，“你快要把自己撑死了。”

“那是我自己的事，你管不着。”百合说着，又伸手去够蛋糕。

平原抓住她的手不让她碰蛋糕。

“我不能让人死在我的店里。”

百合的动作停住了，她使劲儿地从平原手里抽出自己的手。

平原又吃起蛋糕来了。

百合看着平原吃，“你的吃相可真难看啊。”

“你的吃相倒是不错，”平原白了她一眼，“不过，没有你的胃口惊人。”

百合用手捂住胃，皱起了眉头。

“别跟我来这套，我不会上当的。”平原横了她一眼。

百合从椅子上面滑落下来，额头上冒出大大的汗珠。

平原扔下手里的勺子，过来抱住她，“你没事儿吧？”

“胃疼——”百合呻吟着说。

“吐出来吧，能吐出来吗？”平原问。

百合说不出话来，用手捂着肚子。

“真让你气死了。”平原把百合横着抱了起来，把她抱到卫生间，拍着她的后背，“能不能吐出来?！使点儿劲儿，吐出来——”

百合只是干呕，吐不出来。

“用手指抠一下嗓子——”平原比画了一下。

百合摇摇头，她脸色煞白，快晕过去了似的。

“快点儿！”

百合好像连摇头的劲儿也没有了。

“快点儿啊，一会儿你的肚子爆了——”平原扶着她的肩膀，摇了摇她。

百合突然转身，吐出来了。

一辆汽车开了过来。前车灯照亮了里里站在街边的身影。她穿一身黑衣，背倚着围墙，直愣愣地看着前方某个地方。机长把车停在她身边。她一声不响地拉开车门上车。

机长等了一会儿，见里里一言不发，“怎么回事儿?”

里里还是不说话。机长看了看前方，把车慢慢倒出胡同，转向一条后街，然后开到主路上面。灯光多了起来，里里脸上，有不同的光色移动过。

“去哪儿?”机长停下车。

里里想了想，“我们开间房吧。”

机长看着她。

“走啊。”里里说。

机长看了她一眼，发动了车子。

机长找了家五星级酒店，开了个小套房，带着里里进了电梯。

电梯四面都是镜子，无论里里怎样把头转开，总会有某一处，一个和她长得一模一样的女孩子，冷冷地注视着她。里里索性闭上了眼睛，直到电梯停下。

从电梯里出来时，机长牵住了她的手，他的动作自然而然，就好像他们早就约好了，或者，这个动作已经做过无数次了。

在一间房间门口，机长用房卡打开门，率先走了进去。

里里站在门口，心怦怦地跳起来，他们以前从来没单独共处一室过。

这是个决定性时刻。这是由她决定的一个决定性时刻。

里里进门，把房间的门在身后砰的一声关上时，有种进入井中的感觉。

机长已经脱掉了外衣，身上是一件淡灰色的 T 恤，他从冰箱里拿了两听啤酒，打开一听递给里里，自己又打开一听，他往沙发上一坐，在身边的沙发上拍了拍。

里里犹豫了一下，过去坐在一个单人沙发上。从她坐着的角度，一眼就看见里间的大床，雪白雪白的，占据着房间里最重要的位置。

她口干舌燥，几口就把酒喝干了。她起身又从冰箱里拿出来一听，打开。

机长看着她，没说话。

可能他在等着她主动吧。在黑暗的街头给他打电话时，里里的态度是很坚决的，可到了这里，她又犹豫了。里里又喝完了一听啤酒，她起身去拉冰箱的门，又拿出一听啤酒来。

机长看着她。他的目光笃定从容，以不变应万变。

她欠他太多了。他早就算准了她会有这么一天，主动投怀送抱。

里里觉得心里好像有火燃烧，一口接一口地喝着酒，她把喝空的啤酒罐放到茶几上，刚要起身去开冰箱。

“一共只有四听啤酒。”机长说。

“把你的这个给我吧。”

机长抓住了她伸过来的手，拉了一下，把里里拉到身边搂住，很近地盯着她看，里里把眼睛闭上了。但好半天，机长没有下一步的动作。里里睁开眼睛，机长还在看着她。

“把自己灌醉，然后给自己一个做坏事的理由?”

里里没想到他会说出这样的话来。她在他眼里就像一个玻璃人，什么都被他看得清清楚楚的。

“我——很清醒。”里里说。

“那太好了，”机长笑了笑，“我从来不和糊里糊涂的女孩子上床。”

里里的身体一下子绷紧了。

“我也从来不和不情愿的女孩子上床。”

里里愣了愣。

“我是很喜欢你，”机长叹了口气，“我有时会奇怪，我怎么会这么喜欢你。”

他打量着里里，笑了，“你并不比别人更漂亮，我想找比你年轻的女孩子也不是找不到。可我就是喜欢你。无论你提出什么样的要求，我都很难拒绝你。”

“……”

“这种说不出理由的感情，是不是就是爱情？”

里里说不出话来。

“在我身上发现爱情，是比所有其他的事情更神奇的事情。”机长说，“这证明我的心还是柔软的，是年轻的。”

“你的心一向就是软的，你从来不拒绝别人。”

“有很多事情我是拒绝的，你没看见只是我不想让你看见。”

里里一时无语。

“我给你添了很多麻烦。”

“我说过，我不介意你带来的麻烦。”机长笑笑，“看见你为了龙七四处奔波，我反而更喜欢你，年轻人就应该这样，为了某种理想全身心地投入。哪怕结果是失败也没关系。这种过程会让人慢慢变得成熟。”

也是爱的代价。里里想。

“我们言归正传吧，龙七做了什么浑蛋事儿，让你半夜在街上游荡？”

里里笑了，眼泪顺着脸颊流了下来，“现在我觉得那已经不重要了。”

机长看着她。

“是真的。”里里擦了一把泪水。

“好好睡一觉吧，”机长起身往外走，“明天早上我来接你。”

“你——”里里跟着站起来，“你就这么走了？”

机长站住，笑了，“怎么了？不舍得我走？”

“不是——”里里脸红了。

机长轻轻叹了口气，“我还是快点儿走吧，当好人，付出的代价比想象的大多了。”

“谢谢。”里里送他到门口。

“什么也别想，好好睡一觉。”机长带上门，走了。

［二十］艳阳天

百合醒过来，眯着眼睛往门口的光源处看，影影绰绰的两个身影，没等她看清，已经变幻成影像，跑开了。她整个人都不舒服，头裂开了似的。昨天夜里他们折腾到下半夜，她才算把胃里的东西折腾干净。

百合突然想起平原，转头一看，平原躺在她身后睡得正香。他手边不远的地方，放着一杯水。

在清晨的光线中，平原的脸部线条非常柔和，头发软软地垂下来，和平时冷漠寡言的形象相去甚远。百合的心微微动了一下。他也够倒霉的，买了这个酱汤馆，卷进了一个接一个的麻烦里面。

也许她该放手？

她把手机打开，一大堆短信拥挤过来，有单位的，有冯征的，有朋友们的，都在问她怎么突然人间蒸发了？问她什么时候出现。

冯征说：他仍然在乎她。

如果，他看到的都是误会；如果，百合只是赌气；再如果，她愿意重新思索未来，而他又恰好是她难以割舍的人，他愿意给她，也给他自己，重新来过的机会。

像绕口令一样。

他为什么不直接说，我爱你，我跟别的女人都是扯淡，我爱的人是你。

那样的话，没准儿百合会动心的。

百合不想回北京。北京的关怀和爱，看起来是如此遥远。眼前的一草一木，倒真实可触，而且重于泰山。从法律的角度，这里已经不属于她了。可越是随时会失去，珍惜的念头反而更强烈。她的目光又落到平原的身上，甚至，连他，也不过是这里的过客，他要卖掉这个麻烦的店了，下一位店主又会是什么样呢？

百合的头疼得更厉害了。她起身，轻手轻脚地出去，吴大婶和小培在厨房里干活儿，小培的脸上露出调皮的笑容。

“昨天夜里我吃坏了胃，”百合跟她们解释，“吐了大半夜，他——安先生帮我的忙——”

吴大婶看了百合一眼。让她找个地方坐下，她用石锅煮了两碗热汤。汤煮好时，平原也起来了，吴大婶让小培把他叫过来，跟百合一起喝蔬菜豆芽汤。

蔬菜豆芽汤温软如一只手，在胃里面给他们做了一番按摩。

“这是世界上最美味的汤，”平原对吴大婶说，“真谢谢您。”

吴大婶一边拣豆芽一边看着平原笑，“那我天天煮给你喝。”

平原仿佛卡了鱼刺似的，说不出话来。

“人家是说句礼貌的话，您还当真了？”百合说吴大婶。

“就是，”小培说，“再好的东西，天天喝，也喝不出滋味儿来了。”

“谁说的？”吴大婶说，“以前龙七天天喝我煮的汤，怎么喝都没够儿。”

百合的脸黯淡下来。

“能天天喝上这样的汤，”平原说，“人生就没有遗憾了。”

突如其来的，百合的泪水涌出来。她转身走到后院，撇下三个人面面相觑。百合突然想明白了：龙七说得对。

是她自己先放弃这个家，这个酱汤馆的人，第一个离开的是她。相对她，龙七只是做了正常的事情，像他自己说的，他无法经营酱汤馆，他想开酒吧，唱歌；他一点儿错也没有，却被她抱以老拳；至于安平原，他就更冤枉了。

百合洗了脸，从浴室出来时，听见自己房间里手机在响。她顺手接了电话。“喂?”

电话那边一片沉寂。

“喂?!”

“那是——”平原从厨房走到后院来，“我的电话吧?”

百合恍然大悟，慌张地把电话递给平原，“对不起，我——”

“喂?”平原接过电话。

那边沉默了一会儿，挂断了。

美姬?

平原调回电话看，是个陌生的号码。也许是那个让人厌恶的黄先生。

“对不起，电话在我房间里响，我随手就拿起来了——”

平原看着百合，点点头。

“给你添麻烦了吧?”

百合语气里的小心让平原觉得有点儿好笑，“什么麻烦?”

“万一是你女朋友——”

“那又怎么样? 连个误会都禁不住，这样的女朋友，要不要又有什么意思?”

是啊，百合想，这话对她和冯征完全适用。

“没问题就好。”

以前，她打给冯征时，也曾经有女孩子接过他的电话。是故意的。那种嗲和甜，就像墨汁滴进透明的水杯里，变成黑烟，进而黑成一片。

“有什么好笑的事情吗?”平原看她的表情，忍不住问她。

“很可笑。”

龙七站在窗口，看着汽车停在楼下，里里从车上下来。

一切就如他预料的那样。他很平静。连自己都奇怪。

里里自己打开门走进来，他们俩，一个门口，一个窗前，对视着。中间的这些房间，走廊，家具，这些曲曲折折，是他们乱成一团糟的生活。

里里打了个呵欠，往浴室里走。

龙七拽出自己的箱子，把自己的东西往里扔。

他还记得搬进来的那天，那么喜悦，那么雀跃，哪儿都是阳光，有一种想莫名流眼泪的冲动。

那些东西现在还在，不过，变成了类似冰块的东西。

梗在心里。冰冰凉。冒着烟气般的冷。

龙七收拾好东西，正好里里也洗完了澡，他们在客厅里遇上。

里里看了眼他的箱子。

“欠你的钱，我会尽快还的。”龙七很勉强地笑了一下。

里里没说话。

龙七走到门口时，停顿了一下，“打扰你这么久，谢谢了。”

里里没哭，没骂，没闹，也没留他。

这挺好。下台阶时，龙七想。

这真的挺好的。里里到底是个与众不同的女孩子。

跟里里谈过一场恋爱，很值得。龙七安慰着自己。

走出楼门时，他的头上突然挨了一下子，他叫了一声，接着另外一个东西砸到了他的肩膀上。

“金龙七——”

他抬起头，看见里里身子探出窗来，“浑蛋！”

她把一团东西朝他扔过来，那团东西在空中散开了，像面旗帜飘下来。

他认出那是他的T恤衫。上面有两颗被同一支箭穿透的心。

先前扔下来的东西，他也看清了，是里里的一双拖鞋。

龙七捡起衣服和拖鞋，打车走了。

酒吧里有不少人。保洁员在打扫，歌手们在排练，陈香跟几个人在聊天说笑。她没化妆，或许，连脸都没洗，寡白着脸孔，披头散发的，穿一身肥大的旧棉布衣，扔到菜市场里，没人肯多看一眼，但坐在小舞台上，倒也别有一番风情。她看见龙七进来，跳跃着过来。

“被扫地出门了？”她扫一眼他手里的箱子。

“是啊。”

陈香笑起来，双臂举起来，“耶！”

龙七瞪她一眼，“这让你很高兴吗？”

“也没什么值得你太难过的吧？”陈香耸耸肩膀，“里里身材比我好，我承认；长相嘛，我半斤她八两；但论风情魅力，”陈香冲龙七挤了下眼睛，“她还没发育呢，而我——成熟的蜜桃。”

龙七哑然失笑。

“你还真够自信的。”

“你也应该向我学习，”陈香拍了拍龙七的肩膀，“你失去了一棵树，但得到了整个森林。”

“好好练你的歌去吧。”

“我已经唱得很不错了，而你刚刚被人从家里赶出来，正是需要关怀的时候。”陈香亲热地说，随手从龙七手里接过鞋子，扔到垃圾桶里。

“你干吗？！”龙七放下皮箱，又把鞋子拎了出来。

陈香看着他。

龙七径直走进办公室，把皮箱放到角落里，人往沙发上一躺。一

夜未眠，现在，疲惫如潮水，从头到尾把他淋透。他想让时光倒流，但那是痴心妄想。那么，上帝，让我得失忆症吧。一觉醒来，把我变成一张白纸。

“跟平原一直住的女孩子，是什么样的？”

“什么女孩子？”崔岭问，“哪来的女孩子？”

“你还真是讲义气啊。”美姬笑了，“我跟她通过电话了。”

“通电话?!”

“本来是打给平原的，”美姬笑笑，“结果是她接的，很好听的声音，让人想起山里的泉水。”

“泉水？”崔岭哼一声，“冰块差不多。”

“什么意思？”

“那个女孩子我也认识的，平原不是买了个酱汤馆吗？那个过世的老板娘有一男一女，男的就是酒吧里的龙七，女的就是这个百合。”

“百合？”美姬笑笑，“花一样漂亮的女孩子。”

“公平地说，倒是不难看，但那个脾气——”崔岭做出一个要晕倒的表情，“她自己的亲兄弟，她都能抡起酒瓶子，往死里打。”

“野蛮女孩？现在不是正流行嘛。”

“什么啊，”崔岭说，“电影是电影，生活中谁会愿意跟个火药筒一起生活？”

“对你，也许是火药筒；对平原，没准儿是冰激凌呢。”

“我是不是——”崔岭看着美姬，笑了，“听出一股酸味儿？”

“是啊，我在吃那个女孩子的醋呢。”

美姬这么直截了当，崔岭倒被将了一军。

“她是后来才知道妈妈过世的消息的，心情不好，赖在店里待几天，平原也很讨厌她，但他那个人你也知道，心软得像块豆腐，虽然很讨厌，但也不好意思多说什么。不过，也住不了几天了，平原已经找到买家，决定把这个酱汤馆卖掉了。”

“是吗？”

“这回放心了？”

“放什么心？”美姬反问。

“不是，吃醋什么的吗？”

“跟崔岭好的女孩子，我也吃醋的啊。我们几个一起长大的，你们对别人好，我心里当然不舒服了。”

平原坐在酒店大堂的咖啡吧里，一边翻着杂志一边喝咖啡。

没什么新鲜东西。首尔的生活如今和杂志一样在平原的感觉里变得平面化了。杂志里面的女模特身材骨感到让人惊恐，造型酷味儿十足，嘴唇涂得鲜红鲜红，摈除了血肉感，倒流露出一股油漆味道。

这就是时下流行？

平原把杂志放到桌上，正要拿起当地的报纸时，看见美姬和三个西装笔挺的男人从门口走进来。美姬穿粉红色的套装，被三个穿深色西装的男人围着，那粉红色显出别样的妩媚和娇柔。可那套装流畅、柔和的线条却忽然之间把套装里面的人变得冷硬了，那个人是属于财富、地位以及脸上堆满笑容的晚会的。

平原吃惊地发现，她跟杂志上的女模特有种神似的东西。

她是那个那天在车里跟他缠绵的女人吗？她是崔岭电话里说的，为他跟别的女孩子同在一个屋檐下纠结不已的女孩子吗？

她这一瞬间，让平原看到了“首席代表”的样子。

想要见面的欲望退潮般地远去了。美姬他们朝着电梯的方向走过去。

美姬忽然停下了脚步，她像感觉到什么似的朝平原的方向看了一眼。平原用报纸挡住了自己的脸。等他放下报纸的时候，电梯前面已经没有人了。平原招手叫来服务员买单，做贼似的离开。

走出酒店，还没离开停车场，他接到美姬的电话。

“你在哪里？”她问。

“我？我在郊区农村呢。”

“我出差回来了。”

“噢，好啊，一切顺利吧？”

“是啊，我想，我还欠你一顿咖啡呢。你什么时候有空？”

“现在我在外面，这样吧，等我回城里，我跟你联系。”

“好啊。”

平原放下电话，举目四望，停车场里停着很多汽车，他扭头看了一眼身后的酒店，钢架结构，连玻璃都反射着铁灰色的金属色系的光。它们的硬，让他加倍地意识到自己的弱质。

在其中一扇玻璃后面，美姬看着平原。

艳阳下，他落拓、平凡，几乎是渺小的。但就是这样一个人，让她心里还能牵扯地疼痛。

平原从后门进去，看见百合坐在木廊台上，看着天空发呆。她的脸色还不太好，实际上，一直没好过。始终是苍白的。头发随意地在脑后盘了一下，几绺碎发垂在面前。

她的样子，跟身后的这间老房子，有着惊人的匹配和和谐。

平原的食指下意识地动了动。他已经很久很久没有拍照的欲望了。食指按动快门的愿望如此强烈，他觉得很吃惊。

“回来了？”百合看见他，打了声招呼。

她的坐姿也调整了一下，盘膝坐好。平原走过去坐在她身边。

“不做生意了？”

“今天顾客很少，”百合朝后面看一眼，“她们给我放假了。”

他们静静地坐了一会儿。

“如果我把这个店卖掉，你真的会一把火烧了它们吗？”

百合沉默了一会儿。

“每一个人有每一个人的命运，每一个店也有每一个店的命运。”

百合看着平原。

平原看着小院那几间房子，木廊台环绕着它们，木房子像浮在地面上，或者，有一个腰带之类的东西，老房子就是会让人感到意外的风情和韵味儿。

“我曾经是个有理想的人。在国内，我曾经被人称为摄影界的新星，我为了摄影，差不多放弃了能放弃的一切，我的生活相比照片里面的那些图片，反而是虚幻的。我在一家杂志社供职过一段时间，主编很欣赏我，但后来，他也开始否定我，觉得我走得太偏了。我不这么认为，艺术家就应该是疯狂的。很长时间以来我坚信自己并非没有才华，而是怀才不遇，我同样坚信，我会有无数的知音，在黑暗的角落里，期待着我的作品。我决定开一个摄影展，展示我的作品，我将会一举成名。我太年轻太自信了，我甚至于从来没想过，这个摄影展会有别的结果，我把所有能投入的家当，全都投入了进去，结果——”平原沉吟了一声，“却是一片沉默。”

“沉默？”百合不解地问。

“是沉默。”平原苦笑着说，“没有预期的赞美声，没有我在梦里听到过的无数次的掌声。最搞笑的是，连骂声都没有，连轻蔑和批评都没有。这个对我来说倾注了全部心血的摄影展好像从来没有真正举办过一样。如果不是一下子多了很多欠款，可能连我自己都会以为那场摄影展只是我做的一个梦而已。”

百合望着他。

“那种感觉真是太诡谲了。”平原说，“无声无息，我的艺术我的追求就像水滴一样，被黑暗中的海绵吸得干干净净。首尔的色彩在我眼里从此改变了，原来我是很爱那个城市的，那里会聚了我很多的梦

想。但现在，对我而言，那是一个比西伯利亚还要冷漠的地方，比梦境之境更加虚幻的城市。为了还钱，我做过很多种工作，即使是现在，”平原叹了口气，“我仍然在为民俗博物馆收集民间的工艺品。”

“所以，你想要妈妈那些用旧的东西?”百合指了指矮橱上的东西。

“说实话，是因为这些东西我才最后下决心买下这间店的。”平原说，“我很希望自己能为哥哥做点儿事情，他是一家民俗博物馆的馆长，本人也是研究民间文化的专家。当初为了支持我，帮了我很大的忙，远远超过我希望得到的。我来中国，也是依靠着他的资助。他希望我能重拾艺术之梦，而我，只希望能还清从他那里拿到的支票。”

“它们，很值钱吗?”百合问。

“值不了多少钱，这些东西不是古董，只是为了研究一定时期的民间文化时用来做参考的。”平原说，“如果你不相信，可以去找文物部门鉴定一下。”

百合点点头。

“我不知道是否说清楚了我想要表达的，”平原说，“尽管你对你妈妈的感情让我很感动，但是，我确实没有能力成全你的愿望。”

“没关系。”百合笑笑，“一直以来，你对我非常担待，我应该说声谢谢的，但我却得寸进尺，处处为难你。”

“是很戏剧性，”平原笑了，“但也很有趣。”

“你说得对，一个人有一个人的命运，一个店也有一个店的命运。”

“很抱歉。”

“你想把它，”百合突然开口问道，“卖给谁?”

“一个搞小型连锁超市的企业要在这个城市里开展业务，最近几天，会过来看看店址，不过，”平原想到黄先生，有些犹豫，“那个人很狡诈，他不一定会相中这个地方的。”

“但没有他，也会有别人的，对不对？”

“也许吧。”

百合想了一会儿，“什么时候见面？带我一起去行吗？”

平原犹豫了。

“我不会添麻烦的。”百合说，“我去，是想看看我和这位新主人有没有合作的可能性。”

“你还是不死心？”

“中国有句老话，叫不见黄河不死心。也许见到了黄河，我就死心了。”

“那个人，还真的姓黄呢。”平原笑了，“好的，到时候我们一起去。”

［二十一］分手

里里觉得龙七的离开像一个玩笑似的。但肯定不是玩笑。

她思索这个简单的事实，把脑袋想成了一盘散沙。就这么分手了？

她呆呆地坐了一上午，下午才反应过来。

是分手了。

她在房间里来回走，平时觉得有些挤的房间现在看上去很大。实际上，并没有太多的变化，龙七不过是拎走了一个皮箱而已。可那个皮箱分明又是个魔术箱，把很多东西装到里面拿走了。她想起机长，今天早晨他送她回家的路上还说，因为她爱龙七的样子而感动呢。

“如果有人这么真心真意地对我，我愿意付出任何代价。”

真是莫大的讽刺啊。

里里对着镜子，真是咄咄怪事。根本没想哭，可眼泪流了满脸。

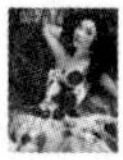

里里用头和肩膀夹着话筒，一边不断地从纸盒里面抽出纸巾擤鼻涕一边打电话，“……我和龙七分手了……他和酒吧里的女歌手搂搂抱抱的……他是天底下最最最最不要脸的浑蛋……我才不会为这种人伤心呢，我打电话只是想告诉你一声而已……好吧，再见。”

里里摁了电话，翻翻放在膝盖上的电话本儿，又拨了一个电话，“顺妮吗？我是里里……有一件事要告诉你，我和龙七分手了……是今天早晨正式分手的……我把他和他的东西都赶出门了……他是我所见过的最最最最无耻的男人……我没哭，我怎么会为这种人哭呢？……我感冒了，嗓子疼……没什么事儿，就是想告诉你一声……我会照顾自己的，你放心吧，再见。”

里里摁了电话，抽出一张纸擤了擤鼻涕，又翻电话本儿，拨了几个号码，“佳音吗？我是里里……你还不知道吧？我猜你可能还不知道，我和龙七分手了……不为什么，我亲眼看见他和别的女人亲热，这让我怎么咽得下这口气？……天底下当然不只是他一个男人，但他是天底下最最最最花心的那个……我明天就找男朋友，今天晚上如果遇上合适的也行……我再也不会理他了，就算他跪在我面前求我，我也不会理他了……我挺好的，只是顺便给你打个电话……拜拜。”

里里摁了电话，又翻电话本儿，拨了几个号码，“阿容，我是里里……我失恋了……当然是和龙七了，除了他还有谁？……我很痛苦，我不知道怎么样才能不痛苦，杂志上说在这种时候要打电话给朋友们倾诉，我已经打了十几个电话了，可还是痛苦……去找他？我才不去呢。我现在恨不得掐死他……他是全世界我最最最恨的人……”

把痛苦告诉所有认识的人，痛苦就消散在人群里面了。这是女性时尚杂志上心理医生讲的话，就像给别人发糖果一样。

可里里的心还是很疼。

里里把那堆杂志扔到地上。滥时尚杂志的话，就跟男人的海誓山盟一样，都是谎话废话空话。

百合在厨房里烧水，准备煮面，水开时，她拿起面来，又放下了，走过去敲平原的房门，“我要下面，要不要给你带一碗？”

“如果不麻烦的话，”平原拉开门，探出头来，“给我也下一碗吧。”

百合点点头往厨房走。

“哎——”平原叫。

“哎什么哎？”百合回过身来，“我有名字的。”

“好吧，百合，”平原笑了，“你给我煮面，是因为规则吗？”

百合想了想，笑着说：“你认为是就是吧。”

平原有些哑然失笑。她的方式生硬，但还不无道理。

百合在厨房里把面捞到了两只碗里，头也不抬地问：“要辣椒吗？”

“要。”平原说。

“菠菜呢？”百合问。

“要。”平原说。

“再加一点儿泡菜怎么样？”百合问。

“好的。”平原说，“你对每个顾客都这样问吗？”

“事实上，大部分顾客并不知道自己想吃什么，”百合端着一碗面走出去，“他们跑到餐馆里来吃饭，就是因为有人能替他们拿主意。”

“这种说法还真是新鲜。”平原刚抄起筷子，闻了闻面，“好香啊——”

百合把另外一碗也端过来，又取了四碟小菜佐餐。

两个人吃起来，吃到一半，平原的电话响起来，平原起初没接，但电话一直响一直响，他接起来，是美姬。

“我现在在你街角处，你走出店门后往前走几步，就会看到我——”

平原拿着电话走出店门，往前看，美姬的汽车停在那里。

“你怎么——”

“突然想你了。突然想和你一起吃饭，就来了。”美姬说，“你没吃饭吧？”

平原朝桌子上吃了一半的东西看了一眼，“当然没有。”

百合看了他一眼。

“我马上就来。”

平原放下电话，刚要跟百合说话。

“有朋友相邀？”百合说，“请便吧。”

“对不起。”

“没关系。我会把两碗都吃掉的。”

平原刚要走，又回头，“你别胡闹啊。”

“跟你开玩笑的。”

平原点了下头，走了。

门关上后，百合对着两只碗叹了口气，“来吧。”她鼓励自己振作了一下精神，抄起筷子吃了起来。

平原拉开车门，坐进了车里。

“什么时候回来的？”美姬微笑着问，边说边发动了汽车。

“嗯？”平原一时没反应过来。

“下午打电话时，不是说还在郊区吗？”美姬问。

“啊——”平原停顿了一下，他鼓起勇气说，“我今天没去郊区。”

“是吗？”美姬扭头看了看他，把汽车开入街道中，“为什么要说谎呢？”

平原望着窗外，过了一会儿才说："我在酒店里等了你很长时间，后来看见你进来了，身边还有三个男人——"

"那只是工作上的同事。"美姬说。

"我知道。不是因为这个，而是，"平原说，"在那种场面里，我无法走近你。"

美姬看了平原一眼，"骄傲的男人对女人最有吸引力。"

"我还有什么可以骄傲的吗？"平原苦笑了一下。

两个人都不再说话，汽车静静地往前开着。

平原一直望着外面，美姬看了他一眼，"还记得我们上大学的时候吗？你骑着那辆叮当乱响的摩托车带我去四处兜风，晚上在街道边儿上的排档吃冷面，喝便宜的啤酒。"

"那个时候因为女朋友长得漂亮，心里很得意，带着你到处走，是存心卖弄来着。"平原说。

美姬笑了。

"后来你嫁了人，我就成了众人嘲笑的对象。"

美姬的笑容消失了，她沉默了一会儿说："是你先抛弃我的。你一心只想着你的摄影，眼睛里面是风景，心里面也是风景，根本就没给我留下一丝一毫的地方，我还能怎么办？！"

"说得这么振振有词？"平原看了美姬一眼，"明明是你嫌贫爱富。"

"不是这样。"美姬踩了一脚刹车，把车停在路边，说，"和贫富没有关系，我想嫁一个爱我的人，重视我的人，不会把女朋友十天半个月地置于脑后连问都不问，而这个人恰好很有钱，难道这就错了吗？我应该因为他有钱而拒绝他，却不管他多么爱我吗？"

"那么，你也像他爱你一样爱他吗？"平原问。

美姬愣住了，过了一会儿才说："当时，我是这么认为的。"

"这么相爱，"平原嘲弄地说，"那为什么又离婚？"

“结婚是因为相爱，离婚是因为不再相爱。”美姬生气地说，“你总是很擅长这一套。”

“擅长哪一套?”

“把自己的错误变成别人的错误，因为自己失意就看别人不自在，非得找出点儿什么东西让别人也变得不痛快了，你才高兴。”

平原刚要开口，想想又摆了一下手，“算了，我们不要再吵了——”

“是你要吵的，用难听的话把人家的火气点着，烧起来，你又说不要吵?!”美姬愤愤地说，“总是这样不讲理!”

平原拉开车门下了车，掏出烟来点上。身子倚着汽车。

美姬把车子开走了。平原闪了一下身子，差点儿跌倒，他看着汽车开走。

龙七在仓库里面清点了一下库存，一个服务员跟在他后面拿着进货单报数。他们清点完后从仓库里走出来。

陈香拎着一个纸质饭盒迎了过来，“这个，给你的。”

“什么?”龙七问。

“特意给你买的比萨。”陈香说。

“说的比唱的还好听，”龙七打开纸盒看了一眼，顺势坐在吧台边儿上，“是吃剩了打包带回来的吧?”

“这么没良心的话你也说得出口?”陈香倒了一杯水给龙七，自己趴在龙七的身边，盯着他看，“是人家一路捂在胸口处，拿回来给你吃的。”

“说得这么恶心，让人怎么咽得下去?!”龙七咬了两口比萨，扭头看见陈香的眼光，“你不用去唱歌吗?”

“男人失恋的时候是很需要有人关心的，”陈香郑重地说，“如果我想追求你，现在正是大好机会。”

“不用费劲儿了，你没机会。”龙七说。

“就算拒绝我，也不用说得这么直接吧?”陈香不高兴地说，“我也是个女人呢。”

“这样啊，”龙七笑眯眯地看着陈香，换了种口气说道，“你是一个漂亮女人，但你还是没机会。”

“讨厌。”陈香打了他一拳。

龙七吃着东西，陈香在酒吧里四下里看了看，“今天晚上有点儿不对劲儿——”

“什么不对劲儿?”龙七问。

“有很多帅哥啊。”陈香说。

“那不正好？你的机会来了。”龙七话音未落，里里和一大群女孩子们花枝招展地出现在门口。

服务员用托盘托着满满的酒往里里她们所在的桌走去，那是酒吧里最大的一张桌子，被她们围得满满的，灯光很漂亮，女孩子们个个唇红齿白，身材傲人。

“我知道那边可以点歌自己唱的。”里里说着，指着墙角的一个位置。

“那还等什么?”一个女孩子叫了一声，冲服务员说，“拿歌单来。”

服务员把歌单拿过来。

龙七看见一个认识的人，朝那个人走去。两个人说了会儿话。

墙角的一束灯光打亮了，一个很精致的卡拉 OK 显示屏屏幕上面出现歌词，前奏响起，里里坐在灯光里，拿着话筒准备唱歌。

“那不是里里吗?”朋友问龙七。

龙七有些尴尬地点点头。

“打仗亲兄弟，上阵父子兵，”朋友说，“里里很会为你捧场啊。”

龙七苦笑了一下。

一个英俊的男人从桌边站起来，在众人的欢呼声中走到里里的身边，里里唱歌的时候，他为她做配唱。

“唱得不错啊。”朋友对龙七说，“有点儿意思——”

龙七抽出支烟来点上，眯着眼睛打量着里里他们那帮人。显然，这是来叫板的。他倒要看看，他们能玩出什么花样儿。

里里的朋友们又点了一些情歌，里里和那个男人一首接一首地唱下来。那个男人用手搂住里里的腰，两个人很配合地边唱边晃荡着——

朋友看着龙七，开始感到有些不对劲儿了。

陈香走到龙七他们的桌边，凑近到龙七的身边轻声唱道：“‘心相牵，手相连’，你应该请里里做酒吧里的驻唱歌手——”

龙七顺手一挽，把陈香拉近自己的身边，搂住了她的肩膀，冲朋友举杯说：“来，让我们为这么动人的歌声干杯吧。”

朋友吃惊地看着他们。

这边里里和那个男人还在情歌对唱，她不时地朝龙七他们这边看。龙七两手环住陈香，有时候还随着音乐晃晃肩膀，喝酒时，则一手搭着陈香一手喝酒。

“你们——”朋友看得云里雾里，“这是唱的哪一出啊？”

里里先是有些跑调、颤音，后来索性把话筒塞到身边同伴的怀里，噔噔几步走到龙七他们桌前。龙七他们全都抬头看着里里。

里里的伙伴们也一时间停止笑闹，抬头往他们这边看着。

里里的目光落在龙七的手臂上，他的手臂搂在陈香的肩膀上。

“刚刚我在那边时，从远处看你们俩，真是很般配呀，”里里突然笑了，“你们属于哪种类型的恋爱模式？一见钟情式还是日久生情式？”

“嗯。”龙七看了陈香一眼，“先一见钟情再日久生情吧？要么就是双料，一边一见钟情，一边日久生情着，日久生情的同时又不断地一见钟情。太阳每天都是新的，情人每天也都是新的。”

“你变成诗人了啊。”

“谁说的来着，每个女人都是学校，有的好，有的不好。最近我一下子这么诗情画意，跟女人有直接关系。”

里里扫一眼陈香，“那很好啊。”

“谢谢。”

“刚才我有一句话还没说完，我说你们般配，”里里说，“是因为你们都长着一张让人讨厌的脸，看了就想吐。”

“卫生间在那边。”龙七指了一下，“您请便。”

“对自己的债主说话要客气点儿。”里里软中带硬地说。

龙七愣了愣，继而摆出更无所谓的表情。

“你初一，我十五。”

里里上下慢慢打量了一会儿龙七，“我真替自己不值！”

“我也一样。”

里里的目光变尖锐了，“你再说一句？”

龙七的脸色也挂不住了，“别得寸进尺。”

“我得寸进尺?!”本来转身欲走的里里又停下来，“那你是什么？跟自己酒吧里的女人勾搭，你是不知羞耻。”

“你跟你们那个大情种机长勾搭不也是这么回事儿吗？怎么到你自己身上就理所当然了？到别人身上就不知羞耻了?!”

“你——”

两个人都撕破了脸，针锋相对，怒目相视。

一直冷眼旁观的陈香“扑哧”一声笑了，里里和龙七转头看她。

“你们俩就为这个啊？芝麻大点儿的事儿，把话说开不就完了吗？看你们现在这副样子，就像幼儿园小班的同学。真受不了。”陈

香拍了一下龙七搭在自己身上的手，对里里说，“我很喜欢龙七，但龙七喜欢的还是你，他现在这副样子，是做给你看的。”

里里的表情缓和了一点儿。

“不过，话说回来，”陈香又对里里说，“你们刚才那一出儿，也够拙劣的。”

“现在，”陈香站起身来，“我去唱歌，你们坐下好好谈谈——”

“谁要和他（她）谈?!”里里和龙七同时说。

他们互相对视一眼，又变得火药味儿十足。

“龙七就像我穿旧的一件衣服，”里里冷笑着说，“虽然扔了，我也难免会对下一个穿这件衣服的人好奇，这和感情无关——”

“听明白了吧？陈香，”龙七铁青着脸说，笑得僵硬，看上去皮笑肉不笑的，“她只是关心我们幸福不幸福，我们想要她放心的话，只要幸福就行了。”

里里张了张嘴，又闭上了。

龙七一把把陈香拢过来，让她坐在自己腿上。

“你是真的放弃了?”陈香笑着看里里，“我喜欢龙七很久了，如果你真的放弃，我可就不客气，要对他展开全面进攻了。”

“借你的钱，我会连本带利地还给你，”龙七得意地看着里里，“如果你想闹事儿的话，保安也不会客气。”

“好啊，那你现在就把钱还给我吧?”里里的脸绷得紧紧的，“否则我会像百合那样，用啤酒瓶在你的头上来这么一下。”

龙七抄起桌子上的酒瓶，塞到里里手里，“好啊，你来吧。”

“嗳——”陈香两边看着，不知该先劝哪一个才好，“你们——”

“你以为我不敢吗?”里里冲动起来。

“我没说你不敢，你动手。”龙七朝她面前凑近，“就现在!”

里里抡起了酒瓶子，狠狠地掼到地上。“啪”的一声，啤酒沫从碎玻璃中间喷发出来。

四周安静了一下。

“我从来不效仿别人。”里里冷冷地扫一眼龙七，转身走了。

“我也要去唱歌了。”陈香也站起来走了。

只留下龙七和那堆啤酒沫玻璃碴。

平原沿着马路往回走着，一看见出租车，他就拼命招手。

车全都开走了。平原无可奈何地往前走。

黑暗的街道像一条河，他的脚步沿着记忆上溯，他们之间温情脉脉的面纱撕掉得太容易了。他并不想重提旧事，但有些东西是注定绕不过去的。

后面的灯光照亮了街道，平原转身扬起手来。

终于有一辆出租车停了下来。平原坐上车，叹了口气。

下车的时候，平原刚要往店里走，听见汽车鸣笛的声响。往前一看，美姬的汽车停在不远处。平原犹豫了一下，朝汽车走过去。

车窗下摇，美姬的脸是湿的，“我们又开始吵架了。”

平原的心也一下子酸楚起来，拉开车门坐进去。

“本来我早就死心了，想在心里埋葬过去的事情，可是突然又在这里相遇，这种巧合让我觉得也许我们之间的缘分是命运的安排——”美姬把脸埋在自己的双手中间。

平原轻轻地叹口气，伸手把美姬搂在怀里。

“跟我在一起，受了很多委屈吧?”他苦笑着问，“你总是说我不关心你，心里没有你，其实不是这样的，我那么努力地工作，恰恰是为了能配得上你，能让你感到幸福。我总觉得我们之间的感情是永远都不会变的，毕竟是从几岁大的时候就玩在一起的呀，别人的感情如果是水，那我们之间的感情就是石头，你看见过水从手指缝中流走，但你看见石头从指缝中流走吗？当年的我就是这么自信。结果石头虽然不能从指缝间流走，却可以被手扔掉。你嫁人的那天开始，我的心

就变成了被你的手扔掉的那块石头。”

“对不起，”美姬的眼泪不停地流出来，“其实，虽然嘴上我怎么也不肯承认，但实际上，我嫁给那个人的确是和钱有关的。和他结婚意味着可以在美国定居，可以继续在大学里攻读学位而不必为钱操心，平时我总是装模作样，很清高似的，其实骨子时，我是个很爱虚荣、很不自信的女人。”

平原没说话。

“说了实话，心里就痛快了。”美姬看着平原，“哪怕你看不起我我也觉得很痛快。”

“怎么会看不起你呢？”平原说，“至少你比我有勇气，很长一段时间我都不敢承认自己是个没有才华的人。”

“你当然有才华。”美姬说，“你的才华从来没得到过好机会发挥。”

“机会是有过的，是我自己做得不好。”平原笑了，“有时候想起以前为了显示自己才华横溢，在你面前故作姿态的样子，自己都会觉得很厌恶。”

美姬笑了，“有很多女生为你的姿态着迷呢。”

“年少，”平原笑了笑，“轻狂。”

美姬从车后座拿起一个很大的盒子，递给平原，“这次去上海，我给你挑了份礼物，不要拒绝我，哪怕是出于礼貌。好吗？”

平原望着美姬，点点头。

他慢慢打开盒子，像被击中似的，好半天一动不动。

那是一架最新型的日本产数码相机。

平原把盒盖又盖上，抬头看着美姬，一时不知该说些什么。

“只是个，礼物。”美姬轻声说。

“我知道。”平原说，勉强挤出个笑容，“谢谢。”

“实在不喜欢，扔掉也行。”

相机包就像是刚从火里取出来的，平原犹豫了一下，“这样吧，还是你先替我保管吧。我现在，还不——”

“平原——”

“就这样吧。”平原下了车，看着美姬，“开车慢点儿。”

美姬看着他，目光直盯入他的眼睛里，然后她发动了汽车，汽车就像发疯似的，原地旋转了一下，美姬像赛车手一样，把车开得快飞起来了。

“过来陪我喝酒。”美姬给崔岭打电话。

崔岭有些犹豫。

美姬听见他那边像有些状况，但她不管，她必须得有个人陪着她难过，“现在就回来，我在酒店酒吧等你。”

［二十二］幸福感

百合对吴大婶和小培解释了平原要卖店的意图。

“情况好像不太妙，我觉得你们也应该了解。”百合看着吴大婶，“对不起，我把您从别的店里请回来，但还是……”

“别说傻话了。”吴大婶叹了口气，“你打算怎么办？”

“我会一直在这里，直到——那一天。”

“我也会在这里的。”吴大婶拍拍百合，“没什么大不了的，孩子，活到我这个年纪，你就会明白，人这一辈子没有过不去的坎儿。”

“我也会在这里的。”小培笑笑，“我要和你们在一起。”

百合的眼里泪光点点，“谢谢。”

“干活儿吧。”吴大婶站起身来。

小培也起身，百合扭头看着她们。

百合和吴大婶在吧台后面忙碌着，小培不停地上菜。

一个胖子色眯眯地对小培说：“你晚上有空吗？”

“要上夜校。”小培把东西放下，回到吧台这边来。

“你晚上有空吗？”她跟吴大婶和百合模仿了一下刚才胖子的声音，恨恨地骂了一句，“年纪和我爸差不多大，真不要脸。”

“看上去猪头猪脑的——”吴大婶抻着脖子朝客人看了一眼，“一脸福相！”

“什么啊——”

胖子往小培这边拼命招手，“服务员！”

小培翻了一下眼睛，回身问：“请问您要点儿什么？”

胖子见四周人多，示意小培走近一点儿。

小培没理他。

“服务员，服务员——”胖子又叫。

小培在吧台边儿上，转过身看着他，“您要加菜？”

胖子犹豫了一下，“给我倒一碗水来。”

“我去。”吴大婶挑了一个最大号的碗接了凉水走过去，往胖子的桌上咣地一放，笑眯眯地问：“你还想要什么？”

胖子抬眼瞅了瞅她，不吭声了。百合和小培偷偷地笑。

李菲和赵琳走进来，她们的身影立刻吸引了所有人的视线。

“我的天啊！”百合的脸上露出灿烂的笑容，“看看谁来了？”

百合从厨房里迎出去，“我的天！”李菲和赵琳叫起来。

三个人欢快地抱在一起。

百合和李菲、赵琳在后院的木廊里摆了一张桌子，上面摆满了食物。

“在韩国演出这段时间可把我饿坏了，”李菲胃口很好，不停地吃着，“那边的肉贵得要命，天天吃泡菜，一照镜子发现自己脸都绿了。”

赵琳笑了，“你最爱夸张。”

“演出的情形怎么样?”百合问。

李菲一本正经地说：“有我在嘛，想差也差不了啊。”

“脸皮还真厚啊。”赵琳说。

“当然了。”李菲说，“从生理学角度上，人的皮肤的确是随着年龄的增长变得越来越厚的。”

百合笑了起来。

“真是的。”赵琳也笑。

“你的健身俱乐部怎么样了?”百合问赵琳。

“下个月开业。”赵琳说，“对了，你不打算回北京了?”

“不知道。”百合说，“店里的事情还没料理清楚呢。”

“别回去了，留下来给我做教练吧?”赵琳说。

“别听她的，”李菲说，“如果你不打算走了，干脆回团里来吧，我们最近准备排练一个大型舞蹈诗呢。”

“当舞蹈演员能挣几个钱?”赵琳哼了一声，对百合说，“到我的俱乐部里来，我给你高薪。”

“你嫁了商人以后身上的铜臭气越来越重了。”李菲说，“舞蹈对我们来说，不是钱的问题，而是——这话怎么说呢，是‘光荣感’的问题。”

“‘光荣感’多少钱一斤?”赵琳冷笑了一声，“在舞台上跳30年又能怎么样?年老色衰，一身伤病，退休金少得可怜，都什么年代了，你们还在这儿谈‘光荣感’?”

“你丧失了这种东西，你才故意把它说得一钱不值。”李菲说，“你有钱又怎么样?你内心如果充实的话就用不着离婚，开什么健身俱乐部了?”

赵琳的脸色变了。

“李菲——”百合叫了一声。

“说说有什么关系呢？”李菲说，“难道我们脆弱到连真实的事情都不能谈论吗？我曾经有过五个男朋友，同居过的也有三个，最后都分手了，那又怎么样？我还不算太老，还有爱的能力，还有舞跳，偶尔会感到幸福，这不就行了？”

百合看了赵琳一眼。

“你这个死妮子，”赵琳在李菲的头上戳了一下，“让人恨你都不容易。”

平原从后门进来，一看见三个女子酒兴正酣的样子，吓了一跳。

“您好！”李菲扬手冲平原打招呼，“您就是那个不速之客？”

赵琳打了李菲一下，冲平原笑笑，“您好！”

平原放下手里的东西，“你们好！”

“是我以前一个舞蹈团的同事。”百合解释了一句。

“过来喝酒！”李菲邀请平原。

“算了吧，你们都是女孩子，又是好朋友——”

“来嘛，”李菲说，“我这个人一向重色轻友的，她们早都习惯了。”

百合和赵琳乐不可支。

平原给她们看了看弄脏的手，回房间拿了干净衣服进了浴室。

“不错嘛，”李菲冲百合做了个鬼脸，“好色相呢。”

“你才喝多少啊？”百合忍俊不禁。

“哎，我警告你，”赵琳瞪了李菲一眼，“兔子不吃窝边草啊！”

李菲转头看着百合，“是窝边草吗？”

“什么乱七八糟的？”百合笑。

“当然是。”赵琳说，“一目了然，还用问？”

“那可不一定啊，距离产生美，”李菲说，“他们天天见面，早都看麻木了——”

平原从浴室里出来，他看上去清爽、健康。

“好帅啊——”李菲叫起来。

昨天晚上的酒喝得太疯了，李菲喝多了，赵琳把她带走后，平原和百合又接着喝了一阵子。少了李菲、赵琳的热闹，他们两个就仿佛从热带突然移到了寒带。可气氛的冷清，反而显出了酒的热劲儿。那种从胃里往外散发的，温热和生动。

“跟你说话呢！”崔岭用报纸打了他一下。

“什么?!”平原转眼看着崔岭。

“看你这副半死不活的样子。”

“好，你说吧。”

“你干吗要那样儿?”崔岭责备地看着平原。

“什么?!”

“美姬!”

“没什么啊。再说，还有什么是你不知道的？当初，因为我一心放在摄影上，她离开了我，如今她回来了，又送我一架相机——”平原顿住了，“她说是礼物，我也收下了，你还要我怎么样?!”

“我才不在乎你怎么样。”崔岭恨恨地说，“可美姬在乎。她的意思是想让你重振雄风，难不成你还一辈子四处做零工，或者在各个城市游荡，给民俗博物馆做收集吗?”

“做收集有什么不好？接触很多有意思的风土人情。”

“别说这种没出息的话了。”崔岭说，“从你那个失败的摄影展——”

平原瞪了他一眼。

“已经快两年了，你的颓废期也该过去了吧?”崔岭说，“不能没完没了。朋友们对你的理解和忍耐也是有限度的。”

“你这话什么意思?”平原说，“我很连累你吗?”

“当然了，”崔岭理直气壮地说，“小子，我为你操了很多心啊。”

“我让你操心了吗？”平原说。

“是我自己善良的天性促使我这么做的，谁让我们从不会说话时就认识的？真是的，我曾对自己讲过五百多次了，”崔岭说，“下辈子生出来，最好不要认识你。”

“这一回，”平原哼了一声，“我们倒是终于想到一起去了。”

“我相信美姬的心情也和我一样，”崔岭说，“从小一起长大的，不好意思不念旧情，所以想拉你一把，你别把人家的好心糟蹋了。”

“你摆出这样一副教训人的嘴脸很过瘾吗？”平原有些急了，“我的事不用你管。”

“这是你说的，”崔岭说，“后天见黄老板的事情你自己去办吧。”

平原一时被将住了。

昨天夜里，跟百合坐在木廊台上，看着天上的月亮，他还想，就这样过日子，不是很美好吗？

“酱汤馆——我不卖了。”

“不知好歹的东西。”崔岭突然顿住，“你，跟那个百合——”

平原做了个打住的手势。

“我怎么闻到一股特殊的味儿啊？”

“你一向擅长无事生非。”

“喂——”

“对不起啊。”平原拍了拍崔岭的肩膀，“我太过分了。”

“别动手动脚的，”崔岭抖了抖肩，“我又不是女人。”

“好好好，我错了，对不起了，”平原端正坐好，给崔岭行了个礼，“请您大人大量原谅我吧。”

“臭小子，”崔岭斜眼看着他，绷了一会儿脸，忍不住笑了，“老虎不发威你当我是病猫啊。”

“还有件事儿，”平原说，“和黄先生见面的时候我带着百合一起去。”

“百合？”崔岭慢慢地重复。

“就是店里的那个——”平原比画了一下。

“我知道是店里的那个，我奇怪的是你讲到‘百合’时的语气。”崔岭打量着平原，平原躲开了他的目光。

“——那天美姬送完你相机，找我喝酒来着。”

平原看着崔岭。

“她很痛苦。喝酒的时候，手在发抖。我也不知道该怎么劝她——”

“……”

“说起来也是命，美姬这样的女人，要什么不是手到擒来？偏偏就遇上你——”

“那你让我怎么办？”平原说，“她是首席代表，她的身边左拥右呼，她心想事成。我怎么办？变成一个隐形人？让她招之即来挥之即去？让她工作忙时只管忙，闲来无事想消遣，我再变成小丑逗她高兴？!”

崔岭被平原说得一怔。他只看到美姬爱平原，倒未曾站在平原的立场上想过这件事。

“光有爱情，是不够的。”平原说。

崔岭叹了口气。两个人都有些伤感。望着落地窗外的车水马龙发了会儿呆，“明天下午跟黄先生约好了？”

“是。”

不待平原再开口，崔岭铁板钉钉地说：“不能带那个女人来。她在那儿坐着，价钱之类的问题会变得过于敏感的。”

百合在桌上摊开着账本拢账，平原洗完澡从浴室里出来，他看到餐厅里有灯光，把毛巾搭在肩上到冰箱里拿了听饮料，他朝百合的方向举了举，“你要吗？百合？”

“好啊。”百合说，“谢谢。”

“不客气。”平原拿了两听饮料走到百合身边，启开一个递给她，自己启开另一个喝起来。他看了一眼百合的账本，“有很大的赢利吗？”

百合摇了摇头，“像这样的酱汤馆，由于使用的原材料和工艺都比较原始，成本就太高了些。”

“那为什么不弄得先进些？”平原问。

“味道不同啊。”百合说，“就好比是机器做出来的打糕和木槽里用木槌打出来的打糕，吃起来的感觉完全不一样。”

“说的也是。”平原点点头，“机器里做出来的东西都散发着工业的味道，说它是食物也行，说它是产品也行。”

百合笑了，她喝了口水，望着平原。

“我发现你是一个很敏感的人。”

“敏感？”

“嗯，”百合笑笑，“对事物你有很细致的体会。”

“谢谢。”平原笑了，“这个店也许很快就要换——你现在还这么拼命？”

“做一天是一天吧。”这个话题总是有些伤感的，百合叹了口气，“谁让我原来不懂得珍惜的。”

平原没说话。

“你上一次感到幸福是什么时候？”百合调整了一下情绪，问平原。

平原愣了愣，“幸福？”

“最近一次，是因为什么事情有了幸福的感觉？”百合问。

平原沉吟了一下，笑了，“好像很久都没有幸福感了。”

“总会有那么一些时刻的吧？”百合问。

“以前做摄影师的时候，独自一个人在山里搭帐篷过夜，听着四周树枝被风吹动的声音，又担心有狼、蛇之类的东西，心里真是很害怕，可是每当夜晚过去，黎明来临，走出帐篷看到第一缕阳光，你知道吗？山里头那种阳光的质地，仿佛从天上流泻下来的瀑布一样，是有重量感的，当我这样伸出手，好像能感觉到阳光水珠般在手心上面飞溅，那个时候，是幸福的。”

“摄影师的生活很浪漫啊？”百合被平原的诉说吸引了。“有一部叫《廊桥遗梦》的老电影，说的就是摄影师的故事。”

“那只是电影而已。”平原苦笑了一下，“现实生活不是那样的，摄影师是非常寂寞的一个职业。”

“为什么不再摄影了？”百合问，“因为那一次失败的摄影展吗？”

“因为我没有才华。”平原说。

“你当然有才华。”百合想也不想地说，神态笃定。

“你凭什么这么说？”平原笑了笑，“你并不了解我。”

“听见你刚才形容树林里黎明时的阳光，”百合说，“我就知道。”

平原望着她，她的目光像暗夜里的火苗，让人激动，也有特别的温暖。这个瘦弱的女孩子真是可以用“神奇”来形容的，是舞蹈演员，却当起了老板娘，还有暴力倾向。敢爱敢恨的类型。

平原站了起来，“休息吧，时间很晚了。”

“你先请吧，”百合说，“我把这些账看完。”

平原点点头，走到厨房时回头补充了一句，“明天我们一起去见黄先生。”

“好的。”百合勉强地笑了笑。

“晚安。”平原走了。

[二十三] 打开天窗说亮话

崔岭和黄先生坐在靠窗的位置上，平原和百合从咖啡馆窗外走过，崔岭看到平原指了他一下，跟黄先生说：“来了。”

他随即看到百合，“她怎么也来了？”

“她是谁啊？”黄先生的目光落在百合的身上，眼前一亮。

崔岭冲走进门的平原挥了挥手，平原带着百合走了过来。

崔岭给他们做了介绍，介绍到百合时，狠狠地瞪了平原一眼。平原假装没看见。

“百合小姐？”黄先生把手伸到百合面前，“人如其名啊。”

“你好。”百合握了一下手，想把手抽出来。

黄先生抓着百合的手问：“百合小姐是舞蹈演员？”

百合点了点头。

“难怪风采照人、气质不俗啊。”黄先生盯着百合的脸说。

平原看着黄先生握紧百合的手，他朝黄先生伸出手去，“好久不见了。”

黄先生恋恋不舍地放开百合的手，握住平原的手敷衍了一下，“你好。”他的头马上又转向百合，“百合小姐想喝点儿什么？”

“咖啡。”百合问平原，“你呢？”

“两杯咖啡。”平原冲服务员说。

“请稍等一下。”服务员转身走了。

“突然把百合小姐带来，请您原谅。”平原对黄先生解释说，“因为这间店与百合小姐的关系密切，我想大家坐在一起谈谈也许更好一些。”

“是吗？”黄先生转头看着百合，“这家店如果和百合小姐关系密切的话，我的兴趣可就更大。”

平原很厌烦地看着黄先生，崔岭注意到他的表情，抢过话头儿说道：“情况是这样的，安先生的这家店很早以前是由百合小姐的母亲来经营的，百合小姐对店很有感情，现在也还偶尔回店里住住——”

“这样啊。”黄先生沉吟着，“上一次可没说到这些事情。”

崔岭刚要开口。

“从法律上讲，”百合先说话了，“这间店现在是，完全独立地属于安先生——”

平原看了百合一眼。

“可是，”百合说，“我最近忽然又对这个老房子有了一些新兴趣，所以，听说安先生想要把这个店出手的时候，我也很想了解一下。因为承蒙安先生的好意，我现在还在经营这个酱汤馆，今天我到这里来，也是想问问黄先生，可不可以在您和安先生谈好转让条件的情况下，让我按现有方式继续经营酱汤馆，我在未来的时间内逐渐还清您的投资以及相应的利息，把店再买回来。”

“百合小姐说话的声音真是好听啊，花一样的名字又有黄鹂鸟一样的声音，”黄先生笑容满面地说，“你现在就住在店里？”

“是的。”百合点点头。

平原看着黄先生色眯眯的表情，脸沉了下来。

服务员把咖啡端了上来，放到百合和平原的面前。

“我们是开小型超市的，酱汤馆保留着恐怕不行，”黄先生思忖了一下，望着百合说，“40 万人民币也不是小数目——”

百合的眼睛一下子睁大了，她看了平原一眼。

“但是，看到百合小姐这么可爱，真是让人很难拒绝啊。”黄先生的手盖到了百合的手上。

百合，还有平原、崔岭，都盯着黄先生盖在百合手上的手。

“我是很希望能为百合小姐做点儿事情的。”黄先生笑眯眯地看着百合。

“对不起，咖啡凉了。”百合把被压住的手抬了抬。

黄先生放开了她，“啊，你请用。”

百合用两手端着咖啡，不喝也不说话。

“那么，”崔岭说，“黄先生的意思到底是怎么样的？”

“百合小姐——”黄先生又冲百合说道。

“黄先生，”平原有些忍无可忍地说道，“我是现在的店主——”

“啊，那是当然。”黄先生有些尴尬地笑了笑。

崔岭在桌子下面踢了平原一脚。

“谁是店主无关紧要，”崔岭笑着解围，“从生意的角度，这个店的地点前景非常看好，本市经济发展迅猛，光是房地产这一项，也是值得投入的，安先生如果不是着急回国的话，是怎么也不会出手卖掉这间店的。至于百合小姐的要求嘛，黄先生想帮助她的话，也得先把店买下来才谈得到以后想做的事情啊。”

“光是从帮助百合小姐的立场上考虑，我也是可以把这间店买下来的。”黄先生露出微笑，伸手抓住百合的手，“百合小姐——”

“放开她。”平原终于忍无可忍地开口说道。

几个人都愣住了。平原站起身来，一把把黄先生推到一边。

“这个店不卖了。”平原把百合从沙发里拉出来，“我们走。”

“平原——”崔岭在后面叫。

平原沉着脸只管拉着百合往外走，百合一声不吭地跟着他走。

“对不起，黄先生。”崔岭转头对黄先生说。

黄先生看着从窗外经过的平原和百合，“安先生是什么意思？”

两人拉着手急匆匆地走着，转过一个街口，百合甩开了平原。

平原站住了，看着百合。

“对不起，我想自己待一会儿。”百合转身走了。

平原站在街道边上，看着百合穿过马路一个人走远了。电话突然响起来，他从兜里把电话掏出来，看了一下号码……

平原又回到刚才见面的咖啡馆，桌边，只有崔岭一个人。

平原走过去坐下来。两个人谁也不说话。

“你以为你自己是个什么东西?!”崔岭突然爆发起来，“英雄救美吗？马上就要煮熟的母鸡扡挲着翅膀飞了，40万哪！真受不了你。”

平原一言不发。的确是太蠢了。可是，当那个色眯眯的家伙把手盖在百合的手上时，他的心都缩成了一团。他甚至生她的气，为什么不像修理龙七那样修理一下这个黄先生呢？对自己的弟弟能下得去手，却让面目猥琐的黄先生为所欲为？女人的脑子有时像糨糊一样。

“我们今天就打开天窗说亮话吧，你和她到底是怎么回事儿?”

“什么怎么回事儿?”

“哈，你问我?”崔岭嘲讽地笑了。

“什么事也没有。”平原硬邦邦地说。

“你骗谁呢？拉拉扯扯的，本来你的私生活我管不着，可美姬怎么办，人家对你可是一片真心，连我今天下午请假都是她开的绿灯，你就这么报答她？真不知道她看上你什么了?!”

“你别扯远了行不行？这事儿和美姬有什么关系?”

“怎么没关系？这边和美姬叙着旧情，鸳梦重温，那边又和百合勾勾搭搭的——”崔岭说。

“谁勾勾搭搭的？你别胡说八道啊。”平原说。

“没勾勾搭搭的你刚才那是干什么？黄先生不就是摸摸手么，百合自己都没怎么样，倒好像摸到你的心似的。呼啦一下子拉着人就走——”

“你懂不懂得尊重人啊?”平原不高兴地说。

“少跟我这么大声说话。我懂不懂得尊重人？你呢？你就懂吗?”

崔岭气呼呼地说，“为了把这事儿撮合成，我花了多少心思？打了多少电话？费了多少口舌？点了多少下头？哈了多少次腰？这些你知道吗？你想过吗？跟我谈尊重?！你怎么不先尊重尊重我?！”

平原百感交集地望着崔岭。

“真气死人了。”崔岭嘟囔着，抓起沙发上的外衣，朝外走去。走了几步他停下来，冲平原说，“哎，别忘了买单。”

平原坐着。崔岭从窗前看都不看他地走过去。

李菲从台上跳下来，往台下走去，百合在角落里。

“有事儿?”李菲问百合。

“没事儿，正好路过这里，进来看看。”百合笑笑，“打扰你了吗?”

“怎么会?”李菲有些担心地看着百合，“真没事儿?”

“嗯。你去忙吧。”百合推了李菲一把，“我坐一会儿就走。”

“别走。”李菲说，“等我排练完，我请你吃饭。”

“你忘了我就是开餐馆的，去我那儿吧，我给你做酱汤。”

“好啊。”李菲笑着说，“再等我一会儿。”

她回到台上，演员们继续排练。

从小百合就喜欢坐在剧场里。

这里总是很大，有很多人，而且这里的人总是很高兴。有好事儿的时候，觉得许多人和自己一起高兴，自己的高兴就像发酵的面团一样胀大了；伤心生气的时候，看到剧院那么大人那么多，自己的伤心生气就不断地缩小了，简直不值一提。

让她心潮起伏的不是那个黄先生，从十几岁起，百合，还有李菲、赵琳对黄先生这类人少说也见了几百个了。让她纠结的是平原。她不知道该拿他怎么办了。

他是坦率的。他自己甚至没意识到他的坦率里面有多大的力量。可她却无法忽略。她在不知不觉中从讨厌变得尊重、欣赏起他来了。

真糟糕啊。哪怕眼下，他们也仍然是斗争的对象呢。

“——你知道吗？山里头那种阳光的质感，仿佛从天上流泻下来的瀑布一样，是有重量感的，当我这样伸出手，好像能感觉到阳光水珠般在手心上面飞溅，那个时候，是幸福的。”

一个男人能说出这样的话来，该有一颗多么温柔的心。

但他不理解她的苦衷。

不对，百合对着自己摇头，他凭什么要理解你的苦衷?!

李菲拿筷子在她的眼前比画了几下，“怎么了你？今天总是发呆。”

百合摇摇头，“没怎么。”她朝桌上看了一眼，问李菲，“酱汤怎么样?”

“很好喝。”李菲笑着说，“和你妈妈的手艺不相上下。”

“谢谢。”百合说。

“觉得我们的舞蹈怎么样?”李菲问。

“很好。”百合说。

“我们在干什么?”李菲笑了，“彼此交换赞美吗?”

“是真的很好。”百合也笑了，“跳舞，是一件让人感到幸福的事情。至少对你来说是这样。”

“你不也是一样?”李菲说。

“对我来说，”百合苦笑了一下，“现在是奢侈了。”

“发生了什么事儿——”李菲看着百合，“你今天哪儿不大对劲儿。”

“有吗?”百合有些慌张，“没有啊——”

李菲看着百合。

“干吗那么看着我。真的没什么。”百合说，“可能有点儿伤感吧，就像怀旧。看到你们跳的舞蹈，让我想起以前那些好日子。”

“那就回团里来吧，”李菲抓住百合的手，“我们一起跳。”

“别开玩笑了。”百合指着桌上，“吃东西吧，别浪费了我的手艺。”

李菲抄起筷子吃起来。吃了两口放下筷子，从包里拿出一盘光碟，“这是我们演出时录的，给你看看。”

龙七拎着酒走到平原的身边，“一个人?”

“众叛亲离了。”平原笑着说。

“那好啊，”龙七笑了，“我也是。我们同是天涯沦落人。”

“怎么会?”平原打量一下四周，“你的女朋友呢?”

“把我甩了。”龙七笑着说。

平原愣了，“怎么会?”

他们那么相爱。

“我也经常这么问我自己。”龙七说。

今天一整天，龙七魂不守舍。这是里里上机的日子，以前，他总是要送送她的。空姐的工作毕竟是特别的，每次离开时，他心里总是隐隐地紧张，然后一直等到她的航行结束，才会放下心来。

然后是下一次。

“祝你好运。”他送她时总是嘱咐，然后在她的左右脸颊上分别亲吻一下。不像情人间的告别，倒像某种仪式。

有时候，他怀疑里里并不理解他表达感情的方式。

“百合最近怎么样?”

“在很认真地经营着餐馆的生意。”平原说。

“是吗?”龙七轻声说，“想不到她会真的这么干。”他端起酒杯把酒喝下去。

“她是一个很固执己见的人。”平原说。

“从小就厉害得不得了。”龙七说，“你没看过她跳舞，即使是我这样不懂形体语言的人，也觉得，她跳得好极了。我从来没想过她会回到这个地方，更别提什么酱汤馆了。她总是给人意外。”

平原沉默不语。他发现龙七和百合，细细打量的话，还是有些相像的，尤其是鼻子、嘴巴，几乎是一模一样，只不过，他的眼睛细长、温柔，很可能遗传自爸爸，而百合的眼睛却来自妈妈，大而明亮，摄人心魄。

“你想象过火与冰是怎么统一在一起的吗？”龙七沉吟着，慢慢地说道，“百合就是。她的外表有多么冷酷，内心里就有多热烈——”

平原也看着酒在灯光下变幻出来的色彩。

“干杯。”

“干杯！”

龙七和平原碰了一下杯子。

百合把地擦拭干净，然后拿着抹布四处擦，干完活儿，百合把抹布和拖布拿到后院洗好晾起来，进浴室里洗澡。水从花洒里一下子喷出来，百合闭上了眼睛。她的心里充满了小小火花。说不清道不明的，但很让人心慌意乱。拜托！把它们都浇灭了吧。

平原从后院走进来，百合刚好从浴室里出来。

“回来了？”百合问。

“嗯。”平原点点头。

有一种尴尬的情绪在两人中间游荡。

“我先睡了。”百合往自己的房间走。

“今天的事，”平原在百合经过自己身边时说道，“很抱歉。”

“为什么？”百合停下脚步。

“为黄先生的那些举止。”平原说。

“黄先生的举止，跟你有什么关系?”百合说，“事实上，抱歉的人应该是我吧？如果我不去的话，今天的生意也许能谈成的。”

平原没吭声。

“26万买了店，再40万卖出去，”百合压抑着火气，“一个月不到就有14万块钱的利润，简直像做梦！这样的生意吹了，我都替你遗憾。”

“这只是议价，最后成不成交，以多少钱成交，说法还多着呢。”

“是啊，也许还能卖个更好的价钱呢，龙七这样的傻瓜蛋，百年不遇。”

“生意什么时候都可以做，”平原不想让百合发火，他理解她，“但无论如何，我向你保证，接受这个店的人，人品一定要好才行，我不能把你置于那样的境地中去。”

“哪样的境地?”百合转头望着平原，她的火终于又冒了出来，“你以为你今天假惺惺的这一套表演会让我感动吗？把我从咖啡馆里拉出来，就是把我拉离了虎口或者火坑吗？我是一个能用酒瓶子砸自己弟弟的人，区区一个黄先生我会对付不了吗?！真是笑话。”

“是笑话吗?!”平原走近一步看着百合的眼睛说，“这么说来你很愿意被那个家伙摸是不是?”

百合一时气结。

“原来，是我自己多此一举，以为你会介意。而实际上，你当时的心情不知道有多么愉快。今天打扰了你的好事，真对不起。明天我给黄先生打电话，向他澄清事实，告诉他，昨天见过面的百合小姐对他很有好感——”

平原边说边往房间里走，他进了房间后用力地拉上了门。

百合几步走过去拉开了门。

平原气呼呼地转过身来说道：“我早就警告过你了，不要擅自进入别人的房间。我有隐私权的。”

“你有个屁!”百合口不择言地说，“你莫名其妙地闯到别人家里来，用几个臭钱把我们的生活破坏得一塌糊涂，我所受到的所有侮辱都是你造成的，而且，来自你的侮辱最深重。”

“你疯了吗?像一条狗一样乱咬人?”他用力地把拉门一拉。

“不许关——”百合的手被拉门挤住了，她发出一声尖叫。

平原赶紧拉开了门。

百合疼得皱起了眉头，身子蹲了下去。

“没事儿吧?”平原跟着蹲了下去，去抓百合的手。

百合推了他一把，“滚开，不用你管!”

“这是我的房间，还让我滚开?!”平原说。

百合的眼泪从眼睛里流出来，她瞪了平原一眼，转身回到自己房间把门拉上。

平原犹豫了一会儿，来到她房间外面，拉开了房门走了进去。

“这是我的——”百合想骂他，但语不成声。

平原去拉百合的手，“给我看看——”

“不用你管，”百合满脸泪水，推了他一把，“少在这儿猫哭耗子假慈悲。”

平原伸手把她抱进怀里，在她的后背上拍了拍，“别哭了。”

“放开我!”百合推了平原一把。

“就当我是吴大婶行不行?或者是一个枕头，心情不好的时候可以靠一靠的东西。”平原放缓了语气，“我没别的意思。”

百合看着他，慢慢安静下来。平原小心翼翼地伸出手，把百合拥在怀里。

[二十四] 妥协

百合端着一大盆黄豆芽从后院走进厨房。她放下盆时打了个呵欠。

“请问——”

百合抬起头来，看见门口有人影。

“请问安平原先生是住在这里吗？”美姬问百合。

百合点点头，“您是——”

还用问嘛，当然是女朋友了。百合的心里翻腾了一下，她比她想象的还要漂亮，更难得的是优雅的气质，她的笑容十分甜美，眼光却是坚定的，集美貌与智慧于一身的女人。

百合飞快地想了一下自己在她眼中的形象，头发有些乱，没有化妆的脸显得有些苍白。衣服就更别提了，是早就穿旧了的肥大的T恤。

“打扰了，我是安先生的朋友。”美姬说，“可以让他出来见我吗？”

当然。“他在里面，我去叫他。”百合指了指椅子，“请坐。”

“麻烦你了。”美姬坐了下来，四下打量着。

百合走到平原的房门口，敲了敲门，故意用能让那个女人听到的声音叫道：“安先生——”

里面没有声音。

百合又敲了敲门，“安先生——”

“大清早的你叫那么大声干吗？”平原眯着眼睛把门打开，笑着说，“我还没七老八十呢，还叫安先生？我们刚认识吗？”

“有人找你。”百合示意他。

“找我？”平原的眼睛睁大了些。

百合转身走回去。

“真抱歉，还没烧水呢，没法儿沏茶，”百合回到店里，冲美姬客气了一句，“你喝果汁行吗？”

“千万别麻烦，”美姬站起身，“我马上就走。”

“是吗？”百合笑笑。

平原穿着拖鞋过来，看见餐厅里的美姬，愣住了。

“这么大清早的，太冒昧了吧？”美姬笑着说。

“没什么，”平原有些不自然地看了百合一眼，“谢谢你叫我起来。”

“别客气。”百合说着，“你们聊吧，我还有事情要做。”

她冲美姬点了下头，走到后院去了。

美姬看着平原。平原看了看美姬浑身上下的牛仔衣，“你怎么穿成这样？”

“今天我休息，想和你一起去郊外走一走，顺便野餐。”美姬笑着说，“事先也没打声招呼，你方不方便？”

“当然方便了。”平原说，“你先稍等一下，我马上出来。”

“我在车里等你。”美姬边说边往外走。

平原拉开浴室的门，正在洗脸的百合扭头看了他一眼。

“我想洗洗脸。”平原有些进退两难。

百合把身子让开，走出门去。平原拧开水龙头，匆忙洗了个脸，然后飞快地挤出牙膏，刷起牙来。他收拾停当走出门时，百合站在门口等着。

“对不起——”平原的视线停留在她的手上。

上面是未来得及洗掉的肥皂泡沫。

百合摆了摆手，“快去吧。”

平原刚走了两步，停下来问百合，“你的手没事儿吧？”

“没事儿。”百合摇摇头。

平原回房间抓起件衬衫走了出去。

平原跑到汽车旁边，拉开车门坐了上去，“对不起，让你久等了。”

“安全带。”美姬提醒了一句，踩着油门把车子开了出去。

平原把安全带系好，问：“你怎么忽然有了想去郊区的念头？”

“不是忽然，是早就有和你一起出去的打算，但工作方面实在脱不开身。”美姬说，“昨天晚上才发现今天的工作已经提前做好了，可以给自己放假一天。于是就电话也不打地直接上门了。”

“是吗？”平原说。他把车窗按下来一半，把头探出去深深地呼吸了几口空气。

“那个女孩子就是百合吧？”美姬问。

“嗯。”平原头也不回地说。

“长得很漂亮啊，身材也很棒。”美姬说，“和我原来想象的差不多。”

平原转过身子，似笑非笑地看着美姬，“你们女人就像孔雀，是不是见面第一件事，先比比羽毛？”

“男人不也是一样？”美姬横了他一眼，“只不过，你们的羽毛更复杂，更综合。”

“你这么想？”平原笑了，“那我可悲惨了。”

“悲惨的是我吧？”美姬说，“在这样的地方遇见这样的女孩子，像山谷中的百合一样。有这样的尤物放在你身边，真让人放心不下啊。”

“你什么时候变得这么小家子气的？林美姬不是一向最自信的吗？”

“只是直觉而已。”美姬笑笑，“感觉这个女孩子不一般。”

平原没说话。

“怎么不说话？”美姬看了平原一眼。

“她可不是什么百合，”平原说，“拿花比喻的话也得比成是一朵玫瑰，满身是刺。”

“我记得你是最喜欢玫瑰的。”美姬说，“虽然有刺，但也因此更加香艳，味道十足。”

“你这话什么意思？”平原看着美姬，“想诱导我对她产生特殊的兴趣吗？”

“OK，休战。”美姬笑着摆了摆手。

里里和空姐们从机场走出来。照例有一些男人在等待着接她们回城。和其他人的神采飞扬、满心期待比起来，里里落寞、凄凉。

女孩子们一个一个地被男人接走了。

“里里，跟我一起走吧？”一个女孩子问里里。

里里笑了，“我才不当电灯泡呢。”

“你省省吧，”另一个女孩子说，“里里会没人接？”

“真的？”女孩子问。

“谢谢你。”里里点点头，“放心吧，我没问题。”

“那再见了。”女孩子们走了。

“你怎么这样啊？里里跟男朋友分手了——”虽然是压低声音说的，可还是传到了里里的耳朵里面。

“那有什么稀奇，旧的不去，新的不来……”

里里放慢脚步，看着她们离去，然后才走出机场。在门前的玻璃前面站了一下，我看上去是一副失恋的可怜相儿吗？里里苦笑一下。

里里坐出租车回了家，用钥匙开门走进家里，环顾一下四周，把

箱子放到角落里，在沙发上坐了下来。

没有男人的生活有什么不好？

杂志上的心理专家劝解说，从客观而长远的角度来看，眼下这种时刻，其实是每个女人生命中的神奇时刻，从爱情的旋转木马上下来，给自己一个假期。

不只是疗伤，更是情感的一次“碎片整理”，爱情也像电脑一样，一段时间过去指不定在哪儿积下了病毒。这个时刻还具有为所欲为的特权，那些平时不敢想的事情，现在可以放手去做。

美姬和平原在爬山，美姬和平原较着劲儿地往上攀。平原扭头看着美姬，赞叹着说：“你还真行啊。”

“那当然。”美姬说。

两个人一前一后地沿着一条小路走上去。前面有个树林，杂花丛生，林木中间弥漫着芬芳的气息。美姬和平原在一块大石头上铺着布，上面堆满了带来野餐的食物和饮料，两个人边吃边打量着四周的景色。

“我觉得，人生的过程就是爬过一座又一座山，上学的时候是为了得到好成绩，进入公司以后是为了不断地让职位得到提升。”美姬说，“有的时候真的很累，觉得自己再也坚持不下去了，有时候则觉得无聊，会质问自己，这样拼命是为什么呢？爬到最高峰又能怎么样呢？更多的时候，是寂寞，这样的时候就会非常地心疼自己。”

平原嘴里咬着一棵草，望着天上的流云。

“我是在结婚以后，才真正理解你当年迷恋着摄影的心情的，而以前在我们相处的时候，我把你的职业当成是一个浪漫的故事，所以你把我一个人扔下自己去跋山涉水时，我就会很委屈，很不平衡。”

平原看着美姬。

“我出嫁时，你很恨我是吧？”美姬问。

“不知道。”平原转过脸来说，“很难说清楚当时的感觉。像是大醉了一场以后突然清醒了过来，眼前所看到的一切都和以前不同了。当时确实是很生气，但是——”

“但是?”

“也隐隐约约地有一些放松的心情，一直以来你都太出色了，给你这样的女人做男朋友是很辛苦的。”

“所以说嘛，是你抛弃了我，”美姬说，“而不是我抛弃了你。”

“又来了——”平原说。

“女人的心眼儿都是这么的小。”美姬说。

“好吧，是我抛弃了你。”平原笑着说。

“那么，就道歉吧。”美姬拍了一下手，郑重其事地说。

“道什么歉?”平原说。

“因为你抛弃了我啊。”美姬说。

“你还真会强词夺理啊——”平原哑然失笑。

“怎么是我强词夺理，是你自己承认先抛弃我的呀?”美姬说。

“真难缠啊。好吧好吧，”平原说，“对不起了。”

“说声‘对不起’就把我打发了?”美姬问。

“那你想怎么样?”平原问。

“要你吻我。”美姬说。

平原看着美姬，扑哧一声笑了，“对不起，我觉得像是在开玩笑一样——”

美姬忽然凑过去，吻了平原。平原有些呆住了，美姬的嘴唇离开后，看着平原，平原又把她拉回到怀里，吻着她——

美姬和平原把东西收拾好，放进竹篮里。

“等一下。”美姬忽然说道，把野餐时没有打开的一个包拎过来，从里面掏出曾经送给平原的摄影包。

平原的脸上微微变色。

“这是我在上海出差时，花了好几个小时给你挑选的。”美姬说。

“我不是说——”

“我替你保管到什么时候呢？”

平原一时无语。

“一个礼物而已，”美姬固执地盯着平原的眼睛，“我并没有要你把整座山背起来。”

“为什么要送这个给我？”平原问，“想鼓励我在跌倒的地方再站起来吗？”

“没错儿，就是这么想的。”美姬说。

“你的心情我很感激，”平原说，“但我不打算再从事摄影方面的工作了，我没有这方面的才华。”

“你当然有才华。一次失败的摄影展并不能说明什么，如果我是你，就重新来过，”美姬说，“不会因为经历过挫折而轻易放弃。”

“你的口气像小学老师。”平原拎起装东西的竹篮，径直往前走去。

美姬在后面看着他走，然后拎起摄影包，追了上去。

“我不会放弃的，”美姬说，“直到你收下为止。”

“别用这种幼稚的方式来规劝男人走正路。”平原说，“土得快掉渣儿了。”

“爱情有时就是土得掉渣儿。”

“如果我是你，会找一个事业有成的男人，而不会跟一个伪劣的艺术家混在一起。”

美姬一时梗住，她站着不动。

平原走出去几步以后停了下来，回头看着美姬，“怎么了？”

美姬扭过头不理他。平原叹了口气，退了回来。

美姬的脸上泪水淌下来。平原叹口气，走回美姬面前。

“这个礼物，不是我向你示爱的证明，你倒可以把它理解成一个玩具。”

“好吧，玩具。”他搂住美姬的肩头，手揉了揉她的头发，“别哭了，本来就长得很难看。”

“讨厌！”美姬把头发理好，“我知道你不爱我，至少，不是纯粹的爱，你对我的感情很复杂，我能明白，也能接受。”

平原举手投降，“我们不谈这些，行吗？”

美姬欲言又止。

“求求你，别把这些事情都搅和到一起，行不行?！你会把我吓跑的，我也许会再进山，或者去另外什么更偏远的地方。”

“可是，我了解你的才华，就像我知道有一个宝藏。我知道它是宝藏，为什么我不可以说出来呢？”

平原无可奈何地望着美姬，“你也说过有些事情像爬山一样，有些山我爬过了，不想再爬第二次。这理由可以吗？”

“好吧，我唯一的要求是，你带着它，什么时候你想动手了，它在那儿，这样可以吧？”

平原看着美姬，他知道她认准了的事情，他是无法纠正的。从来如此。

为什么她不能表现得柔弱一些呢？那样也许他会更爱她的。

“好的，就这么办吧。”

美姬的脸上绽放出胜利的笑容。她一向为自己的坚韧精神自豪。这次也不例外。

正是中午客人最多的时候，百合和吴大婶忙得团团转，小培不停地往来于顾客和吧台之间。里里从外面走了进去。

小培刚给一个桌上送完汤，看着里里进来问了一声，“一位吗？”

里里点点头。

小培找了一个靠角落的小桌子给她，“坐那儿行吗？”

里里点点头，走过去坐下了。

小培问：“吃什么？”她朝墙上挂着的木牌指了一下。

里里微笑着说：“一碗酱汤，一个拌饭。”

“好的。请稍等。”小培倒了杯茶水给里里，转身回到吧台给百合报菜，“加一碗酱汤，一个拌饭。”

百合头也不抬地应了一声，转身去往石锅里放酱汤材料，然后打开火，把石锅放上去。她的动作越来越麻利了。

吴大婶在飞快地切着胡萝卜丝，她问百合，“一大早就没看见安先生，到现在还没起床吗？”

“早晨有人来找他，出门了。”百合说。

“他在这里还有朋友啊？”吴大婶有一搭没一搭地问。

“有几个。好像还有女朋友呢。”百合说。

“女朋友？”刚走过来的小培插了一句，“谁啊？”

吴大婶没理小培，看了眼百合，准备着拌饭的备料。

“安先生？”小培兴趣十足地问，“真的吗？你们见到了？漂亮吗？”

“漂亮。”百合点点头。

“比你还漂亮吗？”小培问百合。

百合愣了愣，“干吗跟我比？”

百合扭头看小培时，隔着几个客人看见了里里。里里托着腮往窗外看着。

“比比怕什么？”小培说，“那个女人肯定没有百合姐漂亮。”

“还用说。”吴大婶说道，顺手把弄好的拌饭放到吧台上。

“你们见到她就不会说这样的话了。”百合笑笑，“我根本没法儿和她比。”

小培端着拌饭送到里里的桌子上。

“我一直想问你，”吴大婶对百合说，“你不是有男朋友吗？你这么回来，他没意见？”

百合用勺子搅着酱汤，“分手了。”

冯征？好像是上辈子认识的人了。

“没关系，坏男人去了，好男人才能来。”吴大婶看了百合一眼，“你长得这么漂亮，男人不会看不见的。”

“大婶——”百合苦笑了一下。

“哎呀——”吴大婶忽然叫了一声，“坐在窗边儿的那个好像是龙七的女朋友啊。”

“是她。”百合把煮好的酱汤从火上转移到托盘上面，放到吧台上。

“她来干什么？”吴大婶问。

“我怎么知道？”百合说。

里里吃完饭，还坐在桌子边上。她问小培，“有烟吗？”

小培看了她一眼，“你想要什么烟？”

“随便哪种都行。”里里说。

小培走到吧台，对百合说：“她要烟。”

“我去。”百合拿着烟，走到里里的桌前。

里里抬头看着她，百合把烟和打火机放到她面前，拉开一把椅子坐下来。

“有什么事儿吗？”百合问。

里里抽出一支烟来，打火点上，吸了一口，“没事儿。”

百合看着里里。

“干吗这么看着我？你们不是开门营业的吗？我是顾客，是消费者。”

“随便你吧。”百合起身要走。

“告诉你一个好消息。”里里望着百合的背影，说，“我和龙七分手了。”

“是吗？”

“高兴吧？”里里笑了。

“为什么？”

“你问我？”里里笑了。

“不问你问谁？”

“不是你预言我们要分手的吗？你说龙七从小就喜新厌旧，很快就会抛弃我的。”里里说，“你真厉害，所有的预言都变成了现实。”

百合哭笑不得，又走回去拉开把椅子坐下。

“到底怎么回事儿？”

“老板没当几天，”里里笑了笑，故作轻松地说，“就和酒吧里的女歌手勾搭到一起去了——就像你说的，他是个花心的家伙，换女朋友比换衣服还快。”

百合默默地看着里里。

“很可笑是吧？”里里看着百合，“当初，我一心鼓励他做一番事业，为了筹划经营酒吧的事情，我们真是呕心沥血，贷款，借钱，低声下气地求人，打通各种关系。那个时候虽然累，但心里很愉快，很充实，觉得有美好前景在等待着我们。哪怕你用酒瓶子把他打得头破血流，我们也不打算妥协，可是，等这些风波都过去了，可以专心致志地静下心来做事了，我们却分手了。”

“你来这里，”百合问里里，“是为了跟我告龙七的状？”

“我饿了，想吃饭，想喝汤。”里里说，“所以我来这里。”

“好吧，”百合站起来，“想吃想喝，你找对地方了。顺便提醒你一句，我们不打折不赊欠。”

“知道，你们都是一样的铁石心肠！”里里冲百合大声说，“我不会欠你一分钱的！把最贵的东西全都给我上来吧！”

百合忍不住笑了。

“看来我说得没错儿，你确实很高兴。”里里看着百合说，“不过，也无所谓。我在街上随便拉个人说话，别人会觉得我是神经病，讲给你听，至少能让你高兴一下。”

“如果你无聊，就待在这儿吧，一会儿忙完了，我请你喝咖啡。”百合说。

其他的客人已经走光了。里里和百合坐在桌边，里里忽然笑了，“真有意思，我们俩居然还能这样坐在一起。”

“人与人之间的关系本来就很微妙。”百合笑了笑。

“咖啡来了。”小培把咖啡送到她们面前。

“谢谢。”百合冲小培笑笑。

“谢谢。”里里也说。

“别客气，”小培说，“慢慢享用吧。”

她们动起手来，往里面放糖放奶，百合搅了一会儿咖啡，望着里里说：“你和龙七之间，是不是有什么误会？”

里里抬头看着百合。

“我和龙七没出生就在一起，我很了解他，他知道什么事儿应该认真什么事儿可以不认真。”

“我亲眼看见他们拥抱在一起的。”

“拥抱也有很多种啊。”百合停顿了一下，想起昨天夜里，平原和自己相拥的情形，“人们在表达友情或者爱情的时候，都有可能会拥抱的，但性质是截然不同的。”

里里沉默了一会儿。

“你说得对，不关陈香的事儿。”

百合耐心地等着里里的下文。

“是我们自己有事儿，找别人当替罪羊。唉，这段时间我和龙七一直有点儿别扭。为了开酒吧的事儿，我们借了不少钱，本来就是东拼西凑的，刚好能维持一下。偏偏你又回来了，要钱什么的。我们实在是借不到钱了。有一个以前的机长，他很有钱，对我一直很好，他是我们最后的稻草了。我跟他借钱，龙七心里很不痛快，嘴上又不能说什么。因为我也是为了他。但你知道吗？我其实心里更不是滋味儿。我这么辛苦是为了谁呀？还不是为了我们的将来吗？难不成让他当一辈子小学老师吗？就算是我不在乎，可是朋友之间相处的时候，我的那些同事的男朋友都是有头有脸又有钱的，龙七心里会舒服吗？到那个时候，我们之间不还是照样会出现裂痕吗？”

百合没说话。

“我不是在怪你，我只是，”里里意识到自己的谈话对象是百合，解释了一句，“你站在你的立场上——”

“我知道。”百合笑了。

两人沉默了一会儿。

“酱汤馆的生意好像很好啊。”里里说。

“生意是不错，”百合说，“但利润很少。”

“你还，”里里看了一眼百合，“恨龙七吗？”

百合不置可否。

“这件事情，是我极力怂恿他做的，如果要怪，你应该先怪我才对。”

“你说什么做什么不重要，事情是龙七决定的，他必须得为此负责。”

“不是说，每个男人背后都有一个女人的吗？”

“你们不是分手了吗？”百合问，“干吗还这么帮他？”

“说的也是啊。”里里有些尴尬地笑了笑，“我很可笑吧。”

“不可笑，”百合笑了，“这叫作‘恩怨分明’。”

百合送里里出门。

“找龙七谈谈吧。”百合说，“拿一生的幸福做赌注是愚蠢的。当然，如果你现在完全能放得下他的话，也无所谓。”

里里咧了咧嘴，“我去找他，就意味着我做错了事情。”

“好吧，那是你们的事情。”

［二十五］风乍起

送走里里，百合没等进店里，一辆车开过来，停下。

居然是黄先生。

“百合小姐。”他冲百合挥手，目光迅速打量了一下里里的背影。

“百合小姐人漂亮，连朋友都漂亮。”

“您——”百合问，“怎么在这儿？”

“当然是来看你了，也顺便看看店。”他后退一步，看了看店牌，“果然是一家老字号呢，古色古香。”

“您就别客气了，我们不过是一间小店铺，离老字号还远着呢。”百合打开门，“您请进吧。”

他们刚进去，美姬的车也开到了门口，“我回酒店休息一会儿，晚上我们和崔岭一起吃饭吧？”

“好啊。”平原点点头，推门下车，隔着车窗看见黄先生。

美姬也看见了，“我先走了。”美姬开车走了。

平原推门进去，正看见黄先生恨不能把整个人贴到百合身上的样子，“黄先生——”

“啊，你回来了？”黄先生看了他一眼，“冒昧登门，我想看看这个店。”

平原看了一眼百合。百合的脸上看不出什么特别的表情。

“我已经讲过了吧？”平原说，“这个店，我不打算卖了。”

“昨天的事情谈得不太愉快——”黄先生背对着平原，目光全放

在百合的脸上，“我认为，我和百合小姐合作的可能性是非常大的，我很有诚意——”

“这是我的店。”

“百合小姐不是正在经营的吗?”黄先生看着百合，笑得一脸灿烂。

百合哭笑不得。

“我不是来找你的，我是找百合小姐谈话的。”黄先生说，“可以谈这个店，也可以谈别的。”

“如果你有本事把百合约出去谈话，我管不着，但在这里不行。这是我的店，我不欢迎你。”

黄先生脸上有些挂不住，但还尽量保持着风度，转头看着百合，“百合小姐，我们换个地方——”

“这个店现在的确归安先生所有。”百合说，“我们之间没什么好谈的，即使能谈，也要在你和安先生达成协议之后。”

黄先生左右为难了一会儿，他望着平原，“好吧，不就是 40 万吗？我们成交。”

“100 万我现在也不卖了，请你出去。”平原说。

“你这个人怎么出尔反尔。”黄先生气急败坏地说。

“我一贯如此。”平原笑笑。

“我离开，是你的损失。别以为我不了解行情，你不可能再找到出价这么高的买主了。”黄先生悻悻地说，他转身又对着百合，“百合小姐，我们换个地方，换个话题聊聊怎么……”

平原拎起他，把他连推带搡地推出门去。

黄先生恼羞成怒，“你太过分了——”

平原用力把门关上。

“我的天，”小培望着走出门去的黄先生感慨地说，“他的脸皮可真够厚的。”

百合一声不响。

平原走过百合身边，又转身回来了，他看着百合，“你不是母老虎吗？对付这种人，怎么变成小白兔了？”

百合还没来得及开口，他转身回自己房间去了。

小培扑哧一声笑了，“看安先生刚才生气的样子，好像自己的女朋友被人欺负了似的。”

百合瞪了小培一眼，“别瞎说。”

“没瞎说，”小培指给百合看自己睁大的双眼，“一直睁大眼睛看着呢。”吴大婶笑了。

龙七和合伙人，还有财务人员在一起对账。

对完账后，财务人员先离开了。

“虽然赢利不多，但营业额是逐日增加，势头还不错啊，”合伙人高兴地说，拍了龙七的肩膀一下，“这段时间辛苦你了。”

“你不也是一样四处奔走——”龙七说。

“平常看别人赚钱，似乎很容易，落到自己身上时才知道辛苦的滋味儿。”合伙人抻了一下腰，“身为男人，真是够倒霉的。”

龙七犹豫了一下，“有件事情——”

合伙人看着他，“看你吞吞吐吐的，有事儿就说啊。”

“我想抽出点儿钱来处理一些私事，你看行吗？”龙七问。

“多少？”

龙七想了想，“六七万吧。”

“六七万？”合伙人看着龙七，“你疯了？我们才刚刚开张，别说没有多少赢利了，有钱也得继续往里投入才行啊，你还要抽钱？”

“那你刚才——”

“我以为你泡妞手紧，三千五千的。”

“好了，”龙七勉强地笑了笑，“就当我没说过吧。”

“做生意就是这样的，要不断克服困难。这是我这么多年来最深切的体会，不过你放心，所有的努力最后都有回报，上帝是公平的。”

“我知道。”

“好久没见到里里了，你们闹别扭了？”合伙人问龙七。

“分手了。”龙七说。

“怪不得——”合伙人说，“哎，你别嫌我多管闲事儿，里里对你可是一片真心，你别心里没数儿。”

“行了，我知道了。”龙七说着，站起身来，“我去税务局了。”

“哎，”合伙人也跟着站起来，朝乐池的方向看了一眼，“你要是做了什么对不起里里的事儿，我可不答应。”

“嘁——”龙七摆了下手。

“我可是说真格的，没跟你闹着玩儿。”

龙七转过头去，“要是里里对不起我呢？”

“那你活该，”合伙人又坐回到沙发里，“谁让你是男人呢。”

“真是的。”龙七被他气笑了，转身离开。

合伙人看着龙七离开，冲乐池里正练歌的陈香招了招手，“陈香——”

陈香蹦蹦跳跳地过来，“干吗？”

“我警告你啊，龙七和里里闹别扭这段时间，你消停点儿，别充当第三者啊。”

“谁是第三者？”陈香不高兴地说，“是他们闹别扭，我招谁惹谁了？”

“让你消停点儿你就消停点儿，我在这里耳目众多，什么事儿能瞒过我的法眼？！哼！”合伙人没好气儿地说，“龙七找你喝酒你就喝啊？以后他找你你也不喝。有空的话，就陪我喝酒。”

“陪你喝？”陈香没好气儿地问，“不怕我当第三者啊？”

“我和龙七不一样，我比他有定力。”合伙人说。

“是脸皮更厚吧？”

“哎，你怎么这么跟老板说话？”合伙人说。

“这么说话怎么了？”陈香针锋相对，“如果干得不痛快，我还炒老板呢。”

“你——”

“我警告你，好几家酒吧都挖我过去呢，工资比这里多一倍，要不是因为龙七，我早跳槽了。”陈香说，“此处不留香，自有留香处。”合伙人倒没想到这一层，顿住了。

“我还警告你，”陈香哼一声，转身往乐池那边走，“以后，除非是加薪水的事儿，别打扰我练歌。”

“比老板还嚣张。”合伙人看着陈香一扭一扭地走远，抬头看见服务员在偷笑，嘟囔了一句。

平原走进餐馆的时候，美姬和崔岭已经在桌边等他了。他们说笑着，美姬穿了一件低胸的暗花裙子，头发在脑后吊一个马尾，恍惚间，平原觉得时光倒流，她又变成了他在大学校园的树下等着的、姗姗来迟的那个女生。

“我来晚了吗？”平原冲美姬笑了笑。

“是我们提前了一会儿。”美姬说。

平原看了崔岭一眼，崔岭爱答不理地把头转向一边。

“哎，我们不认识吗？”平原问崔岭，“见面也不打声招呼，你这样很失礼呀。”

“你别惹我啊，我心情不好。”崔岭翻了平原一眼。

“吃西餐心情还不好？”平原笑着说，“你是不是有病？胃疼？”

“大帅哥肯放下身段哄人了？”崔岭说，“左右逢源，春风得意啊。”

平原的笑容敛住了。

崔岭意识到自己失言，转头看了美姬一眼，试图打圆场说："你要是早告诉我这家伙也来，我就在酒店吃辛拉面了。"

"现在回去也来得及啊。"

"你让我走我就走？你以为你是谁?!"

"像女人一样在闹脾气的人又是谁?!"

"喂喂喂，"美姬伸出手来，示意他们小点儿声，"在餐厅里用这么大的嗓门儿说话很没礼貌啊。"

平原和崔岭都不作声了，各自转过脸，不看对方。

"出什么事儿了？"美姬问。

两个人都没吭声。

"那就不说好了，"美姬说，"不过，好不容易我们三个人凑到一起吃顿饭，你们俩可别摆着臭脸影响我胃口。"

平原沉吟了一下，"事情是这样的——"

"哎——"崔岭打断了平原的话，"还是我来说吧，我说话的声音比你好听一点儿。"平原闭上嘴。

"其实也没什么大不了的，昨天和开连锁超市的那个人谈卖店的事情，这个家伙，"崔岭指了指平原，"态度很不好，结果把生意谈砸了。"

"为什么态度不好呢？"美姬问。

"那个家伙有点儿娘娘腔，"没等平原开口，崔岭又抢着说，"所以——"

"不是这样。"平原插嘴说道。

崔岭在桌子下面踢了平原一脚。

"你踢到我了。"美姬扭头看着崔岭。

"不会吧?!"崔岭往桌底下看，美姬冲他抬了一下自己的高跟鞋。

"对不起啊。"

“崔岭是怕你误会我，才好心替我打埋伏的。实际上，昨天谈事情的时候，百合也在。那个黄先生对她不太礼貌，所以生意谈崩了。”

“原来是这样啊，平原是英雄救美，”美姬意味深长地看一眼平原，又转头看着崔岭，“崔岭则是江湖义气，为朋友两肋插刀。”

“臭小子。”崔岭沮丧地瞪了平原一眼。

“没有隐瞒美姬的必要。”平原说。

“是，你君子坦荡荡，你很了不起，我铺垫了那么久的生意，结果只给你提供了一次英雄救美的机会。”崔岭讥讽地说，“现在，又多了一次卖弄英雄救美的机会。你倒是如鱼得水，两全其美。”

“当时你一直在场，黄先生的举止你难道没看到？”平原想起下午黄先生在店里的丑态，一股厌恶又涌上来。

“黄先生的举止我看得很清楚，但百合如果不愿意接受，她自己会做出反应的，你以为人家需要你的保护吗？醒醒吧！更何况，这件事情压根儿就和她没有关系。从法律角度上讲，你是这家店的店主。大家聚在一起谈生意，你把她凭空地扯进来算怎么一回事儿？告诉你不要领她来你偏不听。”

“百合并不像你想象的那么坚强。她是虚张声势。”平原说，“黄先生刚才还去店里了呢，看着百合和——小培，口水差点儿流出来，你说，就算生意成交了，黄先生这样的人接收了酱汤馆，百合她们真遇上些什么事情，我们真的能心安理得吗？”

“你这么善良还卖店干什么？留给她做礼物好了。”崔岭问。

“如果我有足够的钱，这间店我是想留给她的。”平原说，“这几间老房子，是她的命根子，成全了她，也算救人一命。”

崔岭一时气结，看了美姬一眼。美姬没说话。

“你厉害，你大气，你让我开了眼界。”崔岭扬手招来餐厅服务员，“给我单独加一份烤鳗鱼和一份小牛排。餐后再加上一份巧克力冰激凌。”

“人生气的时候得多补充点儿营养才行，”服务员走后崔岭对美姬解释说，“气大伤身。”

“你这哪里是气大伤身？”平原笑着说，“分明是趁火打劫。”

“你不要跟我笑，也不要再和我说话。”崔岭板着脸说，“从现在开始我不认识你。”

美姬笑了，“我今天才发现崔岭是个这么会体贴朋友的人，真的很受感动呢。”

“求求你别再说这种话了，”崔岭苦着脸说，“你想让我钻到桌子下面去吗？”

服务员大盘小盘地开始给他们上菜。

“失陪一下。”美姬起身去洗手间。

崔岭和平原大眼瞪小眼。

“别再生气了，像小孩子一样。”

崔岭没理他，过一会儿，自己绷不住，问平原，“你收下了？”

“什么？”

“美姬的相机啊。”

“是啊。”

崔岭的脸上露出笑容，“真是一物降一物啊。”

平原的笑容慢慢消失。

“你有什么资格苦巴着脸？”崔岭训平原，“桃花满天红。”

美姬从洗手间的方向走过来，她身材高挑，腰板得笔直，一副贵族派头儿，惹来一路注视的目光。她是普通人家出生的孩子，父母都是小人物。在学校时，她是特别用功的学生，尤其对漂亮的女生而言，连节假日都用来阅读和学习是很少见的，因为经济方面的缘故，她添置的东西虽然少，但全部是名牌货。

从很早开始，她就憎恨平庸，除了对平原。

可这种例外非但不让他受宠若惊，甚至让他厌倦。他知道这样对她不公平。但是——

“你们在说什么?”美姬坐下来，问他们。

“没什么。”崔岭说。

食物的香味儿飘过来，服务员托着托盘过来。

吃完饭，崔岭看了一眼手表，“时间还早啊，你们走吧，我再找个地方坐一坐。”美姬看了平原一眼。

“一起去喝一杯吧，我请客。”平原说。

“你愿意请客我还不一定赏脸呢。”

“走吧。”美姬笑着，把手插进崔岭的臂弯里，她用另一只手臂勾住了平原。

“差不多就行了，”平原隔着美姬瞪崔岭一眼，“玩性格也不能没完没了啊。”

“我喜欢，你管得着吗?”

“去哪儿?”

“当然‘直觉’了。”美姬说，“一醉方休!”

[二十六] 月光啊月光

让百合下定决心以心平气和的形象走进那家叫“直觉”的酒吧并不容易。

可这个夜晚太让人心慌意乱了。

平原已经把黄先生轰走两次了。他的两次瞬间动作——把百合从他的手里抢出来——像某种实物一样留在百合的手腕上。还有他的表情——

他们之间有什么东西在发生化学反应。

百合不敢往深处细究。她把思路转到里里身上，两次见面都是在

特别激动的情形下，真的平心静气时，才发觉这个女孩子真是很可爱，坦率和真诚一向是百合最欣赏的品质，在里里身上都不缺乏。她多多少少理解了一点龙七的心情。

百合走进酒吧里。

调酒师一看见百合，如临大敌，“老板出去了。”

百合往四周看了一眼，“给我来瓶啤酒吧。”她找了个空位子坐下了。

调酒师拿了瓶啤酒让服务员给百合送过去，转身对另一个服务员说了句话。服务员朝百合看了一眼，跑去给龙七报信儿。

“老板，你姐姐来了。”服务员说，“调酒师让我告诉您，有事儿的话我们进来找您，今天晚上你不出去也行。”

“我知道了，”龙七点点头，“你去忙吧。”

服务员带上门走了。龙七抓起桌上的烟，抽出一支点上火。

又是钱。龙七苦笑了一下，一边是百合，一边是里里。母亲去世之后，他生命中最重要的两个女人变成了一个夹子，把他牢牢地卡在中间。他想为自己所爱的人努力，但她们却都等不及。

龙七觉得自己像个小丑。

一个女人走进酒吧，四下张望了一会儿。她很瘦，干巴巴的脸，目光却如钩如炬，表情因而显出股狰狞来。百合看着她，她的目光牢牢地盯在离百合不远的情侣身上。

这对情侣不年轻了，他们在一个灯光阴暗的角落里面，举止很失检点。

那个女人的手就在百合的眼前，抓得死死的，然后突然放开。她跳起来的动作非常轻快，几乎像林间动物一样，跃到那对情侣面前，在他们还没反应过来的时候，她已经一手抓住女人的头发，另一只手把耳光甩到女人的脸上。

男人试图起身的时候，她又踹了他一脚。一连串动作做得那么流畅娴熟，几乎像个武林高手，看得百合目瞪口呆。

“不要脸的贱货——”

那个“贱货”女人的头发被人抓在手里，身体像一张弓弯着，姿态十分狼狈。

男人过去帮忙，三个人打成了一片。

刚走出办公室的龙七朝他们冲了过来，试图把他们分开，两个保安也闻声赶了过来。

“贱货!”寻衅的女人被保安拉住，开口骂道，“别人的老公就那么好？破鞋——”

龙七跟保安一边一个，把她拖了出去，“有话请您出去说。”

“放开我!”女人在他们的手臂之间挣扎着，“你们也不是什么好东西，你们这种地方就是给这种狗男女鬼混——”

他们经过百合的身边，百合赶紧给他们让开路，龙七看了百合一眼。他们把那个女人一直拖到外面，龙七让保安按住她，自己回到酒吧里面。

被打的女孩子捂着脸哭泣着。偷情的男人手足无措，不知从哪儿劝起。

“实在不好意思，麻烦你们也出去一下好吗?”龙七对那对情侣低声说，“大家找个清静地方把话说清楚可能比较好，她这么闹下去的话，我们没法儿做生意的。”

“让她留在这里吧。我出去。”男人对龙七说，走了两步又回头嘱咐龙七，“请您照顾她一下。”

龙七点点头。

男人出去，在外面骂骂咧咧的女人立刻朝他扑了过去。

“你不要紧吧?”龙七问了女人一声，扶她在椅子上坐下来，吩咐服务员，“给她拿一条热毛巾，再来一杯热的蜂蜜柚子茶。”

女人摇摇头，捂住脸哭泣，“我想自己待一会儿。”

龙七朝百合走过来，拉开一把椅子坐下，他掏出一支烟放到嘴里，打了好几下才把火点上。

“里里今天来找我了。”百合说。

龙七的动作一下子停顿了，他望着百合，“她跟你要钱?”

“你认为呢?”百合反问龙七。

龙七把烟摁灭，站起身来，“我去打个电话。”

“她没跟我提钱的事儿。”百合说。

龙七站住了，他回头看了百合一眼，

“你跟里里借了很多钱吗?”百合问龙七。

“也不算很多。”龙七说，慢慢地又坐下了，“酒吧的投资比最初预想的超支了不少。”

平原、美姬和崔岭从车上下来时，那对吵架的夫妻在门口纠缠不休，女人披头散发，用手拍着马路路面，“二十年啊，我为你做牛做马，生儿育女，侍候老人，你就这么报答我?!”

男人又气又恼，试图把她拖走。她就像个磨盘，牢牢地巴在酒吧门口。

“真不要脸!你都多大岁数儿了。”女人啐了男人一口，“你——”

平原和崔岭都下意识地替美姬挡了一下他们，推开酒吧厚重的木门，融进熟悉的灯光和音乐声中，找空座位时，他们的目光都落在百合和龙七身上。

“不会吧——”崔岭朝平原看了一眼。

平原想的是，百合为什么来找龙七呢?她是不是感受到压力，换方式想说服龙七买回酱汤馆呢?

“要不，我们换一个地方吧?”崔岭问美姬。

“你们介意吗？我倒是不介意的，而且见到朋友，很好啊。”美姬看了平原一眼，率先在吧台前坐了下来，“酒吧这种地方就是要热热闹闹的，酒才喝得格外过瘾。”

平原也坐下了，他的目光跟百合的目光交汇到一起。

龙七回头看见他们，过来打了声招呼。

“店里有什么事儿吗?”平原问龙七。

“家务事。”龙七说。他叫来服务员，让他好好招待他们。

崔岭跟百合点了下头。美姬冲她笑着摆摆手。

龙七安排好，对他们三个解释，“你们慢慢喝，我先失陪一下——”

他回到百合身边。

“我也不知道她是怎么想的，但是，她刚刚飞行回来，好像很累，而且心情很坏，她能想到到店里来找我，可以想象在她身边实在没有别的人可以倾诉了。”

“她倒会挑人。”龙七嘟囔了一声。

百合想火，又忍住了。

“你们的事儿她都跟我说了。我想，你们之间是有一些误会吧?”

“小题大做!”

“喂——”百合的声调下意识地提高了，不光龙七抬起头，她发现，平原他们几个的目光也一下子朝她转了过来，她压了压火气，尽量心平气和地说，“里里，好像个性很爽朗，对你，也好像是一片真心。我来这里，只是想提醒你，人的真心很脆弱的，禁不起几次磕碰，很容易就碎了。”

龙七好半天没说话。

“如果心里还在乎，就去找她。”

龙七苦恼地叹了口气。

“我要说的都说完了，”百合站起身来，“剩下的事情，你自己看

着办吧。”

龙七拉了她一下，“我们的事情呢?”

“我们什么事?!”

“要动手了——”崔岭说。

“我去看看。”平原放下手里的酒杯，朝百合和龙七走过去。

“平原——”崔岭扭头看了一眼美姬，“这小子，真爱多管闲事儿。”

“他不是多管闲事儿，是真的很关心。”美姬说，“我们和平原相处这么多年了，他从来只关心和自己有关的事儿。”

“不会的。”崔岭笑嘻嘻地说，“虽然说女人通常小心眼儿，但美姬你应该是例外的，你又漂亮又能干，还是我的上司。”

“那么，你认为平原表现出来的关心很正常吗?”美姬问崔岭。

“上一次发生的事情实在太刺激了，你没看见。开头也是这样，百合弱女子似的，一声不出地坐着，好像随时要昏倒，可是突然间，她抄起酒瓶子，把龙七打得头破血流，事情发生得迅雷不及掩耳，场面那才叫壮观呢。”

“平原能有你这样的朋友，真是他的福气。”美姬用洞悉一切的眼光看着崔岭。

“我这么好，”崔岭嬉皮笑脸地说，“那你干脆爱我算了。”

平原走到他们身边。百合抬起头看到了他。

“出什么事儿了吗?”平原问。

“没有。”百合摇摇头。

“我还以为——”平原笑了笑，他看了龙七一眼。

“我来找你，是因为里里对你的那份情意让我感动，这件事情是单独成立的，并不因此而证明我已经原谅了你，你对妈妈做的事，对酱汤馆做的事，我不会原谅的，现在不会，永远也不会。”

龙七无话可说。

平原也有些尴尬，对百合说：“崔岭和美姬也在，你也过来坐坐吧。”

“就是啊，”龙七说，“我来请客。”

百合犹豫了一下，跟着平原走到美姬和崔岭身边，“你们好。”

“你好。”美姬热情地冲百合打招呼，“平原能把你请过来，实在太好了。我一直想找你聊聊天的，又怕太鲁莽。”

“怎么会呢？”百合客气地说，“我才是个粗人。”

“你不是粗人，你是美人。”美姬说，“而且是浑然天成的美人。”

百合笑笑。服务员送了很多酒水、水果、点心、坚果过来。

“老板请客！”

崔岭打了声口哨。美姬转头冲龙七点点头。

“平原是个很麻烦的人，”美姬说，“跟他同住一个房子，是不是很烦啊？”

“还很夹生呢。”崔岭加了一句，“也只有美姬你，才能把他这碗饭煮熟。”

“别太夸张了。”平原说崔岭。

“安先生人很好，”百合笑了笑，落落大方地说，“是我一直在给他添麻烦，而他一直很担待。”

“崔岭常说，”美姬说，“平原的心是豆腐做的。”

“我们喝一杯吧。”百合举杯跟每个人碰了一下，喝光了酒后，她放下酒杯。

“你们慢慢喝，我店里还有一些活儿没做，我得回去了。”

“再坐一会儿吧，”美姬说，“让平原和你一起回去，这么晚了，女孩子一个人多不安全。”

平原刚要说话。

美姬又抢着说了一句，“崔岭会送我回酒店的。”

“那可不一定哦。”崔岭说，“你们也太瞧不起人了吧？为什么我就总有空闲？为什么我就不能有我的故事？我真的那么乏味儿吗？”

“对不起，”美姬笑着说，“我从来没这么想过，可能是欺负你欺负习惯了，就好像开某辆车开顺手了似的。”

“真受打击啊。”崔岭叹口气。

“如果你晚上还有约会，我是决不会打扰你的。”

“没有啦。”崔岭举起杯把整杯酒喝光，“我什么事儿都没有，我是你的应召朋友，24小时，随叫随到，OK?”

“你们慢慢聊，这是我从小长大的城市，就像自己家一样，”百合站起身，“我既不会迷路，也不会有任何安全问题。再见！”

“百合，”龙七走到门口，问百合，“我可以回家里去看看吗？”

百合的动作停住了，她冲龙七笑了一下，“你哪里还有家？你早就把家卖了。”

龙七不作声了，眼睁睁地看着百合走出大门。

“你应该和她一起回店里，一个女孩子走夜路，很不安全。”美姬对平原说。

“这你就不用担心了。不管她遇上谁，需要小心提防的都是对方。”崔岭扭头看了看平原，“你在店里住了那么久，人身居然还是完整的，这也算得上是一个奇迹了吧？”

“你的笑话一点儿也不幽默。”平原有些烦躁地说。

“你也别自以为是多情种子，见到女人就摆出一副孔雀开屏的架势，”崔岭反唇相讥，“这种卖弄实在让人看不顺眼。”

“看不顺眼就把眼睛闭上，又没有人把你的眼皮硬撑起来。”平原不耐烦地说。

“喂——”崔岭搡了平原一拳。

平原被他打得趔趄了一下，他看了一眼美姬，忍着没有发作。

“我今天不想和你打架。可以吗?”平原把酒杯往吧台上一撂，对美姬说，“你和崔岭一起回去吧。”他转身就走。

“这个臭小子，真是越来越讨人厌了。”崔岭气呼呼地说。

美姬默不作声，她的手指轻轻抚着玻璃杯。装了啤酒的玻璃杯在灯光下面幻动出漂亮的色调。

平原跑过一条街道，拐弯后，看见走在前面的百合。他跑了过去，在她身后放慢了脚步。

百合停下脚步，回头看见平原，转身又往前走去。平原跟着她。两个人默默地走着。

从后院走进去，百合在木廊上坐了下来，平原停顿了一下，见百合并没有跟他说话的意思，便往店里面走。

“进门以后先别开灯。”百合仰脸望着天上。

“嗯?”平原转回头看着她。

“开了灯，就看不到月光了。”

平原站了一会儿，走到百合身边坐下来。

“对不起——”不知怎么就脱口而出了。

“为什么说对不起?”百合问。

不知道。他想。

百合和美姬刚才坐在一起喝酒时，就像一个灰姑娘坐在一个公主身边。虽然美姬脸上挂着笑容，话尽可能说得体贴、谦和，但灰姑娘还是灰姑娘。

他发现他心疼她。很疼很疼。

“我去拿酒。”百合跳起来，进了店里，不一会儿拿着两罐冰啤酒出来了，她扔给平原一听。两个人一言不发地喝着酒。

“白天是太阳公公，晚上是月亮婆婆，太阳公公的胡须是金色的，月亮婆婆的头发是银色的。”百合哼了几句，向平原解释，“小

时候妈妈教的儿歌。”

“很好听。”平原说。

“儿歌都是好听的。”百合笑了，有些感伤地说，“衣不如新，人不如旧。”

月光在院子里面，仿佛银色的雾气氤氲着。

“很想妈妈吧？”

百合沉默了一会儿才开口，“你总是问人家这么傻里傻气的问题吗？”

“说的也是啊。”平原笑笑。

百合的眼泪顺着脸颊滑落下来。平原扭头看着她。

“什么……也别说。”她好像比他自己更能看见他的内心。

他沉默下来。他们坐了很长时间，喝完了酒。

她先去洗澡，他在外面等着。她出来时，他一晚上绷紧的控制力突然失去了力道，另外一种从内心里生发出来的欲望攫住了他。

她的头发是湿的，身体也是湿的，洗发水和浴液的气味儿交融在一起，让他深陷其中。他几乎是粗暴地，双手按着她的肩膀，把她贴在木门上面，欺身过去压住她，吻住了她。

她的身体一下子僵硬了，他有些紧张，两个人僵持了一会儿，他发现，她并没有把他推开，当他的舌尖轻轻动起来，她随着他的动，一点一点融化，变得柔软起来。

他想他一辈子也不会忘记这个。

[二十七] 吹皱一池春水

一大早，平原醒过来，听着外面院子里的声音。

没有声音。寂静得让人紧张。

平原有些怕出去，外面的阳光，肯定早就把昨天夜里那团银雾晒化了，谁知道会暴露出一些什么呢？他随手拨了个电话，美姬立刻就接了起来，仿佛她一直在等着他的电话似的。

“嗨——”

“打扰你了吗？这么早。”

“我喜欢被你打扰。”美姬说，“任何时候都没关系。”

“昨天晚上的事，真对不起。”平原说。

“为什么对不起？”

平原一时不知说什么才好。

是啊，为什么对不起？是把美姬留在酒吧里觉得抱歉，还是因为——

“把你一个人扔在酒吧里先走了。”

“你没把我一个人扔下，崔岭也在啊。”美姬温柔地说道。

“我知道，但是在感觉上，让我很不安。”

美姬没说话。

“美姬，你生气了吗？”

“本来有一点点生气，”美姬笑了，“可你这么早这么认真地打电话道歉，我怎么好意思生气呢？”

平原也笑了，“我请你吃饭吧？”

“今天不行，我有工作，改成明天晚上行吗？”

“好的。再见。”

美姬放下电话，在窗边站了一会儿。

平原坐了一会儿，整理完寝具，走出门去。

“安先生，早！”小培迎上来打招呼，“早餐准备好了，现在吃，还是再等一会儿？”

“百合呢？”

“她有事儿，出去了。”

里里在床上睡觉，电话铃响了起来，里里伸手把话筒拿了起来，“喂？”

“是我。”机长的声音传过来，“最近怎么样？”

“很好啊。”里里说。

“真的吗？”

里里的心“咯噔”了一下，他肯定什么都听说了。

杂志上面的心理医生可没提醒这种情况。

“挺好的。”里里努力让自己的声音听上去自然而又从容。

“中午我有时间，”机长笑了，“要不要我请你吃饭？”

“我没事儿。你那么忙——”

“再忙也要吃饭啊。出来见个面吧。”

“那好吧。”里里说。

“十分钟后，我开车到你楼下。”机长说完挂了机。

“哎，”里里对着话筒叫了一声，嘟囔着，“十分钟怎么够呢？我又不是男人。”

里里从床上爬起来，进了卫生间。她快速地刷牙洗脸，用水把头发打湿，又喷了一点儿摩丝。目光在镜子里面停留了几秒钟，瘦了好几斤，整张脸颊削下去，下巴尖尖的。这倒是个意外惊喜。

事情永远是有好有坏。

门铃响了起来。

“来了，”里里一边梳头一边去开门，“不是说十分钟吗——”

龙七拎着箱子站在门口。里里呆住了。

龙七看了一眼她的打扮，侧身进了屋，神色自然得仿佛什么也没发生过，“你要出去？”

“和机长约好了一起吃饭。”里里挑衅地说。

“是吗？”龙七没有表情地点了点头。

里里看着他的脸，“你没听清我的话？!”

“不是说和机长一起吃饭？”龙七在沙发上坐下来。

“对啊。”里里说。

龙七打开箱子，把里里的拖鞋拿出来，放到一边。

“你干吗？”里里问。

“回家。”

“走错门了吧？”里里赌气说，“这儿不是你的家。”

“我知道我走的是哪个门。”龙七抬头看着里里，“我很清醒。但如果这里已经没有我的位置了，也没关系，我马上离开。”

“你吓唬谁呀？”里里冷笑了一声。

“我谁也吓唬不了，我是认真的。”龙七看着里里。

里里的表情迟疑了。

“百合昨天找我了。”龙七说，“我为我自己的行为感到惭愧。如果你肯原谅我，我以后会努力让你满意的。”

里里的眼圈儿红了，泪珠啪嗒啪嗒落下来。

龙七起身把里里抱在怀里。

“别哭了，把眼睛哭肿了，一会儿怎么和人家一起吃饭？”龙七拍了拍她。

里里抬头看着龙七，“我真的要和机长一起吃饭，他一会儿开车过来接我。可能，他现在就到楼下了。”

“那你就去吧。我想睡一会儿，等你回来，我们一起吃晚饭吧。”龙七说。

“你怎么——”里里望着龙七，“一下子变成这样了？”

“哪样？”龙七问。

里里笑了。

“你傻站着干吗？该干吗干吗去吧。”龙七打量着里里身上的衣服，“别忘了找件难看的衣服穿。”

里里笑了。

机长的车果然已经在楼下等着了。里里打了招呼坐了上去，顺手关了空调。她不喜欢空调的冷，仿佛从地狱里面泛出来的冷，一点儿人间气都没有。

从车窗外吹进来的风就不同，凉爽，同时又温暖。

龙七在窗口看着机长的车开走。

他并不是不介意。他做不到这个。除了里里的爸爸，里里和任何一个男人单独出去，他都介意，但他要尽量以理智的态度面对，就像里里也要面对陈香这样的女孩子一样。

学会承担。百合说的。

机长带里里去朋友开的餐厅吃烤肉。

肉在铁板上面嘶啦嘶啦地响着，里里的思绪总是不自觉地飘回家里。

“怎么瘦了这么多啊？”机长打量她，“就因为分了手？”

“龙七回来了。”里里说，忍不住，微笑绽放在脸上。

机长吃了一惊。

“什么时候？”

“就刚才。我要出门时有人按铃，还以为是你上楼来接我，结果是他——”

“重归于好了？”机长看着里里，“怪不得一直在笑。”

“我一直在笑吗？”里里有些不好意思。

“龙七有什么好？”机长有些不服气。

“龙七没什么好，不过，你不是因为我对龙七的态度而喜欢我的吗？”

“这话是我说的吗？”机长笑了，“在你面前道貌岸然惯了，净说假话了。”

里里笑了。机长盯着里里看。

“怎么了?”里里觉得他的目光不对劲儿。

“如果我离了婚，你在我和龙七之间，会选哪一个?”机长问。

里里一下子蒙了，“你别开玩笑了。”

“我没开玩笑，是认真的。”机长的表情很严肃，“如果你选我，我肯定会离婚的。”

里里的表情认真起来。机长等着她。

“如果我选你，你就会离婚。”里里慢慢地开了口，“你离了婚的话，我会不舒服的。我很自私，希望自己得到完整的感情，我不希望你老婆因为我而不幸福。”

机长刚要开口，里里挥了一下手，“你听我说完。”

机长沉默了。

“即使你现在离了婚坐在这里，让我选，我也会选龙七的。”里里说，“我愿意和他一起建设未来，如果他将来成功了，那里面有我的心血，那我花钱也会花得开心。而你不是，你太优秀也太有钱了，跟你在一起，我没法儿建立自己的成就感。”

机长笑了。

“对不起。”

“没什么对不起的。”机长说，“你知道我在什么方面最自负?不是我的钱，而是我的眼光。我没看错你，里里，你真是一个好女孩儿。”

“谢谢。”

“以后我们不要再单独见面了。除非你还我钱。”机长说。

里里一下子抬起头来。

“龙七是男人，我们之间再没什么，我这样带你出来，他心里也会不舒服的。”机长笑笑，“好好守着你的爱情吧。”

里里感动地看着机长，“谢谢你。下次我带他一起来，好吗?”

“不好。”机长断然拒绝，“虽然我希望你们好，但看到你和他在

一起，总归不是件让人高兴的事儿。”

里里笑了。

有些东西就是这样。放在一边的时候，你以为你已经不在乎了，但如果真的抓在手里，才会明白，你再也不会放开它了。

平原组装相机的时候，想起枪战片里面的枪手，世界上再没有什么能比这种“咔嚓咔嚓”的声音更悦耳了。

枪手用手枪改变世界，而摄影师用相机。

平原沉浸在一种莫名的情绪里，感动，还有些感伤。

手机响起来。他从兜里把手机掏出来看了一眼，是崔岭。

他约他见面，有重要的事情要谈。口气十分郑重。

平原看着手里的相机，把它装到包里，背着它出门了。想想可笑，美姬送给他的时候，他还推三推四的，现在，他却片刻也不想和它分开了。

崔岭在酒店大堂的咖啡座里翻着杂志，平原走到崔岭身边，坐了下来。顺手把摄影包放在桌子上。崔岭把杂志放到一边，朝桌上看了一眼，“美姬送的那个？”

平原点点头。

“你的人气还真旺啊。这么落魄，还招来两个女人的爱慕，我都不知道该说些什么了。”崔岭叹息着笑笑，“你打算怎么办？”

“什么怎么办？”平原反问。

“拿她们两个怎么办？”

“她们两个？”

昨天，他会觉得把百合和美姬放在一起很可笑。她们根本就是两码事儿。但现在，他不敢说话了。

“你别不承认你现在夹在她们中间。”

“没不承认。”平原说。想起昨夜，他的心怦怦地跳了起来。

“本来这事儿我管不着，但好歹和美姬是一起长大的朋友。昨天你跟着百合一离开，美姬整个人都被抽走了精气神儿，她嘴上什么都不会说，但心是受伤的。你说，你和美姬的关系到底想朝哪个方向发展？”

“我也不知道。顺其自然吧。”

“什么叫‘顺其自然’？你以为自己是大帅哥？还是有钱有势的世家子？美姬这种条件的女人有多少时间等着你‘顺其自然’？”

“你找我来就是为了骂我吗？”

“你以为我很愿意找你吗？还有，骂人也是很耗费精神的你不知道吗？”崔岭冷哼了一声，“自己缺乏诚意，弄得别人也没机会——”

“如果你喜欢美姬，”平原看着崔岭，“你可以告诉她啊。”

“如果我是你，我早就扑上去了。还用你在这儿教我？！”

“你没试过，怎么知道不行？”

“你这么说，就等于是你已经做出选择了，对不对？”

“你看看你那副架势，”平原问，“好像美姬的代言人一样，那你想怎么样？让我们立刻结婚吗？”

“我就是这个意思。你和美姬趁热打铁把婚结了算了。”崔岭说，“婚姻就好像一套空房子，不管怎么样先住进去，其他的装修啦家具啦之类的可以慢慢来啊。”

“我拿什么和美姬结婚？”平原笑了，“要钱？没有。身份？没有。职业？没有。兼职倒有一个，民俗博物馆收集员。你想让美姬这样向她的朋友们介绍新郎吗？空房子是吧？我连地基都没有，不过，酱汤馆倒是有一个！”

过了一会儿，崔岭几乎是用一种小心翼翼的口气，又说道：“可美姬确确实实是爱你的，看她的眼神就知道了。”

“爱又怎么样？能敌得过世态人情的嘲弄吗？”平原叹了口气，

“何况已经失败过一次了。”

“你不是——”崔岭看着平原，低声问，“因为她嫁过别人，现在还耿耿于怀吧？”

“不能说完全不介意，但是，这不是问题的重点。”平原苦笑了一下，“我和她在一起时，总能感到某种压力，必须要怎么怎么做才行的那种压力。”

“说的也是。”崔岭也一筹莫展，“她现在还是我的顶头上司呢。”

两个人枯坐了一会儿。

“哎，真麻烦啊。”崔岭叹了口气，“美姬也是，条件那么好，干吗不到别的公司做事呢？本来我们在这里待得好好的，就好像在度假一样，她一来，完全乱套了。”

平原也有同感。

崔岭指指相机，“又重新开始了？”

“嗯。”平原点点头。

“感觉怎么样？”崔岭问。

“好像和恋人久别重逢了似的。”平原说。

“臭小子。”崔岭笑了，“美姬送你相机，也是希望你能一举成名吧？如果你成了有名的摄影师，你们之间的障碍就消除了。结婚的事也就顺埋成章了。”

“如果怀有这样的功利心去从事艺术工作，那肯定是不行的。”平原说，“真正的艺术先要感动自己，才能感动别人。离世俗欲望越远，离成功才会越近。”

“别吹得那么神乎其神。”崔岭撇了下嘴，“不就是照几张相吗？”

［二十八］相濡以沫

“你跟那个帅哥发展得怎么样了？”李菲问。

百合手颤了颤，咖啡差点儿洒出来，“人家有女朋友了。”

“没结婚就什么都不算。”李菲说。

“也不能那么说，你能从别人手中抢过来，别人也能从你手中抢走。”

这话是冯征老婆当年说过的话。

那会儿，她跟冯征已经离婚了。她跟冯征保持着朋友关系，那么惺惺相惜，互相理解，在公开场合互相声援，仿佛是离异夫妻的形象代言人似的。

她对百合非常友好，很客气。偶尔会非常贴心地跟她说几句夫妻私密的话。

百合对她的情感非常复杂。她有点儿怕她。她不会像昨天那个疯狂的女人那样，张牙舞爪地大叫大嚷，但从效果上说，她的方式更冰冷，也更深入。她的“坏”裹了一层“好”的糖衣，而她的笃定里面，则含着冷眼看下场的从容。她也确实有开心的理由。

冯征对百合以及其他女生的表现一如她的预言。可见她对冯征的了解是深入的。

“我记得听你妈妈讲过，你在北京有个男朋友的啊。”赵琳说。

“分了。那会儿，怕他找我，我把电话扔掉了。”百合摇了摇头，“我怎么能想得到，妈妈正好就是那几天出了事——”

“别说了。”李菲搂住百合的肩膀。

“冥冥之中，上天自有安排。”百合苦笑了一下，“这是妈妈责怪我的方式吧。后来我接到消息，说家里打过好几次电话到单位，让我速回。我不知道妈妈已经过世了，回来之后一听到消息，真是晴天霹雳一般。这还不算，龙七居然还把酱汤馆给卖了，那一阵子，我的情绪真是跌到了谷底，心情从来没有那么凄凉过——”

“百合，”赵琳叹了口气说，“上次你怎么不和我说这些事呢？”

“因为心虚，怕你看不起我。”百合说，“而且那个时候我还不能

把事情真的放下。但是现在，我可以做到了。”

“有困难的时候能想得到的，才是真正的好朋友啊。”赵琳说。

“谢谢。”百合苦笑着说，“但那个时候面对你，我真的很惭愧。”

“感到惭愧的是我。”赵琳有些懊恼地说，“我以为你是因为妈妈去世而难过，没想到你还有那么多的伤心事儿。我真是个笨蛋，早就应该想到你经营酱汤馆是有别的意思的——”

“我自己也从来没想到有朝一日我会像妈妈那样，当上酱汤馆老板了。”百合笑笑，“可当时，只有这个酱汤馆能让我的心安静下来。有了这个酱汤馆，我就仍然生活在妈妈的怀抱里，仍然是个有家的孩子，生活中什么都可以放弃，但这种感受是不应该放弃的吧？我什么也不想去想，一心只要把酱汤馆再弄回来，人都像发疯了一样。但是到了现在，时间过去这么久了，我回头看自己的行为，却变得怀疑起来了，我的所作所为，真的是对的吗？我从来没站在别人的立场上考虑过问题，龙七，或者平原，尤其是对平原，我这样做，是不是太自私了呢？”

“平原平原，你叫得还真亲热啊？”李菲冲着百合笑，“老实交代，你们之间，是不是已经碰撞出火花了？”

“没有。”百合想起昨天夜里的事情，有些窘迫，“都跟你讲了他有女朋友，而且就在这里。比我不知道好多少倍。”

“百合——”赵琳想说几句安慰的话，一时之间又不知该如何是好。

“好了，你们两个。别想那么多了，只要我们把一生中最美好的时光花在最想做的事情上，那就算不虚度此生啦。”李菲说，“至于爱情，受挫折是难免的，我们是这样，别人也都是这样。因为爱情本来就是有毒物质。”

“危言耸听。”赵琳打了李菲一拳，三个人都笑了。

吴大婶在厨房里砸着酱饼，她的额头上渗出很多细密的汗珠。

百合进门后把外衣脱掉搭到椅子上，“我来吧。”她接过吴大婶手里的杵子。

吴大婶坐在椅子上喘气，“这次下酱时，在缸底下垫点儿绿蒿和五味子藤，熟了以后，酱的味道格外香。”

百合心想，下的酱至少要几个月才能吃，到时候，还不知道这店属于谁呢？

吴大婶好像看穿了百合似的，拍了拍她，“放心吧，车到山前必有路。”

“大婶，幸亏有你在。”百合笑了，“要不然，我早就撑不下去了。”

“跟我客气什么，再怎么说，我也在这个店里和你妈妈忙活二十多年了。”吴大婶说，“能多待一天也是让人高兴的事儿。”

“如果妈妈知道我现在不跳舞了，接了她的班开起酱汤馆来，她会怎么想？”百合问。

“这个嘛，倒没想过。不过，你妈妈活着的时候，别人一提到她有个漂亮女儿在北京跳舞，她就会变得很高兴。”

“是吗？”百合用力地杵起酱饼来。

吴大婶看着她，“百合——”

百合抬起头来。

“你真的打算把这个酱汤馆一直开下去吗？”吴大婶问。

“我会尽最大的努力留住这个酱汤馆，”百合说，“这不单单是个酱汤馆，这是我的家啊，从小到大，最好的日子好像都是在这里度过的。”

吴大婶的眼睛有些湿了，“听你这么说，大婶真是——”她擦了擦眼睛。

平原从外面走了进来，他看见吴大婶在抹眼泪，转头看着百合。

百合有些不自然地别转了目光，砸起酱饼来。

平原把相机放回房间里，从百合的手里拿过杵子，“让我砸几下吧，小时候，我经常帮妈妈干这活儿。”

“怎么能让你干这样的活儿呢？”百合说。

“怎么不能干呢？我又不是没干过。”平原笑了。

“好像是没几年的事儿，这些都成了过时的东西了。”吴大婶也破涕而笑，“现在还这么下酱的人家，农村还能见到，在城市里可真是很少有了。大家都买现成的吃了。”

“你们也可以买现成的用啊。”平原问吴大婶。

“味道不一样啊。”吴大婶说，“来店里喝酱汤的，一多半儿都是老客户了，有的人住很远的地方也特意坐出租车过来喝我们的酱汤，为的是什么？就是这种不一样的味道。”

“大婶做的酱汤味道真的是特别好喝。”平原由衷地说道。

“那你就一直住在这儿，我给你煮酱汤喝吧。”吴大婶一语双关地说。

平原笑笑。

平原坐在后院摆弄着相机，透过镜头四处看着，百合端着一盆土豆出现在取景框里。

平原放下相机，看着她，“要帮忙吗？”

“不用，谢谢。”百合拎过一把小凳，坐了下来。

百合被揿动快门的声音惊起，她抬眼一看，平原在对着她拍照。

“你干什么？”百合问。

“随便拍拍。”平原把镜头对准屋檐下挂着的酱饼，不停地拍照，“快两年没摸过相机了，不知道自己还行不行了。”

“只要你还像原来一样是真心爱着这一行的，就一定行。”百合由衷地说道，“而且，会做得比以前更好。”

平原低头思忖了一下，把镜头对准了百合。

百合挡住了脸，“不要拍我——”

晚上酱汤馆打烊后，百合过来找平原，他又在摆弄相机了。

百合把一杯咖啡递给他，“咖啡。”

“谢谢。”平原把咖啡接过来。

百合看着他手里的相机，“你好像一整天手都没离开相机似的。”

“是吗？”平原想了想，笑了，“中国不是有句话叫拿得起，放不下嘛。”

“是拿得起放得下，意思是说做人要洒脱。”

平原抬头看了百合一眼。

“不打扰你了。”百合替平原拉上了门，快拉完时，停下来，“你肚子饿吗？要不要吃夜宵？”

平原不知道她确切的意思，用目光询问她。

百合脸红了，“我没别的意思，只是随口问问。”

“百合——”平原犹豫地叫住了她，“坐一会儿吧。”

百合在门前的木廊台上坐下。她变得越来越安静了。这才是真正的百合。昨天夜里，她的嘴唇在自己的嘴唇下面绽放时，他的心激动不已，没想到性格那么坚硬的女孩子，嘴唇柔软得像花瓣一样，令人沉醉……

这样一想，他的心又跳起来。他咳了一声。

百合看了他一眼。

他觉得，她的嘴唇又变成了一朵红色的百合，娇艳欲滴了。

“我记性不好，尤其是喝了酒以后。”百合喝了口咖啡，说，“这几天，店里的生意好起来了，今天我出去见朋友，大婶和小培差点儿忙不过来。”

“是吗？”

“我得把明天要用的东西准备准备。”百合起身，回头看了平原一眼，“晚安。”

“晚安。”平原说。

百合穿过院子，走到前面去了。

平原坐了一会儿。本来应该感到轻松的，但他却觉得有一股火气从身体里面蹿了出来。

她这么潇洒，这么放得下，让人……

平原刚洗完澡，甩着头发上的水滴走到餐厅里去。

百合坐在餐厅里的一张桌子旁边，面前堆着一大堆大蒜，她用刀削去大蒜的蒜头，然后把大蒜剥出来。他们互相道早安，很客气。

平原吃完早餐就进山了。

小培抻着脖子看他走远了，过去和百合一起剥蒜，“百合姐，你和安先生之间，很不对劲儿啊。”

“是吗？”百合看着小培，“我没觉得啊。”

“在你和安先生之间，存在着一种神秘的东西。”小培说，“看不见摸不着，但是，却能给人那种感觉。”

“胡说。”

“我才没胡说呢。”小培得意地说，她盯着百合的脸，“你的脸现在就有点儿红。”

“你不嫌累吗？”百合啼笑皆非。

“我是关心你啊。”小培说。

吴大婶端着一盆泡菜进来了，“快接我一下。”

百合和小培赶紧过去把盆接过来。

“累死我了。”吴大婶喘着气说，她指指身后，“还有一盆辣椒酱——”

百合一抬头，正好看见里里端着辣椒酱进来，“里里？”

“正好在路口碰上了。”里里解释说，把辣椒酱放到桌子上，“真够沉的。”

“今天不飞啊？”百合问里里。

“明天飞。”里里说，“我闲着没事儿，干脆过来给你们帮忙吧。”

“哈，一屋子漂亮姑娘，”吴大婶笑着说，“我们的生意想不好都难呢。”

中午吃饭的时间，店里人满为患，几个人忙得团团转，小培抽空和里里比了比个子，“我要是像你那么高就好了，也去考空姐。”

里里笑了。

王老师和李菲从外面进来，“百合——”李菲叫了一声。

百合吃惊地看着她们，“王老师，您怎么来了？”

“早就想过来看看了，生意好像不错嘛。”王老师说。

“凑合吧。”百合四下看了看，对小培说，“有空桌没有？”

“我们不是来吃饭的，”王老师赶紧摆了摆手，“你先忙着，一会儿我们随便聊聊。”

“你去吧，百合，”吴大婶说，“让里里帮我就行了。”

“对，有我呢。”里里也说。

“那我们去后院坐吧。”百合对王老师和李菲说。

“没想到你们会来。”

“是从医院直接过来的。”王老师叹了口气。

“出什么事儿了吗？”百合看了看李菲，问。

“没什么大事儿，”李菲说，“这次排练的舞蹈诗剧，是由我和另一个女孩子演主角的，AB 角，今天早上，她得了急性阑尾炎住院了，医生说要开刀，而且小肠好像还有一段感染之类的，反正三五个月内，她是上不了台的。王老师着急了，来找你救场的。”

“救场?”百合问王老师。

“老实说，我并不是今天才想到这个的，从我们见面那天起，我就一直希望你能再回到我们歌舞团来参加演出，但是，你家里发生了这么多事情，你自己又早就留在北京工作了，我也就不好提起。后来听李菲说你这一段时间内都不会离开，我这边恰恰又出了这件事儿，你得帮我一把才行，李菲还是演 A 角，你做 B 角，平时你得抽出时间排练，即使不像正规演员那样把全部精力投入进来，也要抽出相当的时间来才行。”王老师说。

“这两个月来，我都没有练过功。”百合笑了笑，“再说，这边的情形我完全不了解。”

“我可以帮你补课。白天你实在抽不出太多时间的话，晚上加班也行啊。”王老师说。

“帮个忙吧，百合，你看王老师多为难啊。”李菲说。

“百合，我真是诚心诚意地来请你的。”王老师说。

“王老师，您千万别这么说，我实在是……”百合说，“让我想想行吗?”

美姬的车朝着酒店开过去，美姬在车后座上翻看着资料，司机突然回头冲美姬说道：“前面的那位摄影师，是您的朋友吧?”

美姬抬起头来，看见在酒店的台阶上，平原倚着一根廊柱坐着，举着相机在拍照。

“靠边儿停下来吧。”美姬说。

车缓缓地靠在路边，停了下来。

美姬没急着下车，坐在车里看着平原。她心里有个绝望的声音。她在美国的家里，在那些无法入眠的夜晚想念的，不就是眼前这个身影吗?

爱情是没有道理的。就像变魔术一样，在美姬眼里灰暗阴沉了一整天的天空，忽然之间明朗起来，连这个小城也充满了神奇。笑容涌上了美姬的脸。她从车里下来，让司机先回去，自己慢慢地走近平原。

平原飞快地揿动快门。

美姬低下身子，顺着平原的目光往上看，“你在拍什么?”

平原扭回头看到美姬，笑了笑，“晚霞和建筑物的尖顶，哪一个离我们更远?”

美姬笑了，她看着平原，“这副摄影师的样子，真是久违了呀。”

“很难看吧?”平原问，他把相机摘下来装进包里。

“很亲切。”美姬说。她禁不住有些得意。在他手中片刻也不舍得离开的，是她的礼物。她最知道他的软肋在哪儿。

美姬和平原找了一个烤肉店，坐下来，“吃这个可以吗?”美姬问平原。

“当然。”平原笑笑。

“男人一般不大喜欢吃烧烤的吧?”美姬问平原。

“为什么?”平原问。

“因为太忙乱了。”美姬说。

“只要你喜欢就行了。”平原说。

“什么时候，你变得这么体贴了?”美姬笑了。

“我真的像你说的那么差劲儿吗?”平原有些尴尬。

“没有。我在跟你撒娇呢，可能太含蓄了，反而让你误会了。”

平原释然了一些。

“平时因为生意而吃的那些饭，通常都太正式了，要故作优雅，还要谈一些尽可能风趣的话，累死人了。东西再好，也吃不出味道来，反倒是这样的地方，热热闹闹的觉得很有胃口。”

“那你就高高兴兴地吃吧。”平原替她把东西摆好。

“谢谢。”美姬问，“找到新的生意对象了吗？”

“哪能那么快？”平原说。

美姬沉默了一会儿，望着平原说：“我倒有个人选。”

“真的？”平原放下筷子，“谁啊？不会又是一个色鬼吧？”

美姬指了指自己的鼻子。

“嗯？”平原一脸狐疑地瞧着美姬。

“你看我怎么样？”美姬问。

“别开玩笑了——”平原说。

“没开玩笑，是认真的。”美姬正色看着平原，“你也别拿我当朋友，我们俩都从生意的立场来谈问题。首先，以我的经济能力办这样一件事情是没什么问题的。其次，我这个首席代表，在一两年内不会变化。最后，我不会伤害百合，酱汤馆如果她愿意经营的话，也可以照目前的方式继续下去。”美姬举着三根手指给平原看，“你看这是不是三全其美的解决方式呢？”

［二十九］鹤止步

百合、吴大婶、里里、小培围着一张桌子坐着，百合在桌上铺了桌布，用百合妈妈留下的茶具给大家冲茶。

“你们都辛苦了。”百合给每个人倒上茶。

“好漂亮的茶具啊。”里里说。

吴大婶用手背擦了擦眼泪。

“怎么了吴大婶？”小培问。

“看见这些东西，就想起——”吴大婶哽咽着说。

里里的表情一下子紧张起来，她小心地望着百合。

百合搂了一下吴大婶的肩膀，“别哭了大婶，眼泪掉进茶里，会影响茶的味道的。”她看了眼天上的月亮，“如果妈妈在天有灵，看见我们这样，不知道该多高兴呢。”

客人走后，百合把茶具一只一只地洗好，用干布细细地擦干。

不知道有多少双手曾经把茶碗捧在手里过，茶的温热从瓷器里慢慢渗出来，温暖了手心。也不知道有多少个女人清洗过这些茶碗，纤细或者磨粗了的手指拂过茶碗的碗沿儿。

真的要回去跳舞吗？

刚刚这么一想，那些美妙的肢体动作就在身体里蠢蠢欲动了。可是，最爱的事情不一定是职业，就像结婚的对象不一定是真爱的男人一样。

百合叹了口气。

平原和美姬在车里告别。他说了声“再见”就匆忙下车了，连放在后座的衬衫都忘了拿。

美姬看着他的背影。她说完了她的计划后，他就变得心神不定的。他对那个女孩子的情意——这种估量是最让人痛苦的——比她想象的要多得多，但她并不打算退缩。她相信只要她努力，她也会变成他手里的相机，让他一旦拿起，再也不舍得放下。

美姬把衬衫拿在手里，下了车。

酱汤馆的后院放了两把椅子，在椅子上面搭了一根“把杆”，百合穿着练功服手扶着“把杆”在练功。两个月不练功，她的骨头比原来硬了不少。她对自己的身体状况不太满意。

平原站在门口，看着百合在练习。

他觉得她像一只月光下面的鹤，他的手下意识地朝相机伸过去。

百合在不经意地回头时，发现了平原。

“你回来了？”

“啊。”平原点点头。

他把门关上，刚转过头，门又给人拉开了。

“平原——”

平原回过头。

“你的衣服落到车里了。”美姬把平原的衬衫递给他，她朝百合笑了笑，“你好。”

“你好。”百合点了点头。

“在跳舞？”美姬问百合。

百合穿着练功服的样子太性感了，尤其是在月光下面，没有哪个男人会忽略这种漂亮和诱惑，她比她想象的聪明，有心机。

“是在练功，闲着无聊。”百合说，“进来坐坐吗？”

“太晚了，明天还有工作，”美姬看了平原一眼，“今天就不打扰了。”

“是吗？那——”百合说，“再见。”

平原替美姬打开了门，美姬对百合说，“再见。”经过平原身边时，她在他的嘴唇上亲了一下，“晚安，亲爱的。”

“对了，”她刚走出门又转回身对平原说，“你把我们今天谈的事情跟百合说说好吗？”

平原有些僵硬地笑了笑。美姬这才走了。

百合望着门口的平原，平原则站在门口，一直望着美姬的汽车开走，才转回头来。

“什么事儿？”百合问。

“没什么。”平原说。

“她不是让你把你们谈的话告诉我吗？”

“那个嘛——”平原笑笑，“不值一提。”

平原并不认为美姬出了个好主意。那只是一个无懈可击的主意罢了。如果跟百合说这事儿的话，她会——

重要的是，他自己不舒服，比百合更不舒服。

真是疯了。他为自己的心理吃惊。

百合耸耸肩，“你先洗澡还是我先？”

“当然女生优先。”平原笑笑。

百合拿着换洗衣服进了浴室。

平原轻叹了一口气，她的身材真好，仿佛柳枝或者某种动物，活力涌动，性感无匹。平原发觉自己已经被唤起了。

他的心思像快速倒进杯里的碳酸饮料，泡沫喷薄而出。浴室里面传出来的水声，让他心乱如麻。他打定主意，如果百合出来，哪怕有一点点暗示，他也会抓住不放的。

百合出来时，平原正在接一个电话，“还没睡呢。”

他们的目光匆匆碰撞了一下，飞快地各自弹开。

等到平原跟美姬道过“晚安”，百合的房间已经关了灯。

平原心里燃烧的火苗也变成了炭火，在黑暗中幽暗地发着光和热，不那么狂躁了，却更深沉。他叹口气，去洗澡。

百合在隔壁的黑暗中背倚着矮橱坐着。

刚才美姬在平原嘴上轻轻吻过的动作像电影镜头一样在她眼前不断回放。她并非像自己想象的那样，把理智和情感的关系处理得一清二楚。

真是好了伤疤忘了疼啊。她像一个局外人那样狠狠地挖苦自己。

里里走进酒吧，龙七在吧台里忙着，里里坐在龙七对面，望着龙七。

“一直待在百合那边？”

里里点点头。

“怎么了你？样子怪怪的。”龙七问。

“刚才，百合请大家喝茶来着。”里里说，“很正式很讲究地喝

茶，有桌布，有漂亮的茶碗，还有精致的茶壶——都是你妈妈留下来的东西。”

龙七的神情有些不太自然，“是吗？”

“龙七，”里里用手撑着下巴，望着龙七说，“我的心情很不好受。”

龙七没说话，掏出支烟点上，吸了两口。

“你们和好了？”陈香正好经过，笑着问里里。

里里也笑笑，“你很失望吗？”

“一点点吧。”陈香很大方地坐下来，“失去了一棵树，但或许会得到一片森林。”

“拜托，”龙七说，“能不能换个比喻？”

“我喜欢这个比喻，不行吗？”

“你还是趁早找一棵树的好。”里里说陈香，“林子太大，很危险的。”

“才不会，你没听过吗？”陈香说，“林子大了，什么鸟儿都有。”

“你是女生啊。”龙七训她，“这种话你也说得出口？！”

“有什么说不出口的，”陈香说，“我就这么说了，爱谁谁。”

里里咯咯地笑起来。

“说真格儿的，你们和好也有我的功劳啊。”陈香说，“有时候，反作用力更有效呢。”

“就是啊，”里里说，“改天请你吃饭吧，喝酱汤怎么样？”

“好啊，”陈香说，“待会儿我唱首歌送给你们。”

“谢谢。”里里说。

龙七目瞪口呆地看着她们。

“我怎么就没想到这个主意呢？”崔岭对美姬说，“真是最佳创意啊。”

“你真的觉得好吗？”美姬问，“不是为了让我高兴才这么说的？”

“当然不是。”崔岭说，“简直绝了。”

“可我跟平原讲完以后，他有些闷闷不乐的，”美姬说，“我猜他可能怕这样做会伤害了那个叫百合的女孩子吧。”

“他们之间并非那种关系——”

“或许没什么特别，但多少还是有些微妙的吧？毕竟在同一个屋檐下住着。”美姬笑笑，“如果我和一个长相不难看的男人生活在一起，我也会多少有些那个的。”

“那就欲购从速，这几天就把手续办了吧。”崔岭说，“这件事我可以做主。”

“还是让平原来定吧。”

崔岭的表情有些不自然，“是啊，他才是主人和重点。”

“你别乱讲。”美姬笑笑，“我跟平原也得亲兄弟明算账，所有的事情都要落到法律关系上才行，价钱方面，我也是要杀杀价的。”

美姬到底是美姬。

“有个好消息忘了告诉你，平原又开始摄影了。”

“真的吗？”

“真的。以前，他并不是没有才华，只是太急功近利了，思想很浮躁，刻意地追求形式感，经过了这么长时间的沉淀和挫折，我相信他会有全新的变化。”

“平原这小子还真是好命啊。”崔岭看着美姬，感慨地说，“不过你也不要太出色太完美了，会给男人造成很大的压力的，男人在某些时候是很脆弱的。”

“这是什么世道啊？”美姬笑了，“我们女人也太苦命了吧？”

［三十］太阳每天都是新的

平原背着摄影包走出来，小培叫住了他，“安先生，你又要出去啊？”

平原点点头。

“为什么，你会认为外面的景色是漂亮的呢？”小培问道，摆出一个姿势来。

“难道这个店里就没有美丽的景色可以被你拍下来的吗？”小培又摆出一个姿势来。

百合“扑哧”笑了，她拍了小培一下，“你的夜校还真是没白念啊，语言表达能力越来越出色了。”

平原明白了小培的意思。他眯着眼睛看了看小培，小培又摆出几个姿势来，平原还是那么半眯着眼睛盯着她看，小培的笑容和动作被他盯得不自然，变僵硬了。

“什么嘛——”小培不理平原了。

“小培，你知道你什么时候最好看？”

“睡觉的时候。”小培赌气说。

“差不多。就是你忘记自己是谁的时候。”平原说，“忘记你的年龄、身份，长得美或者长得丑，有人喜欢你或者没有人在乎你，统统忘掉！”

在擦拭吧台的百合动作放慢了下来。

“这算什么话？你想让我变成白痴啊。那你呢？”小培不高兴地问，“难道是你忘记自己是个摄影师的时候才拍照拍得最好吗？”

“没错儿。”平原笑着说，“正是这样。”

“不愿意拍就算了，这样挖苦人？”

“他说得没错儿。”百合冲小培笑笑。

“哼，你们合伙欺负我。”小培还是不相信，“我知道我没有百合姐姐、里里姐姐好看，那也不用这样耍我吧？”

“如果明天就是世界末日，今天你想到哪里去？想和谁在一起？最想干些什么？”百合边干活儿边问小培。

小培不明白百合的意思。平原也看着百合。

“对我来说，最想回到的地方是这里，最想相守的是家人，最想跳的舞蹈是能让人变得高兴和激动起来的舞蹈，这个话题很老土、很可笑。在北京我是绝对不会说这种话的，因为身边都是一些所谓的艺术家。”百合自嘲地笑了，说，“以前我总认为艺术是很了不得的，很神圣的，只有少数人才会明白了解的东西，其实不是，好的艺术只要有两个字就够了——感动。能让自己发自内心地感到颤抖的东西也会让别人颤抖，因为无论形式怎么复杂，人的心总是一样的。按照某种规则跳动，给我们生命。”

平原的脸上露出微笑。

“你们大早晨的傻站在这儿说什么呢？”吴大婶走了进来，她呼呼喘着气，“天气真是变热了，这才几点啊，外面就跟下火似的，阳光都能把人烤熟了。”

她看了看平原的摄影包，“如果出门的话，多带点儿水，别中暑了。”

“今天不出去了。”平原把包放下，“小培说得对，在这个店里一样有可以拍的景色。”

“景色？店里？”

“是呀，大婶你就是店里最好看的景色。”百合说。

吴大婶瞪了百合一眼。

“是真的。大婶在这样的地方看上去真是非常的动人。”平原插嘴说道。

“今天是什么日子？”吴大婶看看平原又看看百合，“你们这么戏弄上了年纪的人？”

“不光是上了岁数的。”小培在旁边接话说，“岁数小的也没躲过去。”

百合和平原相视一笑。

那天中午客人特别多，桌子满满的，外面还有排队的。

“听说这个店里有很多美女。”平原听见有顾客开玩笑，“只要一会儿美女们对我们好点儿，我们愿意多等一会儿。”

百合、吴大婶、小培忙得团团转。用吴大婶的话说，百合和小培现在加起来，差不多能顶一个李淑香了。

平原拍了一些照片。他原本也拍那些最初进入这个店里时，让他感叹的细节。拍照的时候，却发现了另外一些东西，先前的那些倒都变成了感性的碎片。

“从今天开始去歌舞团吗？”快两点了，他们才吃午饭，吴大婶问百合。

“是啊，”百合看了吴大婶一眼，“您和小培真的行吗？”

“放心吧。没问题。”吴大婶说。

“有加班费才行啊？”小培说。

“没问题。”百合笑了。

“为什么要去歌舞团呢？”平原问百合。

“她本来就应该待在那样的地方吧。”吴大婶说。

“有个演员生病了，让我去帮忙。”百合解释了一句。

“听你的口气，好像别的店里缺服务员，你去顶替帮忙一样。”平原哑然失笑，“你从事的不是普通事情，是舞蹈表演啊。”

“都一样。”百合淡淡地说。

“我和你一起去行吗？”平原问，“也许有什么可以拍的东西呢。”

“那怎么行？”百合看了平原一眼，“你在那儿会影响排练的。”

“早晨谁说什么来着？忘记。”小培故作姿态地说，“不是说连自己是干什么的都要忘记掉嘛，何况其他的呢？”

平原笑了。

“你还真会现学现卖呀。”百合瞪了小培一眼。

“本来么，安先生这么帅，”小培做了个鬼脸，“如果他说要跟我去哪里，我就会很高兴。”

“这么说，我还是个很受欢迎的人呢。”平原笑着说。

从酱汤馆到剧场有四五站的距离。他们坐的是公共汽车。平原发现百合很招人看，男人，还有女人，有欣赏的，也有嫉妒的。

她穿着肥大的T恤衫，和为了跳舞的弹力裤，头发盘在脑后面，一点儿妆也没有，脸白白净净的，她的漂亮那么平易近人，伸手可触。

美姬就不同。她总是以特别靓丽的形象出现，让人目眩，但看久了，感觉里就会有一些不真实的，或者说，拒人千里的东西。

平原又想起美姬的收购计划，也许从剧院回来的时候，找个机会跟百合谈谈吧。

他们到达时，其他演员都在。百合带了个男人进来，一时之间成了众矢之的。

“突飞猛进啊！”李菲斜眼往台下看着平原，对百合悄声说，“当初你死赖在店里不走，是不是早有预谋啊？”

“你胡说什么啊？”百合的眼睛随着王老师的指导做动作。

“还说不是？形影不离的。”

平原把相机拿出来，走到离舞台不远的地方，举起相机为百合和李菲拍照。

“真是越看越帅啊。”李菲说。

“小点儿声。”百合捅了她一把。

“你害羞啊？看你面泛桃花的样子。”李菲横了百合一眼，“糟了，这样可就更危险了。你比他先陷入情网了。这很被动啊。”

“闭嘴吧！”百合一着急，声音一下子变高了。

她们引起别人的注意。

“你们俩一直在说话。”王老师不高兴地看着她们两个，“有问题大声说出来好了，看看大家有什么可以帮忙的。”

百合和李菲低头说：“对不起。”

平原看着她们。百合抬眼朝他看过来，他冲她挤了下眼睛。

“哈，又在眉目传情了。”李菲低声说。

平原和百合沿着街道走着。

“要不要坐出租车回去？”平原看了百合一眼，“你看上去好像很累似的。”

“不用了。我想走一走。”百合说，“好久没跳舞了，都找不到感觉了。”

“我觉得很好啊。”平原说，“姿态很漂亮。”

百合笑了。

“笑什么？”平原问完，自己也忍不住笑。

想起以前他们互相诋毁，怒目相向，剑拔弩张，现在的状态，是多大的逆转啊。

平原望着不远处的酒吧在夜空中闪亮的牌子，“想喝一杯吗？”

百合朝酒吧的牌子上看了一眼，“是龙七的酒吧？”

“我不知道那是谁的酒吧，只知道里面的啤酒味道不错。”平原拉着百合说，“说着说着快要流口水了，赶紧进去吧。”

“哎——”百合刚要抗议，人已经被平原拉进了门。

“你们来了？”龙七非常惊异地看着百合和平原一起出现。他还发现，他们很般配。可惜平原有女朋友了。

“今天有贵宾来，”平原看着龙七笑，“请不请客?”

“没问题。”龙七看了百合一眼。

“你干吗要别人请客?”百合瞪了平原一眼。

“不花钱的东西总是味道最好的。”

平原很开心，说不清缘由，但明确那种实在的喜悦。

龙七转头对平原说：“请稍等一下。”他转身朝吧台走去。

百合板着脸。

“在这样灯红酒绿的地方，”平原看了一眼百合说“应该笑口常开才是。”

“你这个人倒是真有趣，”百合哼了一声，“认识我们两个，不是你到中国以后最背运的一件事儿吗？麻烦一个接一个找上来，现在耳根还没清静呢，你怎么自己又主动找麻烦了?”

“就像油画，如果画面让人感到很明亮的话，必须有很暗的色彩做陪衬。”平原笑着说，“买下酱汤馆的时候真是一时冲动，我又不是经营方面的人才，又碰上你这个——谁知道上哪座山能遇到虎啊。”

百合瞪了平原一眼。

“但是，”平原笑了，“中国不是有句老话叫‘塞翁失马，焉知非福’吗，由此也促使我重新看待很多事情。”

百合也笑了。

龙七亲自端着一托盘酒水果盘之类的东西过来，他把东西一样一样地放下。

“最近，还好吗?”龙七问百合。

百合没说话。

“好得很呢。”平原说，“酱汤馆生意兴隆，百合也开始回歌舞团跳舞。你问里里就行了。”

提到里里，百合的表情舒展了一些。

“你们多待一会儿，我先去忙了。”

平原点点头。

“哎，”平原看着龙七走远，对百合说，“身为女人，要给人水的感觉才可爱，就像这样，”平原用手做出波浪的样子，“你看看你，根本就是铁板一块嘛。”

百合拿起杯子喝了一口酒，瞪了平原一眼，“你管得也太宽了吧？”

“我们是一个屋檐下住着的，当然要关心一下邻居了。”平原说。

“别把关心的方向搞错了。”百合意味深长地说。

平原的笑容僵在脸上，他端起杯子喝起酒来。

百合用胳膊肘轻轻撞了他一下，“生气了？邻居？”

平原笑了。

［三十一］冷血，冷静

夜晚的街上。平原和百合都有了些醉意。有几个少年在街心广场跳街舞，他们站住了。百合的脚步下意识地承拍子跳了几下。

“去跳。”平原说。

百合笑了。他们穿过马路到街心花园。

百合很快就跟上拍子和他们一起跳了起来。她娴熟的舞技把少年们惊呆了，他们很快把百合围了起来。

百合的舞姿非常自由，没有设计，一切由心而生，顺势生长，像雨季的热带植物，既烂漫自由，又生机勃勃——

平原的眼睛湿润了，她的那些动作仿佛是他内心里涌动出来的。这种多愁善感，连他自已都觉得意外。

百合花，那么细瘦的花枝上，却开出硕大的花朵来，充满了爆发的美感，就像一个奇迹。

他们转上后街，百合意犹未尽，拉着平原跳了一段踢踏舞。街道的黑暗并不是纯黑，而是淡淡的墨色。他们手拉着手，踢踢踏踏，像两支毛笔蘸了墨汁，在街道的空格上填词写诗。

“我们会把别人吵醒的。”百合笑着说。

“是啊。”平原说着，仍然跳完了最后几步，直到他们到达后门。

百合在一把钥匙里面挑门的钥匙，平原从后面贴近了她，往她的脖颈上闻，“你用什么牌子的香水？”

“一生之火。”百合说。

“三宅一生！”

“你知道？”百合惊异地看了平原一眼。

“一生之火——”平原念叨了一句，“和你很配，你是火星来的女人，让人如此不安，连做梦都要提防你会不会又做出出人意料的事情来。”

百合笑了，“夸张。”

她转身开门，平原从后面环抱住她，在她裸露的肩头亲吻。

“别——”百合的身体一阵战栗，她转过头来，差一点点，就跟平原的脸贴到一起了。

百合的呼吸慢慢变得急促了，有些尴尬地笑笑，“别再——”

平原没动，还那么近地看着百合。在这样的距离里面，他眼睛里面的亮，被放大了，变得沉甸甸的。

百合慢慢地垂下眼睫毛。

平原的吻和上次的和风细雨完全不同，他几乎是恶虎扑食般地把百合拥紧在怀抱里面，想要把她吞没，吃掉——

百合觉得大脑缺氧，快要窒息了。

两束车灯突然亮了起来，像漫画里面夸张的剑光，把百合和平原笼罩在光柱之中。他们眯起眼睛用手臂挡着光，回身去看，刚才他们谁都没注意到在街角的黑暗里停着一辆车。

美姬把车倒开，掉转方向开走了。

音箱里放着欢快的歌曲，美姬一个巴掌打过去，把音响关掉了。

美姬的心怦怦地跳着。在美国度过的那个夏天，在一个晚会上，她在一个别墅二楼的露台上面找到了她的丈夫，他和一个女人的身影扭绞在窗帘里面，他们的喘息声在夜晚听起来根本不像人类发出来的。

美姬的心出奇地平静，她在房间里的一个沙发里坐了下来，看着他们。他们折腾了很久，最后，终于一边整理衣服一边从露台走进房间，那个女人没看见她，尽管当时她的手指间夹着香烟，烟头在黑暗中发出红宝石般的光。但她却看见那个女人了，是她丈夫大学里的学生，到她家来过几次的。她丈夫经过她面前时，停了下来。也许他是从烟味儿里发现她的。

“Hello!”她跟丈夫打招呼。

已经走到门口的女孩子发出一声尖叫。

她还尖叫?!她有什么好尖叫的?!美姬想，该尖叫的人是她。

事后在一次争吵中，丈夫骂她是蛇。她现在也没明白他的意思，是说她冷酷，还是说她恐怖?

这次和那次既相同又不同。相同的是，她同样冷静，事实证明，她的感觉是正确的。她现在面临着选择，她还要不要平原?这样的平原，值不值得她要?不同之处也很明显，她的手，她的身体，可能还有她的心，一直在抖。她停下车，下车时，发现脚和腿也在抖。但她当然能控制这一切，开什么玩笑，她可是林美姬啊。

进电梯时，美姬遇见两个熟人，他们还交谈了几句。出来时，他们约她去酒吧坐坐，她说：“好啊，如果有心情。”回到房间，美姬放下皮包，脱掉鞋，把套装也脱下来挂好。关上衣橱的瞬间，她几乎是绝望地，从另外一个角落里看着自己：她总是这么有条有理的，波澜不惊。

离婚的时候也是。

她没像别的女人一把鼻涕一把眼泪的，她收拾东西的冷静样子仿佛是要出一趟远门儿。

丈夫——那会儿他已经成为前夫了——倚着门看着她，他们共同生活了几年，彼此却像陌生人一样。

说起来，他们曾经也狂热地相恋过的，星期天在床上待一整天，亲吻、做爱，连饭都不吃——

美姬一点一点地凑近到镜子前面，非常近地朝镜子里面望。那里面是一个漂亮有气质的年轻女人。可随后，镜子里面出现的场景是：平原从后面贴近百合，在她后颈上亲吻下去的样子，那么温柔的动作，那么情不由己的表情，如果他们之间只是随随便便地上床，她可能都不会那么受伤害。美姬觉得自己的心像拳头那样攥得紧紧的。她想干点儿疯狂的事情，把镜子砸碎。或者到阳台上面去，喊几声，让别人以为她有自杀倾向。

电话铃突然响了起来。美姬转过身去，深吸了口气，把电话接了起来。

“美姬，我是崔岭。”

“是你啊。”美姬一下子变得懒洋洋的。

“怎么？在等那个臭小子的电话？”崔岭在电话里说。

“没有。”美姬说，“有事儿吗？”

“没什么事儿，只是忽然想起我们白天说的那件事情了，越想越觉得这个主意太妙了，”崔岭在电话里问，“平原和那个蜜蜂谈这件事情了吗？”

“我想不需要了，”美姬的眼泪一下子就涌出来了，“平原对她好像有其他的安排了。”

美姬对着镜子，想笑。

如果眼泪能够邮寄的话，她会把自己的泪水寄给前夫的。

凭什么说我是蛇，谁说我冷血?!

“出什么事儿了吗?”崔岭的声音变得很警觉。

“对不起崔岭，我现在心情很坏。”美姬的手有些颤动。

“美姬——”

“不跟你聊了，再见。”她扣了电话，回身往沙发里一陷。

平原连电话也不打，他拒绝解释。

我是个浑蛋。平原想。他并非不明白美姬的心情，也并非不想解释。只是，有很多东西，是不能解释的。因为他自己也弄不明白怎么会发生了这样的事情。

百合房间里的灯已经关了，这时又亮起来。

百合走到他身边，脸上是深思熟虑过的表情，“你去找你女朋友吧。现在!”

“干吗?”

“去解释。”百合说，“告诉她你今晚上喝了酒，在门口发生的事情是一次误会。”

平原看着她。这的确是个好办法。但是，他不知道自己能不能说得出口。他是喝了酒，但发生的事情却不是误会。

那一刻他很清醒。他想吻百合。

“快点去吧——”百合拉了他一把。

平原把她甩开了。百合看着他。

“这是我的事情。”平原说，“跟你和她都有关系，但归根结底，还要由我自己来决定。你不要拿出这种姿态来，我并不是一件什么要拱手让人的东西，就算让人，也轮不上你!”

百合愣了愣，接着，一阵惭愧涌上来。

“你说得没错儿，是轮不上我。我连自己都管不好呢。”

她往回走去。影子落在地面上，瘦仃仃的一条，平原看了心疼。

“百合——”

百合转过身。

“不要担心，”平原说，“我会处理好的。”

百合咧了一下嘴。

“好好去睡一觉，明天早晨起来，太阳升起来，一切都会变好的。”

“那你呢？你不睡吗？”

“你先睡，听话。”

他语气里的温柔让百合感动，也让她难过，这种温柔是偷来的。

百合觉得自己，好像只合了一下眼睛，天就亮了。

她听见吴大婶在厨房里干活的声音，赶紧起床穿衣服，出去打招呼，“对不起，昨天睡得太晚了。”

吴大婶被百合的脸吓了一跳，抬手摸了摸百合的额头，“病了？脸怎么那么白？”

“没有。”百合笑笑。

“安先生胡子拉碴的，”刚从后院走过来的小培对她们说，“站在街上打电话呢。什么秘密啊，还非得跑出去打。”

“年纪不大，”吴大婶瞪了小培一眼，“操心的事儿还不少呢。”

“安先生不是我们自己人嘛。”

“听见小培这么说，”平原出现在小培身后，笑着说，“我真是太感动了。”

百合哭笑不得。

“我要回国了。”

百合呆住了。这就是他一夜未睡想出来的解决办法？

“常规的话，我也应该回去一趟了，把收集的东西带回民俗博物馆。”

餐馆怎么办？百合想问，但没问出口。

“我不会立刻走，有些事情，还是要先处理一下。”

美姬一夜没睡，早晨起来，在镜子里看见自己眼袋都出来了。不化妆又没有灯光，人和年纪就被打回原形，不忍目睹。花样年华，转眼就凋零了。美姬的心情瞬间凄凉起来。

她的电话响起来，她看了一眼号码，是平原。昨天夜里不打，却一大早打来。这才是安平原。表面上粗粗拉拉的，其实细致得很。

昨天那一夜，想必他也不会轻松的。不过，有些话，既然昨天夜里未讲，现在讲出口的，只怕就是另一番意思了。

美姬还没想好，自己是不是要听平原讲这番深思熟虑的话。

他们太熟了，熟到能透析对方心理的细枝末节，对于情人而言，这是相当危险的，也有些无趣。

因为浑水里面摸鱼，是情人间最感兴趣的事情。

美姬根本没注意到前面有个胡同。当一辆出租车从旁边的胡同里开出来的时候，想要躲开已经来不及了。车辆相撞的一瞬间，美姬的想法是：太好了，终于在我身上也发生了一些戏剧性的事件了。

［三十二］昼果成熟

崔岭到酱汤馆里来的时候，正是中午饭时客人开始上门的时候。

“欢迎光临。”小培对刚走进门来的崔岭说。

崔岭径直走到吧台前面问百合：“平原在吗？”

“你好。”百合很意外，站起来朝后面指了指，“他在后面。我带你过去吧？”

“我自己过去找他。”崔岭沉着脸说。

百合望着他的背影。

“他是谁呀？”小培问。

“安先生的朋友。”百合说。

“挺精神的嘛，给我介绍介绍吧。”小培说。

百合把一盘拌好的凉菜放到小培面前，“上菜。”

后院里。平原坐在木廊台上面，对着挂在房门口的“长承”发呆。他断断续续也收集了不少东西，带回国的话，好大一箱。但不管多大的箱子，真能把眼前这个烂摊子装进去吗？

“你的日子过得还真悠闲呢。”

平原见崔岭站在身边，吃了一惊，“你怎么来了？”

“我不能来吗？”平原看着崔岭，“你做了什么见不得人的事儿怕我看见？”

“有话就直说，别这么阴阳怪气的。”

“我又没有情场得意，阴阳怪气是难免的。”

“美姬说什么了？”

“你在乎吗？”

“别用这种讨厌的腔调说话了——”平原烦了。

“你还冲我大喊大叫？”崔岭笑了，忽然挥拳朝平原打了过来，平原踉跄了一下，站起身来时，崔岭又一拳头打了过去，把平原打倒了。

“那我就给你来个痛快的。”崔岭活动了一下手腕儿，“早就想揍你了，小子。”

平原爬起来，脸上有温热的东西，他用手抹了一下，满手是血。

“昨天晚上你做了什么心虚的事情，一大早给美姬打电话，你不知道她在开车，接电话很危险吗？”

“你是说，美姬——”平原的嘴唇哆嗦了。

“今天早晨去公司时，出了车祸。”

平原傻眼了。

“告诉你大帅哥，女人不是衣服，冷的时候加上一件，热了再脱掉。尤其是对美姬，她就像我们的亲妹妹，你不能这么干。”

崔岭转身离去时，发现百合站在门口。

“对付你的孪生弟弟时，你不是很厉害的吗？怎么了？这小子几句花言巧语就把你摆平了？”崔岭笑了笑，“你知道这小子以前在女人堆里的外号叫什么吗？叫‘冷血杀手’。”

“美姬到底怎么样了？”平原在后面喊。

“死了。”

崔岭转身走了。平原四处找手机。

崔岭从酱汤馆里出来，沿着街道往前走着。

百合从后面追了上来，“请等一下——”

崔岭站住了，看着百合。

“您能安排我和美姬小姐见个面吗？”百合问。

崔岭疑惑地看着百合。

“她和安先生之间有误会，我想当面向她解释一下。”

谢天谢地，美姬接了电话。

“你怎么样？”平原问。

“没事儿啊。”

“你在哪儿，医院还是酒店？”

“你听说了？”美姬笑了，“在酒店。”

“我现在就过去——”

“不行嗳，”美姬说，“我已经约了人了。”

“你约人？你不是——”

“车祸是吧？”美姬笑了，“是车遇到祸，不是我。我很好，方便的时候，我再打给你。”“好吧。”平原挂了电话。

百合提前几分钟到了酒店，美姬则是一分不差地从电梯中出来，走到咖啡座，她看见坐在角落里的百合，径直走了过去，“你好。”

“你好！”百合站了起来，上下打量她，“真的没事儿吗？”

“让你跟着操心真不好意思，”美姬说，“虚惊了一场，车子需要大修，我没事儿。”

百合吁了口气。

“我也可以趁机休息休息。”美姬笑着说，“而且是带薪的哦。”

服务员过来点饮品，美姬问百合，“我要咖啡，你要什么？”

“咖啡。”百合说。

两人沉默了一会儿。

“老实说，虽然很想见你，但我也不知道，见到你我能说些什么。”百合想起冯征的前妻，天啊，她面对冯征后来的那些女朋友，是怎样的心情啊？“我想说，很对不起；另外，关于你和安先生的事情，我想，他是很爱你的。”

“我当然知道他对我的感情是怎么样的。”美姬微微笑了，“但我不知道他对你的感情是怎么样的。两年前，我曾经抛弃了和他交往了好几年的感情，嫁给了别人，所以现在，我无法印证他对你的感情究竟是出于对我当初行为的报复，还是他真的喜欢你——”

百合睁大了眼睛。

“我的话如果伤害了你，那么很对不起——”

“你说得很对。”百合抬起眼睛来正视美姬，“安先生自己也说过，他并不喜欢我。”

“那话是骗人的，平原是喜欢你的。”美姬笑了，“你很漂亮，任何男人都不会忽略这点。问题的关键在于，这种喜欢是出于哪种

性质?”

她们互相对视着。美姬并不是刻意陷害平原，她说的全是真的。

是啊，到底是哪种性质的喜欢?

服务员把咖啡送上来。咖啡上面用奶油画着叶片的经脉，还撒了桂皮粉。

百合苦笑了一下，“我听崔岭先生说，你想买下酱汤馆?”

“是这样和平原商量过的，老实说，为了这件事，我很认真地考虑过，为了让平原能放心得下，我甚至答应他，让你继续现在的经营，在我回国之前，如果你有能力，你可以再把餐馆买回去。”

“您想得真是太周到了。”

“那又怎么样呢?平原并不领情。”美姬笑笑，“我是为了他做这件事的，可他——可能他早就有别的打算了吧?或者也可以这么说，因为我给了他压力，反而使他认清了自己的感情。他会做出自己的安排的。”

“我希望你们能够成交，越快越好。”百合说。

“你这是什么意思?”美姬看着百合，“逃避对他的感情吗?”

“没有感情，所以，谈不上逃避。”

美姬看着百合。百合也迎着美姬的目光。

“我就想给你说这些。”百合招手叫服务员买单。

美姬说，“不用客气，我签个字就行了。”

“那么，谢谢你的咖啡。”

“别客气，反正你一口也没喝。”

百合端起已经有些放凉的咖啡，一口气喝掉，“谢谢你的咖啡。”

“不客气。”美姬笑了笑。

“那我就告辞了。”百合站起来往外走。

“百合小姐——”

百合走到大堂时，美姬追了上来。

“如果你爱上平原，为什么不争取一下呢？”美姬犹豫了一下，“哪怕是有我这个对手也无所谓，凭你的真心为自己的幸福争取一下是值得的。”

“我说过了，安先生没爱上我，我也没爱上安先生。”百合微微一躬身，“再见。”

她回转身时，正好，平原走进来。

美姬和平原坐在刚才百合坐的位置上，重新点了杯咖啡。

“嗯。”平原点点头，“你还好吧？”

“担心我？”美姬笑了。

“非常担心。美姬——”

“我不想听任何解释。百合已经解释过了。”美姬打断了平原的话，“实际上，我自己看到的，足够我做出判断。”

平原看着她，“说的也是。”

两人沉默了一会儿。

“我决定回国。”

美姬吃了一惊，“为什么？”

“这样那样的事情——”

美姬想说什么，话到嘴边，变成了微笑，“已经决定了？”

平原点点头。

“回国之前，有什么计划吗？”美姬问。

“可能会去山里转转。”平原说。

“为什么你总是喜欢往山里走？”

“小时候听爷爷讲故事时说过，山里面住着神仙。”

“是女神仙吧？”美姬笑着说，“怪不得你那么喜欢往山里森林里跑。”

“可我到现在，还一个男神仙女神仙也没碰上过呢。”

美姬“扑哧”一声笑了出来，“碰上了，你也许再也不会进山了。”

“也许吧。”

［三十三］神仙眷侣

整个下午，百合在剧院里跟王老师练舞。

跳舞的时候，她什么都忘了，只记着舞蹈本身。

王老师被百合的专注弄得激动起来，“就好像回到了十年前。”

晚上百合回到酱汤馆，看见平原的房间里亮着灯，而且，门也是开着的。他在收拾旅行包。

“要出门？”百合问。

平原回过头，看见站在门口的百合，“明天一早去山上看看。”

“是吗？怎么去？”

“在旅游团里报了名。”

百合一时想不起说什么，“我先洗澡。”

她冲完淋浴，平原从冰箱里拿来了啤酒，在木廊台上等她。

“现在进山，正是好时候。”

“你去过吗？”平原问。

“去过。以前上学时，每年暑假都会去。”百合仰起脸来想了想，说，“山上有火山喷发形成的湖，湖水蓝得发紫，美极了，好像从天上流下来的，那里有一片很大很大的山坡，秋天的时候长满了野生的紫色鸢尾花，对了，还有一个大峡谷，在原始森林里面，看到那个峡谷时，我有一个很强烈的念头，觉得那里面是有神仙住着的。”

平原扭头看了百合一眼。

“很可笑是吧？”百合说。

“不是，”平原喝了口酒，“你想和我一起去吗？”

百合愣住了，她看着平原，过了一会儿，故意用一种轻松的口气说道："不行啊，身为老板娘是不能随随便便扔下生意出去玩的。"

"你是老板娘？"平原笑了，"我好像是这里的老板啊。"

百合意识到自己说走了嘴，"你不是老板，你是过客。"

"说的也是啊，"平原沉默了一会儿，"从长白山回来以后，我就要回国了。"

百合看了平原一眼，"不收集民间工艺品了？"

"本来也是帮忙的。"平原说，"想来想去，我还是要为做摄影师而努力的，这是心中最爱的工作，不应该为了虚荣心和自尊心轻易放弃。"

百合拿着啤酒撞了平原的啤酒，"你一定会成功的。"

平原看着百合，"你呢，还打算在这里坚持下去吗？原来工作的地方会答应吗？"

"我已经决定放弃原来的工作了。"百合说，"在北京的生活很热闹，有一些时候，也很光彩夺目，但那不是我从心里喜欢的生活，在那个地方待得越久心里越觉得空虚，回到这里就不一样，心里是踏实的，有一种回到怀抱里的温暖感觉。所以，我不能放弃这个店，无论有什么困难，我都要把它再买回来。"

"你还真是固执。"平原说。

"可能是妈妈的遗传吧。"百合笑了，随即又收敛了笑容，她沉默了很长时间才开口，"妈妈她守着自己的一双儿女过了一生，我都不知道除了爸爸以外她是不是还有别的喜欢的人。她有了心事跟谁说呢？跟这间房子还是跟天上的月亮说？为什么在妈妈去世之后，我才觉得我是可以和妈妈成为最好的朋友的呢？为什么我不能早一点知道这些呢？"

平原看着百合。

清晨平原拎着旅行包走出门，百合在后院里练功。

“这么早——”平原很意外地站住了。

百合把一个用布包扎好的饭盒递给平原，“早餐。”

“谢谢。”平原伸手接了过来，饭盒还是温热的。

“玩得开心一点儿。”百合说。

平原点点头，对百合嘱咐了一句，“你又要开店又要跳舞，别太拼命了。”

百合笑笑。

旅游车上，平原打开布包，里面的饭盒里摆着精致的食品。那些漂亮的黏糕上面，是百合的手温。平原觉得自己的心也被她双手合拢，包住了。

“我回来了。”里里高高兴兴地走进店里。

百合、小培和吴大婶坐在桌子上面择菜。

“来了？”百合冲里里笑了笑。

里里坐到桌子前面，看了看小培和吴大婶，“怎么了？不欢迎我？”

小培噘着嘴说：“这个店要换新老板了。”

里里一愣，看着百合，“真的吗？”

“安先生要回国了，把店转给了他的女朋友。他女朋友是一家大公司驻中国的首席代表，好像很有钱。”

“她人不错的。”百合寡滋淡味儿地补充了一句。

气氛变得很消沉。

“你们不要怪龙七，”里里轻声说，“当初是我让他把店卖掉开酒吧的。”

吴大婶横了她一眼，没说话。

“不要这样，”百合笑了笑，“我保证会把这个店再买回来的。”

“安先生怎么会突然冒出来个女朋友呢？”小培不高兴地问。

“不是突然，他们一直在交往。”

“那你怎么办？”小培问百合，“你和安先生不是很谈得来吗？”

“也不是很谈得来。”百合有些尴尬，“他是邻居嘛，说几句话总是难免的。”

几个人全都看着百合。

“干吗都用这种眼神儿看我？安先生也好，他女朋友也好，既然是我们法律意义上的老板，我都会尽量和他们处好关系的。”百合笑笑，“我和林小姐也会谈得来的。”

“我才不是这个意思呢。”小培甩了一下手，“安先生既然有女朋友，干什么还整天用那种很过电的眼神儿看着你？他这个人怎么——算了，不说了。”

“小培，你误会了。”百合说。

里里站起来，“我出去一下。”

里里打开门，径直来到卧室，把正睡觉的龙七推醒，“起来，我有话要说。”

龙七迷迷糊糊地把她推开，“别闹了，里里——”

“起来！”里里提高了嗓门。

龙七睁开眼睛，“里里——”

里里坐在床边，“龙七，我们把酒吧转给别人吧。”

龙七的眼睛慢慢地睁开了，“你说什么？”

“我说，我们把酒吧转给别人，把投资的钱抽出来。”

龙七坐了起来，“你不是说去酱汤馆了吗？”

“去过了，又回来了。”里里说。

龙七看看里里的表情，“出什么事儿了？”

“买酱汤馆的那个安先生要把店转手给他的女朋友了。”里里说。

“那又怎么样?”龙七问。

“什么怎么样?”里里的嗓门一下子大起来,“安先生的女朋友是做生意的,酱汤馆到了她手里,保不齐哪天就会被转手再卖掉。更何况,你也说过安先生对百合有点儿那个的,现在,百合落到情敌的手上,日子能好过吗?”

龙七沉默了。

“这件事儿我们不能坐视不管。”里里说。

“可酒吧这边刚刚上轨道,还属于投资阶段,抽不出钱来的。”

“谁说让你抽钱出来了?”里里说,“我是让你卖掉股份。”

“你疯了?”龙七说。

“如果弄不到钱,我就会疯。”里里说。

“你想清楚了吗?”龙七问里里。

“嗯。”里里说,“回来的路上就想清楚了。虽然做个小餐馆的老板娘不像做酒吧老板娘那么神气,可也无所谓啊。面子是给别人看的,日子不还得自己过嘛。而且,我越来越喜欢那个店了。”

龙七伸手把里里拥在怀里。

百合、里里,还有龙七围着桌子坐着,每个人表情紧绷。

“我们决定把酒吧转让给别人了,”里里对百合说,“把这家店买回来。”

百合静静地坐着,眼圈慢慢地红了。

吴大婶和小培在吧台里面忙,她们一直留意着百合和里里、龙七的谈话,吴大婶嘟囔着:“早知现在,何必当初?”

“你们有这份心,就足够了。”百合说,“酒吧那边既然是你真心想做的事情,别轻易放弃了。这边的事情我会再想办法的。”

“你还能有什么办法?”里里心直口快地说,“如果有办法,也不至于到今天这一步了。”

"你就别操心了。"

"怎么能不操心呢?"里里的眼泪流下来,"这里也是龙七和我的家啊。"

"这当然是你们的家。"百合笑了笑,"但是,酒吧那边也一样是你们的心血啊。有些时机是不能错过的。林小姐把店买过来,即使要卖,也要隔一段时期的,如果那个时候酒吧那边赢利了,再帮忙也来得及啊。"

龙七看着百合,"真的可以这样吗?"

"喂——"里里瞪了龙七一眼。

"当然了。"百合说,"你也知道我是无论如何不会放弃这里的。"

"这样吧,"龙七说,"如果有困难,我随时卖掉酒吧那边的股份。"

百合笑笑,"好。"

"没事儿了?"小培问吴大婶。

"我早就说过,车到山前必有路。"吴大婶说。

山里的夜晚可真安静啊。不是说没有声音,实际上,声音很多很杂,风从松涛上面滚过去的声音,鸟的声音,小动物在枝条间跳来跳去的声音,人走在路上踢到石子,石子滚动的声音——甚至能听到月亮在天际上移动时的声音,以及,星星们的争吵声!

可心情是沉静的,异乎寻常的沉静。

在城市里的情形和这里完全不同。

哪怕外面一点儿声音也没有,心里也是浮躁的,有什么岩浆类的东西随时预备喷发一样。

两年来,这是平原第一次上山。这才发现当初放下相机的那一刻,他其实把自己生活的全部意义也一并放下了。

平原想起美姬,她在繁华的商场里四处走动,为自己挑相机时的

心情，是怎么样的一种期待？他给美姬打了个电话，她好像在一个宴会上面，音乐声、人的细语声和她的问候一起传过来。

“你好吗？”她的问候那么场面化、形式化。

“还好，”平原的情绪一下子就落下去了，“你呢？”

“很好。和很多人一起吃饭。”

“那就不打扰你了，我只是，问候一声。”

“谢谢你。”

平原手里拿着电话，屏幕上面显示电量还有一个格，不停地闪动着。他拿着手机揿了几个号码。

电话响了好几声，他马上要放弃时，百合接起了电话。

“你好——”

气喘吁吁的，好像从很远的地方跑过来的。

“百合，是我。”

“我知道是你。”百合喘了口气。

“你怎么知道是我？”

“直觉吧。”百合吁了一口气，笑了，“你在山里吗？”

平原拿着手机转了转，“你听见松涛的声音了吗？”

百合笑了，“听到了，像海浪声一样。”

“你在这里就好了。”

“为什么？”

“我们两个可以打着火把进山找神仙啊。”平原说，“一个人的时候会怕黑，但如果是两个人在一起就不会。”

“我才不去呢。”百合笑了。

“为什么？”

“山里的空气会把我熏醉的。而我醉了的话，会做出可怕的事情来的。”

“没关系。山里不只有神仙，还有老虎。”

“老虎怕武松。”

“武松?”

“是一个古代的人。他喝醉酒以后，用拳头打死过老虎。”

“天啊。”平原笑了，“如果你和他遇上会发生什么样的事情?”

“不会有那样的事，我们相差一千多岁呢。”

“不是有时间机器吗?”

“如果我和他真的遇上了，那遇上老虎的人也许就是你了。”百合促狭地说。

“谢谢你的关照。”平原一本正经地回答。

两人一起笑了。

平原沉默了一会儿，“我没什么事儿，就是随便打个电话。”

百合也沉默了一下，“那么，再见——”

“再见。”平原忽然又想起什么，“等等——”平原看电话时，电话已经断线了。

电量也将要用完了。

平原仰头望着星空。

电话又响起来，平原赶紧接了电话，“百合，刚才忘了告诉你，早餐很漂亮，也很好吃。在通往山区的路上吃这样的早餐——等一等，刚才一颗流星从我眼前滑过去了。”

美姬听着平原的声音，在她身后的大厅里面，灯火辉煌，衣香鬓影。

从韩国过来主持年会的总经理探身出来，目光跟美姬对视到一起时，露出笑容。

“躲起来跟情人讲悄悄话?”

“是啊。”她随手挂断了电话，平原惊喜的声音消失了，“被你抓到了，我很心虚呢。”

总经理往她的胸前看了一眼，“你的心躲在一个很安全的地方，好像不大容易看到呢。”

“你的心难道是挂在脖子上展览的？”

他们笑。

“我倒是愿意掏出来给你看看，不过，”他笑笑，凑近她耳边轻声说，“得找个没有人的地方。”

美姬仿佛没听见，长睫低垂，表情冷傲，但两人进入大厅后临分手的一瞬间，她微微抬头，眼波流转，妩媚无匹。不要说近在咫尺的总经理，连角落里的崔岭都看得心惊。

整个夜晚，崔岭看着总经理对美姬放电。他年轻轻的，公子哥儿，却掌控企业大权。不服气也不行，谁让这是人家的家族企业呢。

这个家伙，毫不掩饰对美姬的兴趣。

“你来应聘的时候，”他跟美姬说，“我就看出你不俗。”

“是吗？”美姬说，“还看出什么？”

美姬的样子让崔岭有些生气，难怪平原不敢跟她过招。看她风情万种应付男人的样子，谁当了她的老公，这颗心就永远别想安安静静放在肚子里。

“我不着急。”那个公子哥儿说，他的目光就像一双手在美姬裸露的双肩处抚摸着，“就像一场好戏，要慢慢欣赏，越到后面越高潮迭起。”

好不容易找到个机会，崔岭蹭到美姬身边。

“那个家伙整个晚上都黏着你。”

“听你的语气，好像在吃醋哦——”

崔岭有些不自然，“平原打电话给你没有？”

“有啊，还串线了呢。”美姬笑靥如花。

“什么意思？”

“我给他打电话，他以为我是百合，说了很多动人的情话。”美姬摇摇头，有些凄凉地笑了，“平原这个愚蠢的家伙，他早就爱上百合了，自己却不知道。但百合是知道的。任何一个女人听见他用那种语气说话，都会明白那是什么意思的。”

“这个浑蛋!”崔岭放下酒杯，把手机掏了出来。

“不用打了，他现在在山上呢。”美姬说。

崔岭把手机又揣回到兜里。

“这样也很好。当初我抛弃了他，现在他抛弃了我，”美姬笑了，“我们扯平了。”

“你就像水里的鱼，”总经理又出现在美姬身后，“一不小心，就溜走了。”

“是吗?”美姬笑笑，“这位是崔岭先生。”

总经理的目光扫了崔岭一眼，又回到美姬的身上，“有点儿东西给你看。”他带她走了，手臂环住了她的肩头。

美姬扭回头，冲崔岭笑了笑。

美姬回到房间，发现电话指示灯在闪烁。

就和她预想的一样。她接了起来，“喂——”

“一分钟后我到你门口，可以吗?”

“我的门口归酒店所有，你不必请示我啊?”

“我给你看看我的心，然后就走。”

美姬没说话。

“我保证。”

过了一会儿，轻轻的敲门声响起来。

美姬拉开门，他站在那儿，白衬衫，一脸笑容，他把衬衫撩起来，露出肌肤，上面用红笔画了一颗心。

这有什么不好?被吻住，同时被推进房间的那一刻，美姬想，他有钱、年轻，还处处讨我高兴。

人生得意须尽欢。

[三十四] 飞吧飞吧

百合整个下午都在跳舞。仿佛有个久违的朋友一样的灵魂，在她的身体里自行复活，有着压抑不住的活力和向外冲击的喜悦。

“你来跳 A 角吧。”李菲主动说，“你比我好。”

“哪有的事儿?”百合说。

“我认真的。”

“我也是。”

“那我们一半一半。”

百合扭头看看李菲，笑了。

练完舞蹈，回到店里，还有两桌客人在吃饭，里里和小培在吧台里面忙活着。生意越来越好，声名远播，几乎成了小城餐饮业新星了，里里只要不飞，都在这里帮忙，快成半个主力了。

“你该上课去了吧?”百合看了一眼表，对小培说。

“马上就走。”

“吃过饭没有?”

“吃过了。”小培说着，指指手里的碗碟，“交给你了。”

“好的。”百合把围裙搭在身上，戴上塑胶手套。

“再见了。”小培和里里、百合挥挥手，走了。

百合站到小培刚才的位置洗碗碟，洗完后递给里里，里里把碗碟放到消毒柜里消毒。

里里看着百合干活，笑着说：“刚认识龙七的时候，他对我说他有个孪生姐姐叫百合，我真是好奇极了，把你想象成很多类型，结果，你还是让我大吃了一惊。”

“初次见面，”百合看了里里一眼，“我给你留下了很恶劣的印象吧？”

“可不是，”里里说，“开头那几天，我做梦都想揍你。”

百合笑了。

“奇怪的是，我从来没讨厌过你。”

“为什么？”

“不知道。”里里说，“可能是你长得漂亮吧。”

百合洗完碗碟，回到吧台前面，她打开冰箱拿出两听饮料，递给里里一听。

“漂亮？有时候我回想起自己当时的样子，都会觉得面目可憎。”

“是够恐怖的。有这么个姐姐，龙七完好无损地活到现在可真不容易。”

“你太夸张了吧？！”

两人一起笑了。

“我很高兴有你这么一个姐姐。”里里说。

百合的动作停顿了一下，她笑了，“我这个人，一向不会说让人高兴的话，但是，我也很高兴龙七有你这样一个女朋友。”

“龙七，”里里想起什么，“他以前真的和很多女孩子关系不正常吗？”

“龙七是我弟弟嘛，长得帅，当然有很多女孩子追了，但龙七眼光高，和人谈感情，据我所知你是第一个。”百合说。

“你们还真是孪生姐弟啊！”里里现出无奈的表情，“撒谎的时候神情那么自然。”

她们收拾完，里里环顾一下小院，“你一个人行吗？要不，我晚上陪你住吧？”

“你快走吧。”百合说，“我早都习惯了。”

平原无法形容看到那一片灰白色的树林时的震动。那是一些早就

死掉的树，但不倒下，就那么站着。

“站杆”的名字是从形象上得来的。周围的树林郁郁葱葱，生机勃勃。浓烈的绿色中间，站杆的灰白色在阳光中发出白银般的光芒。平原的相机不断地拍着。

死亡竟然可以如此美丽。可能是因为树的灵魂还活着吧。

平原的思绪被那片特别的树林勾住了，坐在旅游车上下山的时候，他沉浸在自己的想象中，对周围游客们的说笑置若罔闻。

车忽然停了下来，司机和导游跳下了车。

“怎么了？”游客们把头探出窗外。

司机把车前盖打开，检查起来。

导游回到车上来，对游客们说：“车需要修理一下，大家可以下车转转，但不要走远了。”

游客们纷纷下车。

平原也下了车，“有问题吗？”他问导游。

“小事一桩。”导游的脸上挂着职业的微笑。

平原觉得很好笑。以后，划分不同类型的人，根本不用国家、民族这些特征，用职业可能更合适更准确些。

公路边有个长满野花的山坡。游客们在山坡上坐着，车修了两个小时。

平原在草丛里看到野百合花，红色的，纤细的花枝，花瓣上面洒着雀斑似的点，在风中摇曳的样子十分动人。

平原拍了几张，打算冲洗之后送给百合。

司机终于上了车，导游招呼大家出发。

“大家请坐好，我们要出发了。”导游嘱咐着游客们，“由于车出了点小障碍，山路又不太好走，我们会走得慢一点儿，希望大家能体谅。耽误了大家的时间，我们深表歉意。”

车开了一段后，又坏了。又修了两个小时。

游客们怨声载道，纷纷对旅游公司提出抗议。他们只能在中途的一个县城过夜了。

百合用拖布拖着地面，拖完了地，她又把所有的桌子擦了一遍。

百合走到后院，如果平原在，这时候，是他们坐在木廊台上，看着月亮，喝点儿什么，随便闲聊的时候。当时也不觉得怎么样。可现在，这段时光结束了，回头想想，竟然是非常浪漫温馨的时光呢。

所有的好时光都有结束的时候，他们也是一样。

电话铃响了起来，百合跑回吧台听电话，“喂?”

“是我。”

“你还在山上吗?”

“在一个名叫长庆的地方，”平原叹了口气，“旅游车出了故障，这一夜恐怕要住在这个地方了。”

“听你的口气好像很苦恼啊。”百合笑了。

“是啊，心情很坏。仿佛已经闻到你做的酱汤的香味儿了，但又隔着千山万水似的。”

“我不知道你喜欢喝我做的酱汤。”

“我没告诉过你吗?”

“没有。你倒是告诉过我，讨厌我的规则。”

两个人笑起来。

“百合？你在听吗?”

“是的。”百合问，“你们住在车里吗?”

“好像要去县里的——啊，招待所过夜。招待所就是酒店吧?”

“对啊。”百合看了一眼墙上的时钟，“你不想在那里过夜?”

“如果你在这里就好了。我们可以吵架，夜晚就不会太寂寞了。”

一个疯狂的念头闪过百合的脑际。

百合笑了，“那你等着我吧。”

“在哪里等？在梦里？”平原笑了，“再见。”

“再见。”百合放下电话，被脑子里刚刚产生的念头激动着，她看了下表，才十点钟。

百合在道边等着，赵琳开着一辆车过来，在百合身边停了下来。

“到底接谁呀？”赵琳下车，笑着看百合。

百合上了车，“朋友。”

赵琳拉着车门，“是那个住在你隔壁的家伙吗？”

“都跟你说了是朋友。”百合想关上车门。

赵琳伸出腿来挡住了车门，“是不是那家伙？”

百合无奈地笑了，“是。”

赵琳也笑了，替百合把车门关上了，“你一个人真的行吗？”

“没问题，在北京我经常开车。”百合把安全带扣上，说，“谢谢。”

“行了——”赵琳挥挥手，“爱情会保佑你的。”

百合把车开走了。车在公路上飞驰而过，她把音乐声开得很大，歌声从田野上飘过去。

真是疯了。她跟自己说。不过，像小孩子偷吃糖果那样，心里充满了快乐。

游客们被导游带进招待所里。

“招待所的条件不是很好，请大家谅解。”导游嘴里说请谅解，但态度上却完全没有抱歉的意思，她安排游客们的样子，就像他们是被她放牧的牛羊，“三个人一个房间，现在我来念名字——”

平原无可奈何地站在人群当中。和陌生人在一个房间里睡觉？

他不想再往下想了。尽量不把脑细胞花费在不愉快的事情上面。

导游不断地叫着名字，人员三个三个的，被她用一个房间捆扎在一起。

平原和两个身体有些发福的男人分在一起，胖人身上的体味也特别重，他打赌他们中间肯定有打呼噜的，也许两个都打。

平原的猜测很快就得到了印证。

两个人都打呼噜，一唱一和，像中国的相声。他想下床去推他们一把，也许换个姿势就不打呼噜了，但这样不太礼貌吧？如果自己在睡梦中被陌生人突然推上一把，还以为见鬼了呢。

忍忍吧。平原从兜里掏出电话，拨了几个号码，电话接通后，没有人接听。

这么晚了，百合会去哪里？或者是睡着了吧。又是开店又是跳舞的，都是特别消耗体力的事情，真不知道她是怎么把这些事情应付下来的。

百合开着车在街上转着，她在一个摆夜摊的摊主前停下车，问："请问，县招待所在哪里？"

摊主往右边指了指，"转过两个街口就是。"

"谢谢。"百合发动了汽车。

转过两个街口，百合果然看见了县招待所的牌子，沿着字的四周挂着灯泡，在夜晚特别容易辨认。

百合停下车，走了进去，服务台前一个人也没有。百合敲了敲一间写着"服务员室"的房间门，一个女孩子揉着眼睛走了出来，"住宿啊？"

"不是，"百合说，"请问，有一个旅游团的人是住在这里吗？"

"是啊。"女孩子打了个呵欠。睡得好好的被吵醒了，一脸不高兴。

"请问，安平原先生住在哪一间房？"

“不知道。”女孩子说，“他们在三楼一共包了15间房，我哪儿知道他们每个都叫什么？”

“能帮我找一下吗？”百合问，“我从很远的地方来的。”

“不能。”女孩子说，“要找也得你自己去挨着门地找，这会儿，可能都睡着了。”

“那么——”百合问，“是哪15个房间？”

女孩子用手指着楼梯说，“上三楼，左转，全是。”说完，她转身回房间了。

百合朝楼梯走去。

百合看着一排房间门，她做了一个深呼吸，在第一间房的房门上敲了敲，敲了半天，一个女人在里面问：“谁呀？”

百合压低声音说：“对不起，找错人了。”

“神经病。”里面骂了一句。

百合往前走了几步，敲开了另一间房门，一个男人打开了门，“找谁？”

“打扰了，很抱歉，请问安平原先生住这里吗？”百合问。

“谁是安平原？”男人问百合。

“也是你们旅游团里的，30岁，高个儿。”百合比画了一下。

“我们这儿倒有一个30岁的，也就我这么高，还有一个40多岁的工程师。”男人说。

“对不起，可能是我弄错了。”百合尴尬地笑笑。

“没关系。”男人关上了门。

百合又往前走了几步，在一个房间门口，她敲了敲门，里面没有人应，她又加重力量敲了敲门，终于一个女人打开了门，“干什么？”

“对不起。”百合说，“我在找一位安先生。”

女人哐地把门关上了。

百合无奈地站住了。她的目光落到最里面的一间房门上。她运了运气，走过去敲门，过了一会儿，里面有人喊："谁呀？"

"请问——"百合意识到自己的声音太小了，提高了嗓门问道，"请问有一位安平原先生住在这里吗？"

隔壁房间的门忽然被打开了，平原走了出来，他目瞪口呆地看着百合。

"你怎么会——"

百合刚要说话，身后的门被打开了，一个男人看着百合，"你找谁呀？"

"对不起。"百合转身冲男人点点头，她看一眼平原，"我已经找到了。"

百合开着车，平原坐在副驾驶的位置上。

"你怎么想到要来救我？"平原问。

"我就是山里的那个神仙。"百合看了一眼手表，"你睡一会儿吧，两点半我们就能到家。"

平原望着百合。

百合扭头看了他一眼，"干吗用这样的眼神儿看着我？"

"因为第一次看见女神仙。"平原说。

百合笑了。

"睡一会儿吧。"她扭开音乐，歌声飘扬起来。

平原头倚在椅背上看着百合，慢慢地闭上眼睛，睡着了。百合把音乐声调小，车窗提上来，她看了一眼平原，他真的睡着了。

百合想，不要天长地久，这一瞬间，就是美好的。

百合的车刚停在酱汤馆门口，平原就醒了，就好像，他的脑子里有个神秘的雷达系统。他打了个呵欠，伸手在百合的脸颊上摸了一下。

百合转开头，他们下车，开门进去。

房间里一股幽香，不速之客似的。百合拉开灯，餐厅正中间的桌子上面，铺了白色桌布，有酒，还有一大束香水百合。

赵琳留了个纸条在上面，“仅供形式，内容自理。”

百合哑然失笑。

“你的朋友都很棒。”平原看见纸条，也笑了。

“要吃东西吗？”百合问。

平原闻了闻自己，“我先去洗澡。”

等平原冲完淋浴出来，百合的汤还没煮好。

他在厨房抱住了她。

“你干吗？”她挣扎着，“厨房可不是闹着玩儿的地方。”

“我向你保证，”平原贴在她耳边，说，“我非常严肃。”

“火——”

平原的手从百合的身后绕过去，关掉了煤气。

他拉着她来到餐厅里面。

香水百合的香味儿可真浓烈啊。

不像是香气，几乎像是一匹绸缎，把他们层层缠绕、裹挟住。

百合闻到平原身上洗浴的气味，跟他的心跳混杂在一起，淹没了她。

[三十五] 良辰

“我在山里头发现，”平原说，“我很早就喜欢你了。”

他们躺在百合的床上，平原给她看他新近拍的照片，那些山，树，石头，再往前，是百合。

一张又一张，百合看着自己，相当惊奇。在照片上面，那些瞬间、那些细节，是她平时从未注意过的。她没想到她居然是这个样子的，那么生动、质朴。

这些照片，使她相信，他是爱她的。

“我走以后，”平原说，“这个店还给你。”

百合愣住了。

“那天晚上我跟你说要回国的时候就这么想，你说得对，这是你的家。”

“这虽然是我的家，但也是你的产业。虽然不是什么大不了的产业，但仍然是你的产业啊。没有理由这么放弃的。”

“怎么是没有理由？”平原在她的头上拍了拍，“你就是我的理由。而且，交还给你，也不是什么放弃啊。这个房子是我们共同所有的房子，我随时会回来的。”

百合沉默了半天。

“我可以随时回来的吧？”平原问。

“我不能接受。”百合说，“尤其是我们之间——已经——我更不能接受了。那我成什么了？”

“如果你这么想，那我又成什么了？”

百合一时无语。

“我们现在真是一条船上的人了，一起沉没，或者，一起上岸。”

“美姬怎么办？”

“我们的上一段早就结束了，下一段好在还没有到来，老实说，她比我更洒脱。”

美姬确实表现得很有风度。

“你终于开窍了。”她说平原。

“你好像很高兴摆脱了我啊？”平原见美姬这样，也放松下来。

“是你逃过一劫，”美姬说，“我仔细想过了，我们可能只适合当朋友。命里注定没什么别的发展的。我们太熟了，难免缩手缩脚的。

即使我们相爱，我估计很快也会分手。我们已经试过一次了，不是吗？”

“说的也是啊。”

平原看一眼崔岭，他奇怪地保持着沉默。美姬和总经理的绯闻，已经传开了。她有了新欢，对旧爱就格外有风度了。

平原接了个电话，出去了一会儿。

“怎么了？”美姬直视着崔岭，“现在平原不在，有什么话，就直说吧。”

“我能有什么话？一个旁观者，配角，龙套。”崔岭摇摇头，“看你们这么轰轰烈烈的，我替你们高兴还来不及呢。”

“我累了崔岭，”美姬说，“婚姻，以及离婚后这一段日子，我很累。如果有人愿意爱我，宠我，无论是谁，我都是欢迎的。”

崔岭愣了愣。

“你以为我看中的是那个家伙的身世地位？”

崔岭没吭声。

“我现在只想为自己活着，我有钱，有美貌，能自己养活自己，我想怎么活就怎么活，只要高兴。”

崔岭说不出话来，看来，还是平原比自己更聪明，美姬这样的女人，桃花潭水深千尺，美艳温柔的下面，可能是深渊。

“你们会结婚吗？”平原打完电话，回来时，崔岭问他。

“没想过这个问题——”平原看一眼美姬。

“结婚吧，你和百合要是生了孩子，我跟崔岭要当教父教母的。”

“你倒想得真远——”平原哑然失笑。

美姬的手机在振动，她看了看，“我得走了。”

他们看着她边打电话，边出门。

平原看着崔岭。

“漂亮的女人，还怕没有故事？”崔岭说，“你呀，被蜜蜂叮上了，以后就好好过日子，当酱汤馆的老板吧。”

“才不会呢。”平原拿出一个信封，“看看我的新作——”

崔岭被平原的照片吓了一跳。

“你——”

“我要回首尔，重出江湖！”

从赵琳那里借了四万。里里和龙七拿来了三万。加上以前的十三万。百合托人兑换了美金。

“并不是全部。”百合说，“这个店里你还有一半股份。”

妈妈留下来的东西也打包了，除了一套茶具。

博物馆，应该是它们最好的归宿吧。

平原半天没说话。他心里很明白，有些东西是不能拒绝的。

车子开过街道，阳光穿着金色舞鞋，在街道上面舞蹈。

所有关于爱情的事，都是闪闪发亮的……